善哉善哉就你话多

明安

——

著

江苏凤凰文艺出版社
JIANGSU PHOENIX LITERATURE AND
ART PUBLISHING LTD

博集天卷
CS-BOOKY

目录  Contents

人言落日
是天涯

野渡无人
舟自横

人言落日是天涯

佛法大概是可以让人沉下心的吧，所谓不悲过去，不贪未来，心系当下，如此安详。

指月

　　我刚出家的时候年纪不大，即使已经过了些年份也还能说得上一句年轻，耐不住孩童心性，也天南海北地流窜了许多地方。虽然总觉得自己已经是个大人了，但就庙子里所有人年纪都在我之上至少五年的情况来说，虽然很不情愿，但我依然是被当作小孩子来对待的。

　　大家在山上住得久了，难得来了一个新人，而且长相还不讨人厌，见了面自然是喜欢多说几句话，能顺便再揶揄一下那便更好——当然，我就是那个新人。

　　一天晚殿后，天刚黑下来的时候，我一个人抱着一大瓶可乐坐在大殿旁边的钟楼下面，也懒得把可乐倒进杯子里，就直接对着一升的大瓶装可乐豪饮，一边喝一边伸手擦嘴，好似武松在喝"三碗不过冈"一般豪放。但我也不去打虎，就坐在那里吹风，在半山腰，入夜后天上的银河清晰可见，大家基本都回自己的寮房去了，稍微有些不喜人群的我很享受这独自霸占一整个广场的时刻。

　　就在我自顾自豪饮的时候，打扫完大殿的青山师在关门出来时看到了坐在一旁的小和尚，笑了笑，我看到后赶忙咽下嘴里的可乐也回复了一个夸张的笑，青山师看到后忍俊不禁，笑容又变得更明显了些，然后他拿起一根点燃的蜡烛，把它放在一个玻璃罐头瓶里，端着走了过来，顺势就坐在了我旁边。

青山师是一个极其不修边幅的中年人，而且胡子拉碴的，经常看起来像是个老年人一般，但因为名字特别好听，所以即使是过了这么多年的现在，我也一直没忘记他。

青山师这人，也不知是深度"社恐"还是只是不爱说话，平时跟人打招呼也就只是笑笑而已，几乎从来不跟人交谈，甚至有一段时间我都开始怀疑青山师是不是哑巴了……除了早晚殿和过堂，还有偶尔的佛事，之外的时间他全部都用来坐香。一个人盘腿坐在自己寮房的床上，一坐就是一整天。

我之所以知道这个，是因为我的寮房离青山师的很近。回自己房间的时候我总是会路过他的门口，他不爱关门，只是在门上挂一层很薄的门帘，我每次路过总是会忍不住好奇往里面多瞅上两眼。他屋里的陈设简洁如后现代艺术，除了那张床就只剩一张破旧的桌子，青山师在白天很少开灯，房间里采光又不好，所以他的寮房里看起来总是黑漆漆的，再加上房子也很老了，整个环境经常让人觉得又潮湿又阴暗，他这样一个满脸胡楂的禅和子盘腿坐在那里一动不动，一不小心就跟周围环境融合在了一起，看起来就像是一尊雕像。我跑去告诉他一会儿要上供，他说哦；我在门口喊他去斋堂吃饭，他说哦；我告诉他美国打伊拉克啦，他说哦；我跟他说大和尚今天不在，我们其他人决定集体翘殿，连你那份也算上了，他抬了抬眼，说那太好了。

晚殿的时候，青山师偶尔会很早就出来等在大殿前面，一个人站在石栏前面对着山下发呆，有时也会伸展一下坐久了而变得僵硬的腿脚。

这样一个奇怪的人，却总能散发出柔和的气场，柔和到连存在感都消失不见。我有一部很喜欢的漫画，里面说人们之所以看不到神明，是因为他们的存在感都稀薄到跟背景融为了一体，于是都被理所当然地忽略掉了。

可能是因为经常会路过他寮房的门口，也可能是因为他跟我一样喜欢一个人发呆，看着远方的眼睛望着望着就失去了焦点，我经常能注意到存在感稀薄的青山师——说是经常，其实也就是比其他人多看了两眼而已，若是有一天他不住这里了，我大概也会需要好久才能察觉到。

那天天刚黑，天气也特别好，月亮又大又圆。青山师坐下，把装着烛火的罐子放在一边，问我："小鬼头，你听说过'因指见月'吗？"

你知道，佛教里除了各种经文，还有好多故事和传说以及数不清的杂七杂八的典故，我这种没人拘着、整天就知道上蹿下跳、翘殿逃香、打游戏、翻山头的顽劣性子，自然是不会真的沉下心来去读经看书的。当时的我，不知道的可不只是"因指见月"。

一年之后，我溜去隔壁城市的法藏寺游玩的时候，青山师讲给我听的那个典故却让我免于了一次丢脸的危机。

青山师也算是个云水僧，只在我所在的寺院住了半年就又不知道跑去哪里云游挂单了。青山师离开后，虽然知道以后可能都不会有机会再见面了，我却没有觉得落寞，十方丛林里几乎每天都有僧人来来去去，类似的境况大家早就习以为常了。

当我去到法藏寺，在斋堂门口一长串准备过堂的僧众的身影里辨认出青山师的时候，惊喜到隔着好远的距离就喊了出来。

青山师听到有人喊他的名字，朝我的方向望了过来，皱了皱眉，仿佛反应了一会儿才想起我是谁，小幅度地冲我招了招手。我还没来得及看清他是否笑了，青山师就又迅速低下头跟着队伍一起排班进了斋堂。

那便是我跟青山师的最后一次见面了，其后我在法藏寺上蹿下跳了三四日，他都没有再次出现。

法藏寺里有一座又巨大又显眼的藏经楼，那日我在藏经楼前面的广场晃悠，正盯着池塘里荷叶上的水珠发呆时，被一个游客叫住了。

来者是一个挺着啤酒肚的中年男人，穿着类似汉服的复古款式外套，戴着黑框眼镜，看起来像是一个大腹便便的文学中年人。

他叫住我，用略带着些自得的口吻说道："小师父，我能不能请教你一个问题啊？"

我顿了下，平静地回了声好，但其实心里紧张得好似一个还没有上过课就要被拉去期末考场行刑的学生一般。平日里玩世不恭不学无术还满不在乎，直到此时方才悔不当初——我若是连普通游客的问询都答不上来，岂不是丢了出家人的脸面。

"你们禅宗不是说'不立文字，教外别传'吗？"游客说着，又指了指身后的藏经楼，语气中再次流露出了有些掩饰不住的自得，"既然不看重文字，那为什么还要特意建一个那么大的殿堂来存放经书呢？"

不立文字，教外别传，直指人心，见性成佛。

这个偈子在禅宗的知名度就像是多年前政治课本里的"计划生育是我国的基本国策"对中学生而言一般，不仅尽人皆知，还朗朗上口。像这种知名的句子，即使对佛学只有粗浅了解的我自然也是知道的，它的大意即是"禅"这个概念无法用语言来描述和传递，只能靠心心相印，以心传心来传承和印证——但我对这句话也就只是知道而已，至于出处到底是《六祖坛经》还是《涅槃经》抑或是别的什么地方我就从来没有去深究过了（后来师兄告诉我说是《楞严经》）。

正苦恼于"要是答不上来就丢大脸了"的我听到游客的问题后突然福至心灵，好似被一道银线穿过后脑的柯南，想起了一年前青山师讲给我的典故。

因指见月。

当时的青山师指着月亮，跟我说："小鬼，你顺着我手指指的方向，能看到月亮吧？"

"能啊。"我点了点头。

然后青山师顿了顿，继续说道："我们禅宗嘛，讲求不立文字，又不离文字。"

"这指着月亮的手啊，就好比经文和书本上的知识。"

"你顺着它，就能看到月亮。"

"但你要太执着了，只盯着手指看，就不行咯。"

"……所以，虽说不立文字，但也不离文字。"想起了青山师的话，我如法炮制地把这个典故转述给了面前的中年人。

似乎是对禅宗的了解只限于"不立文字"的教宗，本以为知道了这个偈子，此次来寺院定能诘问出一个"大新闻"，再不济也能小小震撼一下这寺院，却不料所问连一个小和尚都能回答，听我说罢，游客似是满意但又怅然若失地点了点头，跟我合了个十，便转身离开了。

剩我一个人在原地擦了把汗暗叫好险，这个大概是我唯一知道的典故了，居然瞎猫碰上死耗子般在这种场合下运用了出来，不仅没有丢脸，还莫名显得很有禅机。

反正青山师现在也在这边挂单，等再遇到他，我一定要把这件事情讲给他。我这样想着，但直到我从法藏寺离开，都再没有见过青山师。

但青山师教给我的东西我却再没忘记过，其后在很多场合我都对"因指见月"的典故进行了实际运用，它就像是一个万能的参考答案一般，丢出去以后带着似是而非且时隐时现的禅机，总是能让有心的听者自行寻到想要的答案。

数月前，我又从一个共同的好友那里得到了青山师的消息。

因为他是一个复古到连手机都不用的人，更别提微信之类的即时通讯软件了，所以除了偶然遇到，我唯一能得到青山师消息的渠道就是别人了。

他们说青山师得了血液病，现在在医院躺着，急需输血。

而身在另一个半球的我除了在社交网络上帮忙转发求助信息之外，好像什么也做不了。

再后来又听说青山师从医院离开回到了庙子里，就是我们最开始认识的那个寺院。

病情一定不严重，痊愈得差不多了所以就出院了吧。我这样想着，也就没有当场硬要别人把手机塞给青山师让他给我打电话，时间一久，也就全然忘记了。

直到上周，庙子的居士在微信上告诉我说，青山师被拉去医院抢救了。

没抢救过来。

"哦……真是辛苦了。"我这样回复道，不知道自己在说什么辛苦，也不知道自己在说谁辛苦。

然后我按下了手机锁屏，对着漆黑的屏幕犹豫着不知道该涌起什么样的感情才好……我是该悲伤还是该难过，抑或是应该大哭一场呢？

很小很小的时候，我还无法理解"死亡"这个概念。当家里的老人去世时，我问家长发生了什么，他们告诉我说，那是睡着了。听着这个回答，我依然无法理解，无法理解为什么睡着了而已会惹这么多人哭。虽然疑惑，但在心里却已经把"睡眠"和"死去"联系在了一起。可能是出于本能里对消失的恐惧，刚刚接触"死亡"这个概念的小时候的我，在那之后大概有一个月都不敢去睡觉，生怕睡着了就再也醒不过来。

死去就是睡着了，睡着了然后再也不醒来。

青山师是个禅和子，平时只要没事就会躲在禅堂或是自己的寮房里坐香。而我，我有一段时间特别喜欢看恐怖电影，但是胆子又实在是很小，一到晚上就厌到门都不敢出，于是经常很不识趣地搬着电脑跑去青山师的屋里，也不影响他坐香，就在一旁安静地自顾自戴着耳机看电影。

偶尔，我是说偶尔，青山师也会坐过来和我一起看一场，知道我胆小，看完后他会忍着笑对故作镇定的我说："放心，我要是死了，绝对不会回来吓唬你。"

之前跟青山师分别的时候，深知十方丛林里的僧人每天都来来去去，习以为常的我并没有涌起什么特别的感情，毕竟，只要想见，还是随时可以找到的。

但这一次，我自己心里也很清楚，是真的再也见不到了。

他们告诉我青山师火化后被供在了庙子的地藏殿里。

以前跟小白聊天的时候，小白经常揶揄我，说我这样既放逸又不上进，死后都入不了高级塔，只能埋骨深山无名荒冢。

青山师现在在地藏殿里，地藏殿不仅比无名荒冢高级，也比高级塔还要高级。

多年前那天，我在殿前豪饮可乐的时候，青山师的手一直指着月亮，我就一直盯着他的手看。

他的手一点也不好看，掌纹又粗又深，手指上还有好多干粗活磨出的茧子。

一点都不好看。

他见我一直盯着他的手，又哈哈地笑了，正色说道："因指见月，见月亡指。"

"你既然知道我指的方向是月亮，那顺着方向看到光以后，就再用不着这手啦。"

　　然后可能是因为放着蜡烛的玻璃罐子受不了不均衡的热，砰一下爆裂了开来，星星点点的光芒洒了一地。

　　这突如其来的声音把我和青山师都吓了一跳，我们对视了一下，看了看对方被吓到愣住的样子，就都哈哈哈哈地大声笑了起来。

　　原来这人这么好玩啊，我想。

禅　　佛学院的法师问我什么是禅

我说

不知道

法师说

答得好

秋实

　　我讨厌小孩，甚至在我自己还是小孩的时候我就已经开始讨厌小孩了。所以，当听说有一个小孩来这边住的时候，我的心情立刻就变得沉重。

　　在刚学会识字，勉强能够阅读的时候，我阅读了人生中的第一部科幻小说《银河系漫游指南》，其时我根本无法理解小说中的影射、讽刺以及无处不在的黑色幽默，只是对"一切的终极答案是 42"的"梗"有些许印象，这些模糊的印象也让我在日后跟大龄科幻迷交流时多少能在这个小圈子里显得精通中外。

　　除此之外，书中的机器人马文也在我的世界观里留下了深深的印记。马文是一个拥有真实人类性格的机器人，而书中的"真实人类性格"并不是爱与希望与正义与永不放弃，而是——马文它有着严重的抑郁症。

　　马文的一切都显得无比消极，它质疑存在的意义、厌倦一切工作、口头禅是"反正都是要死的"。受此影响，我经常拙劣地去模仿思考人生的马文，觉得它消极的态度实在是太好玩了。再后来，小说改编的电影上映，电影中马文的形象在可爱的同时也变得更加消极了，比插画上更加令人印象深刻，我也由此认定马文它简直就是世界上的另一个我。而当时身边的小朋友们热衷的则是《舒克和贝塔》《猫和老鼠》《蓝皮鼠和大脸猫》，甚至连喜欢《新世纪福音战士》的也没有几个，如此，我产生了一股没由来的优越感，觉得身边同龄的人真是太闹腾了。

"真是无聊，这一切又有什么意义呢？"当时身高还不到一米的我如此感叹道。

于是，出于对儿童的天然不喜爱，还没有见面，我就对这个即将到达的小孩有不好的印象。被一个刚认识没几天的人带上飞机，离开一个熟悉的环境，要面对一个全新的未知的环境，小孩心情肯定不会太好，心情不好，再加上旅途的劳累，情绪上也必然不会太容易让人接近，真是光想想就很麻烦。

即便如此，去机场接人的任务还是落在了我的头上。出发前，想着赶了这么久路，小孩子肯定会饿，便趁着超市还没有关门，提前去买了好些面包回来。临出门的时候我又脑补了一下饥饿的熊孩子的战斗力，就往包里又塞了几瓶饮料。

小孩叫秋实，十一岁，北方人。

跟我预想中羞涩胆怯和苦闷的小孩子不同，从航站楼出来的小孩不仅看起来很开心，还显得十分精神高昂，似乎对一切的未知都怀着天真的兴奋和欣喜，与此相对，他也十分好相处，见面后只用了五分钟，秋实便操着一口东北腔跟包括我、司机、一起来接机的居士和另一位法师在内的所有人迅速熟络了起来。

跟秋实一起乘坐飞机的居士出来后哈哈笑着跟我们说，秋实好像是第一次坐飞机，不熟悉"着陆"这个词，在空中的时候他一直在兴奋地问："我们什么时候坠毁啊？"引得人皆侧目。

"但是我很懂汽车！"见我们都在笑，秋实试图挽回面子地抢说道。

然后在回去的路上，秋实坐在后排，扒着后窗聚精会神地看着这个新城市里来往的车辆，不停地喊出它们的型号，并且还在间隙向我们描述了自己理想中的豪车，拥有阿童木的十万马力什么的。

见他如此滔滔不绝，我从包里掏出了饮料，问他说了这么多渴不渴。

秋实认真地观察了一下我手中的瓶子，然后摇了摇头拒绝了我："不要，我不爱喝这个。"

……啧，这小孩居然还很挑剔。

毕竟只是个小孩子，新城市的新奇感没有赢过旅途的疲惫，秋实只精神了不到二十分钟就在车里靠着我睡着了，路边昏黄的路灯一个个地闪过，把靠在我肩膀上的秋实映衬得特别安静，看起来一点烦人的样子也没有。

我自己小的时候，家长工作很忙，只能把我放在幼儿园。而我自己，则对上幼儿园这件事表现出了十分的抗拒。大概第一周就开始逃学，不是我自夸，我们幼儿园的那道大铁门，就是因为我才装上的。由我创下的我市最年轻的逃学纪录至今应该也没有人能打破——三岁，虚岁。

幼儿园的教室在三楼。我的座位在窗边。因为贪玩，即使是上拼音课的时候，我的注意力还一直停留在在楼下公园里游玩的小朋友身上，也没专心听课，就一个劲地望着窗外。老师在生气地朝我丢了两次粉笔后终于忍无可忍，冲过来打开窗户，然后一把把我拎到窗外，让我悬在三层楼高的半空中，吼道：你这么喜欢外面你怎么不跳下去啊。当然她没有真的放手让我掉下去，我也没有真的自己跳下去，吼完了，她就又把我拎回座位上继续上课了。我当时的表达能力还十分有限，回家后只是跟家长说："幼儿园的老师特别厉害，你不听话她会杀了你。"

我妈说："哈哈哈，老师嘛，都很凶的。"

幼儿园对我来说实在是太可怕了，有学习拼音的无聊课程，有可怕又高大的老师，有数不清的不认识的其他小朋友，有难吃却必须要吃完的食物——他们甚至要我吃黄豆！味道奇怪口感还很干涩的黄豆！

更可怕的是，在幼儿园里还有强制的午睡。午睡和打针，以及加了醋的黄豆一起并列为我儿时最讨厌的东西，我闻名全街坊的代号"虚岁为三，体型小巧，钻栏杆轻而易举"的逃学行动，就是趁幼儿园的老师和其他小朋友都睡着时实施的。

不管怎么说，孩子丢了可不是件小事。当时几乎动用了全校加全家所有的力量全城搜索才把我找了回来——而我其实一直躲在幼儿园隔壁的小卖铺里，并没有走远。

虽然形式有点过火，但我不喜欢幼儿园的想法总算是被表达了出来，激烈的意见终于受到了重视。见我如此执拗，父母也没有办法，儿子和幼儿园不能两全，看孩子和工作也不能两全，便只好在上班期间都把我一个人扔在家里。

等我们一行人回到庙里的时候已是深夜，地面的石砖上覆着一层寒气，铃铛在屋檐下空寂地回响着，让困意刚起的我打了个激灵。

一下车众人就纷纷打欠各自回屋睡去了，我看了眼还站在我身边的小孩，刚睡醒的他一脸茫然，甚至终于露出了一些不知所措。虽然一路上都很兴奋，但这毕竟是秋实第一次来到这里，这是一座对他而言完全陌生的寺院——他不知道接下来该往哪里去了。

秋实看起来像是一个迷路的小孩。

虽说我现在的路痴程度经常被朋友评价为"已经达到了人类迷路能达到的极限"，但跟儿时比起来，我还是取得了不少进步的。

小时候的我，只要一迈出家门就会即刻迷失。大院里的一天结束时，其他小朋友玩累了或者饿了的时候，都会在家长的召唤下纷纷跑回家去吃晚饭洗漱睡觉，只剩我一个人因为找不到家门在哪儿只能站在大院门口的梧桐树下，经常要等到父母下班回来看到那个孤零零的小屁孩后，才能被拎回家去。

现在，起码我能记住自己住哪里了。

看着身边比当年的我还要茫然的秋实，我还是违背了自己"跟所有小孩保持距离"的原则。

得，正好我寮房有一个多余的空床，虽然平时都被用来堆放杂物了，但你就先凑合着跟我住下吧。

回屋打开灯，秋实脱下了穿在最外面的大褂，我去把衣服挂了起来，一回头才注意到他身上衣服罩不到的地方布满了蚊虫叮咬的痕迹。

"你之前的寺院那边不让你们用蚊香的吗？"我问。

"我们都用蚊帐。"

"那你的蚊帐是不是破洞了，被叮成这样。"

"不是，我没蚊帐。"

"啊？"

"我买不起呀。"他一边打量着屋子的环境，一边漫不经心地操着东北腔答道。

秋实回答得相当漫不经心，就好像是我回答今天中午吃了什么一般漫不经心，就好像这对他来说是最平常和司空见惯的事情一样。

趁烧好热水逼着秋实去洗漱的空当，我翻出了几条毯子和还没用过的新被子，粗略地给他铺好了床，我自己就也去洗漱了，结果从卫生间一出来就看见他正坐在床上咔嚓咔嚓地啃着我给自己囤积的薯片，一边吃一边还毫不自知地跟我打招呼。

"你到底有没有身为客人的自觉啊！都这么晚了快滚去睡啊，不要影响明早还要上殿的我啊！"

就这样，代替了理想中会做饭的温柔的大姐姐，不会做饭只会蹭饭还一点也不温柔的熊孩子住进了我的寮房。

我跟秋实的年纪差不到十岁，虽然在我的眼里秋实就只是个还不懂事的小孩子，但我在他眼里可完全不是什么大人——在其他人基本都是三十岁往上的大叔的环境里，他自然而然地把我当作了同龄玩伴。

小时候，因为经常出门就丢，到后来我就干脆连门都懒得出了，不过以当时的年纪，即便是在白天，我一个人待在家里也还是会觉得害怕，怕门外可能存在的坏人，怕床底衣橱里的怪物，怕一个人在空荡荡的客厅里走动发出的回音，就连看着窗帘我都会不由自主地脑补出它的后面有什么吓人的东西，为了转移注意力好停止胡思乱想，以免自己吓唬自己，我便开始了画画，其时手头只有鸟山明老师的《龙珠》——那段时间我临摹完了第十八卷整本。虽然画技有了很大长进，并为未来的继续发展打下了基础，但也从此让我的笔锋里携带了挥之不去的龙珠风，所画人物个个都剑眉星目肌肉盘虬，导致后来我送给好友路西法（化名）的图里既有如贝吉塔般壮硕的夏目贵志，也有如天津饭般俊美的百里屠苏。几乎令人一望便知这作者是看《龙珠》长大的，并且很可能这辈子都没看过其他漫画。

这样一个人安静久了，我也就习惯了自己跟自己相处，屋里从来不会缺少打发时间的东西，比如一整个书架的漫画书，比如一整箱的游戏，比如满抽屉的电影光盘，保证了我一个人闷在家里过一年也不会觉得无聊。

不同于刚来的秋实，除了早晚殿我还得去照看客堂，平时也有不少其他的活计。即使在庙子里，我的寮房里还是有不少漫画书，量不多，但足够打发小孩子了，我心想留秋实一个人在屋子里应该也不会让他太闲。

但我错了。

第一天，秋实在我上殿的时候一个人在寮房里拿着我的手机看完了时长两小时的《冰雪奇缘》……用流量。

第二天，秋实趁我午睡拿着我的马克笔在我的脸上画了只乌龟……过了三天才洗掉。

第三天，开始上殿的秋实拿着大殿的超大木鱼槌追着我跑了半个山头……好久没剧烈运动，我的老胳膊老腿酸疼了一周。

第四天，秋实没吃斋堂，被我领着去隔壁素菜馆改善生活……结果太挑食剩了一堆。

第五天，我对着屋里挂大褂的那面墙拍了张照片，他的小号褂子挂在我的大号衣服旁边显得更小了，我的好友路西法看到照片后大笑着说我好似未婚养子。

…………

第十天，秋实试图帮我洗衣服结果手滑用掉了半桶洗衣液，很贵的那种。

…………

第十五天，秋实背叛了跟我统一的甜食战线奔向了敌对的辣椒阵营，回来后开始腹泻，求着我不要带他去打针。

…………

第二十天，我仗着有教师职业资格证开始不时地给秋实上初中水平的文化课。

…………

第三十天，秋实停止了明目张胆地把不爱吃的菜往我碗里倒的行为，改为了趁我不注意悄悄倒。

…………

不知道第几天，我已经习惯了秋实无处不在且时时刻刻的"熊"，在寮里妨碍我休息，在客堂阻挠我干活，在斋堂挡着我吃饭。

想看《科学超电磁炮》的时候，电脑被秋实抢走硬拉着我陪他看《奥特曼》，我只好一边看着怪兽拆城一边在心里想着御坂美琴弹硬币。写牌位时笔被他拿跑，我只好横跨整个寺院把东西追回来然后继续写。我这被应试教育压迫了十几年的受害者也转变成了加害者，偶尔会逼着他看书写作业。

同为北方人，我跟秋实口味类似，挑起食来也差不多，虽然觉得他还是个小孩子，但同时我也觉得我好像有了一个盟友。

我经常带着秋实去隔壁素菜馆改善生活——他实在是太瘦了，而斋堂的饭菜种类又实在是很单调。后来秋实被居士大妈批评，说老去素菜馆花钱吃饭容易养成奢侈的习惯，这样不好。被批评的时候秋实藏在我的身后，我感觉自己变成了一堵墙。

然后有一天。

我终于要脱离这个熊孩子的魔掌了——秋实要被接走了。

对一向不喜欢小孩、从小就讨厌小孩的我来说，这意味着自由。

我终于可以一个人安心地睡觉，不用提防在熟睡时突然出现在我脸上的马克笔了。

终于可以不受打扰地独自读书看剧，不用担心电脑会被另一个知道我密码的人抢去了。

终于可以在出门时放心地给房间上锁，不用提心吊胆地害怕屋里有作者签名的珍藏版漫画书被撕开踩躏。

终于可以不用自己吃饭时还要担心另一个人的温饱，不用在对方把不爱吃的菜往我碗里扔的时候假装看不见了。

终于可以不用精打细算想着怎么给那臭小子改善生活，可以给自己省点钱买薯片买漫画买游戏了。

……可是我好像并没有感觉到重获自由的喜悦。

秋实轻轻拽着我的袖子，用只有我能听见的音量说："我不想走。"

见我没有反应，他拽着我的手用了下力，再次开口道："那要不你跟我一起走吧。"

仿佛是早就听到了我的回答，他这次的声音更小了。

秋实没有哭喊，他好像已经习惯了流离，他好像很早很早的时候就知道哭喊是无用的，所以从第一次见面时，他就从来没有露出过任何苦大仇深的表情，抑或是属于小孩子的唯我独尊的任性。

不可名状的情感终于在秋实拉住我的时候全部化为了无力。

我当然知道这个年纪的小孩子需要稳定安全的环境，我也知道跟住在庙里或者去佛学院读书比起来，秋实更应该去外面上学，我知道小孩子一个人面对一整个陌生的世界的心情。

我也知道，我什么都做不到。

那时我才意识到，把我当作大人的，从来都只有我自己而已。

我讨厌小孩，我从小就讨厌小孩……我讨厌除了吼叫和任性之外什么力量都没有的小孩。

后来，听说秋实一个人跑回了那间他暂居过的屋子——不过那几天我正巧出了远门，他没有找到我。

我甚至能想象出秋实拿着我给他的备用钥匙高兴地推开门后脸上的落寞。

跟北方比起来，岭南的雨水显得特别多，经常连续好几天都不见放晴，刚洗好的衣服怎么也晾不干，晾干的衣服没放几天就会变得潮到能挤出水来，即使是夏天，带着霉味的潮气还是能让人觉出一股寒意来。

下雨时，雨水从屋檐滴下的滴答声听起来像是渐行渐远的脚步，你可以沿着这回廊向前向后走无限远，但永远找不到归宿。

再后来，正在换牙的秋实给刚拔了智齿的我打了通电话，我们彼此操着漏风的口音简单交流了几句。

"生日快乐呀，大师。"他依然操着一口带着稚气的东北腔，烦人劲都快从听筒里溢出来了。

"以后早上起床要记得刷牙啊，臭小子。"我说。

薯片

斋堂煮的烂番茄
特别酸
但是我很喜欢
因为拌在米饭里
吃起来像乐事

我与师兄

Within the core of each of us is the child we once were. This
child constitutes the foundation of what we have become, who we
are, and what we will be. [①]

——Dr.R.Joseph

来昭是我的师兄，我跟他年纪差不太多，我住庙的时候来昭在读佛学院，最开始的时候我跟他一点都不熟。

几年前的我不善言辞不懂交际，幼稚青涩又懵懂，在新环境中内向到宛如自闭——我并不认为内向是个贬义词，何况一个人的性格并

[①] Within the core of each of us is the child we once were. This child constitutes
the foundation of what we have become, who we are, and what we will be.

——Dr.R.Joseph

我们每个人的内心深处都是曾经的那个孩子。这个孩子造就了我们的过去、现在，以及
未来。

——郎恩·乔瑟夫博士

不是简单的两个字就可以概括的，现在的我已经能清楚地认识到自己并不是害怕交际，只是有些时候会更喜欢独处而已。但当时的自己内心还经常很纠结，致使跟人的每次对话都仿佛是在强撑着完成一般，聊五分钟就会开始觉得心力交瘁。并且当时也实在是太过于内向了，为了不产生不必要的对话，我走在路上时看到人类都会远远地绕开，以至于其时庙子里的执事甚至因为我曾在远处看见他，却没跟他打招呼特意找我训过话，说这样的行为实在不够礼貌谦逊和尊敬。

最开始的时候，我对庙子是全然陌生的，对庙子来说我也完全是个可有可无的新人。虽然我住在寺院，但在完全不熟悉的环境中又无法产生任何的归属感，仿佛自己平时的一举一动都不合时宜，日常里似乎连空气都变得沉重了许多，几乎时时刻刻都能感觉到自己的格格不入。

来昭师兄后来总结道："你的这个感觉啊，就叫作不自在。"

是的，在本应该很自在的庙子里，我非常地不自在，不自在的感觉像是黏附在皮肤上的黏稠空气一般挥之不去。

庙子坐落在一个小城镇上，周边不算远就有超市，也有一家规模很小的影院，但真的是一个很小很不起眼的城镇，在这个意义上说一句偏远也不为过。

小镇上，大家都说方言，庙子里大家也都说方言，甚至很多人只会说方言。当地的方言不像北方很多地方的一样只是对普通话声调的简单变形，客观地说，对外地人而言，当地的方言听起来根本就是另外一门语言，甚至有次跟好友打电话时，对方听到我这头传出的嘈杂的背景音，还以为我在日本。融入一个群体的必要条件之一是共同的语言，先不说聊天的话题，不懂方言的我连跟人打招呼都会出现问题，这样的状况，经常会让我在身处闹市时也觉得自己与世隔绝。语言不通带来的疏离感，对我这样一个连自己家乡方言都不懂并且只会说普通话的外地人来说，实在是很强烈——就像是在赛百味点餐，服务员问你想要什么，面对三千八百种不同的芝士和五万四千个不同的配料，你却一个名字都叫不上来一样。

来昭师兄在北方读佛学院，师父也经常不在庙子里，刚去庙子里时，黄阿姨是整个寺院里唯一一个我称得上熟悉的人。

黄阿姨姓黄，但在当地的方言里，"黄""王""方"都是很接近的发音，其时的我根本无法分辨黄阿姨到底是不是王阿姨，抑或者是方阿姨。

所幸有快递单上的名字可以帮我确认，第一眼我瞟到上面写着"黄"，是黄阿姨没错了，我想。然后第二眼我就瞥到了"王"。

最后我还是通过来昭师兄的俗名确定了黄阿姨的姓氏。来昭师兄俗名姓黄，随他妈妈。

黄阿姨的房间里放着一张来昭小时候的照片，照片被放得很大，裱在半人高的木制相框里，靠着墙放在桌子上面，由于年岁很久，显得有些褪色。庙子里的杂事一般都归黄阿姨去忙，包括堆杂物的仓库，所以黄阿姨的桌子上也经常堆满了庙子里常见的杂物，比如烛台、小灯、引磬，还有其他各种用来供奉或者做佛事用的器物。

第一次进去阿姨房间是为了帮她遛狗，一进门，我就看到了供桌上放着的褪色的照片，以及摆放在照片前的蜡烛、香炉，还有点亮着的小灯盏，乍看之下像是一座小小的祭坛，我便非常知趣地在很长一段时间里都闭口不谈任何能扯到照片里的孩子的话题。

照片里的小孩笑得很开心，但忽明忽暗的灯盏加上照片本身的褪色，让那笑容显得宛若来自天堂般疏离和遥远，一定是一段伤心的往事吧，我想。

直到后来黄阿姨告诉我她儿子也出家了，现在正在北京上佛学院，我才放下心来。

……呼，活着呢。

我自己儿时的照片不多，却有很多录像，我有时甚至会分不清自己脑海中关于童年的片段究竟是来自自己的记忆还是摄像机的影像。录像里家长抱着妹妹，话还说不利落的我跑着过去想讨要一些注意力，却被训斥了一通，然后悻悻地走开了，是不是哭了不知道。然后我坐在大我两岁的姐姐旁边，姐姐手里拿着零食，我就呆呆地坐在旁边看着她吃，看着看着眼泪都快要流出来了，她转头看了我一眼，发现我快哭了，又看了看手里的零食，犹豫了一下，然后狠狠地咬了一口，最后依依不舍地把剩下的零食放到了我手里。

这么多年过去了，我还是那个不会表达，只能哭着等别人注意到自己的小孩吗？还是的。那个小孩还一直留在我的内心里，被自己营造出来的疏离感隔绝着，哭泣着呐喊着号叫着，说你们看看我啊，我就在这里啊。可儿时的自己的声音被长大后的自己隔绝了起来。

在庙子里几乎所有人打照面后都是用方言开场，甚至跟我聊天时也是试图习惯性地说方言——方言是这里默认的第一语言。真可谓是没有方言，再好的戏也出不来。起初我在客堂做照客，主要任务也就是在客堂打打下手，迎来送往，待人接物，挂单上牌，简单来说，庙子开展对外交流的第一步，往往是通过我——不善言辞、不会交际、抗拒社交的我。

再加上几乎所有人都在说我听不懂的方言，我身为照客的功能基本上是完全废掉了。也就是说，对庙子而言，除了张嘴吃饭，我这个人也基本上是完全废掉了。

对我来说，当地的方言实在是太过难以理解，有时我甚至不得不靠写字才能跟香客沟通。可是客堂又经常会迎来上了年纪而且不怎么识字的老奶奶，交流起来对我们彼此都是一场灾难。语言不通的情况小小地拖累了客堂的办事效率。说是小小地拖累，一来是因为除开节日，客堂的事情并不是很多，而能轮到我这个照客去处理的更都是些不重要的鸡毛蒜皮，重要的事情都由知客师去做了；二来是因为主管客堂的知客师本身就是个十分不紧不慢的人，做事慢条斯理，在井井有条的同时也十分拖延，平均一件事情大概需要被提醒五次才能想起——远在佛学院的来昭师兄跟我有限的交流里有八成是在要我帮忙催促知客师。于是，跟客堂本来就不怎么高的办事效率比起来，我的拖累反而没有那么显眼了。

话虽如此，但拖累毕竟还是拖累。你知道，我们当代年轻人一向喜欢高估自己的能力，喜欢看不起别人的同时还会自觉无所不能，在这样的环境中干活，除却给庙子拖后腿带来的愧疚感和现实的无能带来的挫败感之外，还会有自己被大材小用的憋屈感，这些感觉加上初来乍到的疏离和不自在，更是加剧了我原本就强烈的无所适从感。

因为室内没有暖气，南方的冬天事实上比北方要难捱很多。庙子所处的位置属于南方的北方，不仅没有暖气，在冬天的时候还会下很大的雪，风呼呼地刮着，室内外的温度几乎是一致的。我去庙子时，那里刚刚开始入冬，天气一天凉过一天，然后越来越冷。我住在念佛堂的地下一层，寮房的窗户关得不是很牢，木门也有些漏风，到了晚上气温经常低到我要用屋里的白炽灯来暖手的程度。把暖黄的灯泡包在双手中间，黄色的灯光毛茸茸的，让人莫名觉得温暖起来。

其实我一直很怕黑，虽然不至于像小时候一样灯一关就会哭出来，但漆黑的环境总还是会让人不安。

两三岁的时候我特别爱哭，声音洪亮，又凄厉宛如杀猪，低回婉转，技惊四座。不只我全家，整个大院都为之困扰。经常会有邻居在半夜的时候来敲门，借着询问家里是不是出了什么事委婉地表达希望孩子能安静点的愿望。父母无奈，只得动用强力压制，却没想到越是打骂，我反而哭得越狠。办法用尽，最后他们干脆选择把我扔出门外。那时的大院连路灯都没有，家里大门一关，便隔绝了一切光源，我站在外面，漆黑一片什么都看不真切，总觉得暗影涌动，想象力也信马由缰，让我相信随时都会有鬼怪扑上来，便吓得哭也顾不上哭，只是一边打嗝一边低声地抽泣着。可算是安静了下来。但周围原本细小的声音却变得真切起来，有风吹的声音，有动物窜过时草石窸窣的响声，有时隐时现的虫鸣，月亮躲在云层后面不再出现，星光也停止了闪烁，这一切只能在我幼时的脑海中唤起更多关于怪物的想象。

我只得通过从门缝里透出的家里的光勉强冷静下来，细微的光线仿佛是唯一的生路一般，我努力拍打着家里的门，却没有回应。后来被吓得狠了，我不知道从哪里捡起了一块砖，用双手握着开始猛烈地砸门，只为了能冲进家门，为了能看见光。

砸门的声音自然也是猛烈无比，门开了，我被我爸拎了回去。接着又是一通教训。

"还哭不哭了？"他问。

"不……不哭了。"我用手抹着眼泪一边抽泣一边断断续续地回答。

我对自己童年的记忆只余寥寥，但在月黑风高之时拿板砖猛拍自家大门的一幕却每每忘怀不了。

在庙子里，虽然晚上睡觉经常开着灯，但对漏风的房间来说，即使加厚的被褥也还是会显得太过单薄，随着天气越来越冷，睡觉时我经常连鞋子都不脱就直接蒙在被子里缩成一团等待天亮。

其实楼上有很多稍微暖和一些的寮房都是空的，有些甚至还配有可制热的空调，但当时的我性格实在是太过别扭，即使冷到晚上无法入眠，也不愿去向旁人寻求帮助，甚至是连"我很冷"的意思都不愿表达出来——话说回来，我又能去向谁求助呢？只能对着手机用微信跟远在北方佛学院的来昭师兄抱怨抱怨罢了。反正他离我有一千多千米之远，稍微矫情一下应该也无所谓吧。

"太冷了，实在是太冷了。冷到呼吸的时候七窍全部都往外冒着白气，早上起来手机屏幕上都会结上露珠。"我说，"感觉自己好似住进了魔仙堡。"

从来没有看过《巴啦啦小魔仙》，其实我也不知道魔仙堡是不是冷的。

对师兄抱怨完，只过了一会儿，黄阿姨就抱着一摞厚毯子来敲门了。不用说，一定是来昭师兄在了解我的状况后通报给了自己的妈妈——也就是黄阿姨。其时我有一种被人告了密、弱点突然被展现在人前的手足无措感，同时，多多少少地也涌起了一些细微的感动。

虽然感觉有些不好意思的窘迫，但天气实在是太冷了，我还是一边说着谢谢一边接下了那些毯子。

类似的情况后来也一直在发生，来昭师兄是这里的土著，我抱怨食物吃不惯时，他会托本地的朋友做些符合北方人胃口的饭菜装在保鲜盒里给我送来庙子里；我说一直窝在庙子里有点闷，师兄会让本地亲戚带我去遛弯；我打趣说庙子附近真是好荒芜，师兄会给我推荐附近的景点和小吃，顺便还会托人带我去。

庙子里的斋堂，该怎么形容呢，并不是不好吃，只是我真的吃不惯而已。那里人的口味偏辣，很偏，跟着指南针向北一直走到看见企鹅的那种偏。加上斋堂的大众饭菜一向以"凑合着能吃得了"为准则，并不想贬损自家庙子的斋堂，但……主观上我并不会去期待"今天要吃什么"就是了。

庙子里把午斋叫作过堂，但也有行堂和过堂之分，规矩不算复杂，但细说起来也是有一套的。简单来讲，过堂就是坐在桌子后等待别人打来饭菜，行堂就是把饭菜打给坐在桌子后的人。年轻人、小和尚初在寺庙，是一定要发心的，发心的表现之一就是行堂。

我窝在庙子里的时间虽然不长，也说不上很短，却从来没有过过堂。

初时不是很懂规矩，就算是行堂也会笨手笨脚到被教育，说来都是一些笑一笑就可以的无关大碍的小事，比如什么时候去大寮（也就是厨房）拿饭，比如什么时候自己可以开始吃，比如去哪里洗碗。初来乍到，我便经常被庙子里的老居士批评教育，问题是……我根本听不懂他们的方言，只是直觉告诉我，自己一定是又做错了什么，便只能靠察言观色来体会那尴尬却又疏离的氛围，感觉像是灶台油烟气和汗水混在一起黏着在皮肤上，让人发腻。

抛开这些小抱怨，事实上我非常喜欢行堂，行堂不用像过堂诵偈子，不用坐在原地一动不动，也不用等着大家一起吃完结斋，更不用在结斋后回向。跟过堂比起来，行堂是一件相当自由的事情，只在开始的时候抱着饭桶——或者是菜盆——绕着斋堂走上一两圈，就可以抱着自己的碗去一边自己吃自己的了。

就连过得如鱼得水的来昭师兄，这些年在庙子里住的时候也从来没有去过过堂。

平时在庙子里，我会盛上半碗米饭，然后再去大寮找到放花生的罐子，一口气倒出半碗——我真的很喜欢吃花生——拌上一拌，就是一顿饭了。有时找不到花生，我就去倒上半碗热水喝，也能扛半天。

后来来昭师兄托人送来的两盒小菜虽说口味依然偏辣，但跟斋堂的饭菜比起来却显得精致又家常，十分可口。放在保鲜盒里，我把它们塞在客堂的柜子里，过完堂我都会端着半碗饭来就着吃，连着吃了很多天，吃得很饱，就充满了幸福感，人也精神，感觉生活水平整个提升了一档。

你知道，长大后，独自在外，要是有人能稍微费心去问一下你吃不吃得惯，那基本上就可以叫一声妈了。

我在庙子里的时候来昭师兄正在北方读佛学院。

多多少少，我心里对他都是带着些感激的，但直到把两个保鲜盒吃空都没有说出来过。

后来我北上去玩，来昭师兄特意翘了课打车带我去了一家菜馆，主打辣椒，他特别喜欢。直到点的菜全部上齐后，他才恍然大悟地想起来我并不喜欢吃辣，急忙又补点了几个看起来不是很辣的菜。

即使不饿，我依然把所有菜都吃了一遍，微微有了些"原来辣椒也可以很好吃"的错愕感。

我们庙子虽称不上是大庙，但佛事很频繁，普佛几乎天天有，其他佛事诸如诵经、三时系念、瑜伽焰口更是家常便饭。再加上每天的早晚殿，一天经常从凌晨四点开始，然后在接近午夜的时候才结束，经常搞得人精疲力竭。

知道我喜爱吃面后，师兄的妈妈，也就是黄阿姨，会经常煮面给我吃。于是在很长一段时间里，一天结束后我总是会去她那里蹭上几碗挂面。

不知道是不是因为自己是土生土长的北方人，我对面条有着很深的执念，主食没有面的话即使吃再多我也很难获得饱腹感，而南方的主食几乎都是米饭——在这里他们直接就把米饭称作"饭"了，虽然米饭我也一样很喜欢吃，但吃多了总不免会想念起面食来。黄阿姨在知道这些后便经常去附近超市特意买些简单的速食挂面回来，在晚上药石时间煮了，喊我去吃。

庙子里的早饭和午饭都有一套固定的仪轨，属于功课的一种。但晚饭就不一样了，有着"过午不食"的传统，虽然有很多僧人会遵照字面意义在中午之后便不再摄取任何食物，但仍然会有不少人很难改掉一日三餐的习惯，比如每天活动量很大一顿不吃就饿得慌的僧人（也就是我），比如身体欠佳的常住师父，再比如庙子里的居士，都是需要晚饭的。因此，为了规避开字面意义上"过午不食"的规则，晚饭便被称为"药石",取治疗"饥饿"这个"疾病"的"良药"之意。晚饭相应也就没有了早午饭过堂时种种的仪轨,大寮做好饭后就放在斋堂,想吃的人来随意取用就好,形式上很是随意。如此,我便经常把晚殿后药石的地点改成黄阿姨处的小灶。

黄阿姨煮面的材料其实很是随意,炊具是很老式的电热炉,陶制的底座上盘扎着一通电就会烧得通红的金属丝——老式到我连它的学名叫什么都想不起来了,也许就叫老式电磁炉?不太可能,就算现在看起来再老,很多年前它也一定曾是新颖的时髦物吧。煮面的材料是超市买来的速食挂面,配上从庙子的菜地里现摘的青菜叶子——菜地平时都是老耀易师在看管,我去蹭面的时候路过菜地就会顺手摘两片叶子下来,出锅后再撒上些自制的小咸菜,就齐活了。

真的是很朴素的一碗面,但我也真的很喜欢吃,一得空就会去黄阿姨那里蹭,而她也乐得煮给我吃。黄阿姨的普通话很棒,算是庙子里少数几个可以和我无障碍交流的人,我经常就捧着碗面坐在寮房外面的露台上,一边吃一边跟她聊天,家长里短,天南海北。

黄阿姨曾经是个生意人,也算得上是左右逢源,生活里特别活泼,外表看起来也比实际年龄要年轻很多,根本不像是一个平时会干很多杂活的人。但事实上,因为庙子里的居士不多,其中大多数又都是上了年纪的老奶奶,所以很多活计就自然而然地落在了黄阿姨的身上,从收拾客房到看殿,甚至在我出现之前的一些庙子工地上的工作,黄阿姨都有参与。除开干活,煮起面来黄阿姨也是十分熟稔,她自己很少吃,经常就只煮给我一个人。我下殿后出现在她的门口时她就开始做饭,从迅速地搭起简易灶台到一碗面出锅,大概只需要十多分钟——但是真的十分好吃,我每顿都吃得特别香。

我初来乍到，在很多地方都受了黄阿姨的不少照顾，而她的儿子——也就是和我年纪相仿的我的师兄来昭——在一千多千米外的北方上着佛学院，佛学院规矩不算松，他经常要很久很久才能回来一次。

我在露台上一边逗狗一边等黄阿姨的面出锅，晚上的时候夕阳正好斜斜地照在露台上，山间都是葱郁的植被，风一吹就跟着沙沙地响，不时有成群的鸟儿从中飞进飞出，对我来说，这是每天在远离人间烟火的庙子里，生活气息最浓郁的一刻。伴着树叶的声响和厨具的碰撞，我听到黄阿姨说："要是在那边有人也能照顾照顾我儿子就好了。"

那个时候我才突然意识到，其实黄阿姨的年纪已经很大了。

只要她在这里帮助了别人，应该就会有人在远方对她的儿子做同样的事情，这就是她简单又朴素的宗教观，只要做了善事就一定会有回报——当然，她所求的回报对象并不是她自己。

黄阿姨之前是个生意人，后来发生了什么我不知道，也从没去问过，只知道来昭师兄出家后，用不多的钱帮她在市区租了间堪住的房子。说是市区，但是在小城镇里，除了主干道，其他地方都可以算是城郊了，算起来，房租其实也很低廉。

话虽如此，但庙子里的单资也实在是称不上高。单资，或者说单金，可以看作是寺院发给僧人的生活补助，经常被我戏称为"发工资"，这里的"单"取"衣单"之意，即僧人的衣服袈裟和度牒。出家人在一处寺院小住被称为"挂单"，专为常住时被称作"进单"，如此，所发放的"工资"也被称为"单金"。除此之外，做佛事也算是一项收入来源，叫作"衬钱"。庙子小，单资微薄，虽然佛事多，但小和尚能拿上的衬钱也寥寥无几。

住在庙子里听起来是一件不用花钱就可以衣食无忧的事情，每天喝喝茶聊聊天看看报坐坐禅，生活好似退休老干部，最美不过夕阳红，温馨又从容。但事实上，即使是退休老干部也是需要退休金才能活下去的。刨去庙子本身的维护和开支不谈——毕竟清众如我对这个也不是很懂，细究起来，事实上出家人在生活中需要用到钱的地方比想象中要多上很多。从简单的生活用品比如牙刷和牙膏，到出门乘坐公共交通的票钱，再到每月的电话账单，再到生病时的医药费，除却生存必须，试图稍微提高生活质量的行为，比如买一本喜欢的书或是囤积些想吃的零食，甚至买身暖和点的衣服，都是需要用到钱的地方。

小庙子里单金微薄，衬钱也不多，他们告诉我来昭师兄去就读佛学院之前，在庙子里有段时间只要有佛事就会去参加，经常都是每天从早忙到晚，如此，就算衬钱再微薄，积少成多，每月下来也有不少了，颇有些为了钱不顾一切的架势——虽然用钱的并不是他自己。

听说他把这些钱都拿去支援了家里的经济，比如去给黄阿姨租了房子。

后来黄阿姨干脆搬来庙子里做了义工，也住在念佛堂下面，只偶尔才回去一趟，来昭师兄租的房子在大部分时间都成了仓库。再后来来昭师兄去了佛学院，那所佛学院在教内也算享有盛名，好像从那时起来昭师兄自己的生活状况也改善了不少。

那所佛学院并不是特别容易就能考上，佛学院在北方，庙子在南方，在来昭考上佛学院的时候，黄阿姨很高兴，给他买了部新手机。

来昭师兄告诉我，他当初考上大学的时候妈妈也是特别高兴，虽然不是什么名校，但光是儿子有学上了这点，就让黄阿姨高兴坏了。

"可真是把我妈高兴坏了。"来昭师兄忍俊不禁地说道。

这让我有些羡慕了起来。

我父母的学历不算低。不像现在"博士多如狗，硕士遍地走"，他们那个年代，只要是大学生就能称得上是天之骄子了。对我自然也是有些期望的，结果之一就是跟同龄的孩子比起来，我很早就上起了学。初学时懵懵懂懂，觉得一切都很新鲜，老师教给我英文字母，我觉得很好玩，就一直重复地写，写了满满的一本子，觉得自己特别努力，心想这么努力的话，父母一定会称赞我吧。

他们看到被我写满的笔记本，忍不住笑了。

"你写这么多有什么用呢？"他们笑着说。

学校第一次考试时我六岁，我对考试并没有什么概念，也不知道分数到底意味着什么，更不知道该如何规范地作答，只是觉得好玩，即使试卷上有很多老师讲过的原话，我也会忍不住去把自己的答案写上去。考试真好玩，六岁的我这么觉得。

结果就是当我手中挥舞着 78 分的卷子一蹦一跳地走出校门时，在来接我的妈妈眼里看到了浓重的失望。

那时我才意识到，原来分数是这么重要的东西啊。

虽然经常被教训说我学习是为了我自己，但其实不是的，小时候的自己并不知道学习的意义，也不知道什么是教育，更不知道自己想成为什么样的人，只是隐隐感觉到自己的格格不入。我努力学习，努力在考试的时候拿上一个说得过去的分数，无非是为了不让父母失望而已。

到了小学，父母说如果我能考到班级第一，就给我买一台游戏机。

我很喜欢打游戏，非常喜欢，即使是 8 位元的游戏我也能沉迷一整天，那个时候的我，要是能有一台自己的游戏机，真是做梦都能笑出来。后来我果然考到了班级第一，父母又说这样是不够的，我必须把三门课都考到满分才行。于是在接下来的考试里我又拼命考到了全部满分。当然还是不够的，他们把我的试卷拿来细细分析，指出应该扣分老师却没扣的地方，最后推导出我的全部满分名不副实的结论，游戏机这种会影响学习的东西自然也就没有了。

那之后的很多年里，我的成绩虽说不上是拔尖，但也从来没有差过，在有排名的时候他们总是能在第一、二名的位置找到我的名字。但这似乎总也换不来自己想要的结果，甚至连一句"这样就可以了"都没有，总是不够，总是差一点。学习是为了什么呢？我不知道，可能是为了空头许诺的游戏机，可能是为了让父母开心起来，可能是产生了只要学习好就会被人喜欢的错觉，也可能只是因为惯性吧。

直到高中的时候，我才靠攒下来的晚饭钱和自己微薄的稿费买了一台 PlayStation（PS 游戏机），很兴奋，买回家的时候藏在自己的床下面，不敢让父母发现。

对黄阿姨来说，来昭考上那所久负盛名的佛学院，可能是一件比考上大学还要值得高兴的事情，每每说起，她的表情就不可抑制地自豪了起来。

"他去上学的时候我给他换了部新手机！"黄阿姨说。

　　来昭师兄在去佛学院之前养了一条金毛，然后给它取了一个很土的名字，真的非常土，土到我叫它名字的时候都会觉得自己的声音里黄沙漫天，土到别人一提到它的名字，我脑海中就会出现黄土高原水土流失时滚滚的泥沙和壶口瀑布里喷涌的泥浆。

　　来昭出发去北方后，狗就被留在了庙子里，于是这只名义上属于来昭的金毛，实际上都是黄阿姨在养着了。庙子里条件并不奢华，它也吃不到什么上好的狗粮，黄阿姨平时都喂它吃斋堂的剩饭，有时我在斋堂吃完饭后也会顺手给它带去一些。斋堂里这么素还经常很没有味道的食物，狗自然是不会喜欢的。不喜欢的食物，为了活下去我多少都会吃到不饿，但是狗不行，不喜欢的话它最多也就闻一闻，然后把食物完全晾在一边。于是我给狗带的饭它每次都会剩下很多，时间长了，不知道是不是营养不良，连它的毛色也变得很灰暗。

　　来昭师兄很关心那条金毛，可是佛学院假期不多，他能为自己的狗做的就只是买些宠物用的营养粉寄回来，嘱咐黄阿姨掺在狗的食盆里和饭一起喂下去。于是黄阿姨每顿都会拌得很认真，也嘱咐我喂狗的时候记得拌，生怕照顾不好狗的话，来昭回来后看到会生气。

　　黄阿姨不在庙子里住的时候，那条名字很土的金毛就会交由我来照顾，晚上它就睡在我的寮房，有时趴在另一张空床上，有时睡在我床边。突然换了房间，狗也会变得有些不安起来，经常会起来四处走走或是挠挠门，都是些轻微的响动，即使我睡眠很浅，这些窸窣声也并不是特别烦人。

　　狗在夜里放声大吠的情况只发生过一次。睡觉时我留着屋里的小白炽灯没关，暖黄的灯光下我和狗都睡得很熟，充满了安然的气氛——直到我被身旁的狂吠惊醒。狗的叫声非常大，一声声在空旷的屋子里回响着，也在入夜后寂静的庙子里回响着。我蒙眬地睁开眼睛，看到它正在床边不安地来回踱步，一边左右腾挪，一边对着窗帘的方向狂吠。你知道，对凌晨就要开始早殿的出家人来说，午夜的睡觉实在是非常重要，生怕狗子的叫声吵醒庙子里的其他人，也怕会惹来抱怨，我一边轻声叫着它的名字，一边拍它的背试图安抚它，但是并没有什么效果，它还是朝着窗帘的方向一直狂吠。窗帘拉得很严实，睡前我也确实关好了窗户。然后伴着土狗的狂吠，我看到窗帘动了一下。以为是眼花看错，为了确认，我开始目不转睛地看着窗帘的方向，窗帘静止的时候，一旁的土狗也安静了下来。然后，在凌晨的寺院里，伴随着再起的狗吠，窗帘又开始无风自动地摇摆了起来。

这下我彻底精神了。

心脏在胸腔里突突地跳着，仿佛也受到了惊吓。每次窗帘一有动静，身旁的土狗就会不安地嚎叫，此时屋内无风，窗外无声。正是凌晨，对面前无风自动的窗帘的恐惧渐渐压过了我对狗吠会吵醒庙子里其他人的担忧。我不知道除了一动不动地盯着窗帘看之外，自己还能做什么，窗帘每动一下我的心口就感觉更紧一点，凌晨被吵醒的副作用除了朦胧的睡意之外，还有不受束缚的想象力，被窗帘遮住的地方对我来说就好似一个充满未知的黑暗森林。

然后随着窗帘一阵窸窸窣窣的抖动，一只老鼠从里面爬了出来，然后迅速地顺着管道跑走消失了，土狗也彻底安静了下来，卧下来迅速地进入了睡眠。

只剩下徒然经历过一场心悸感觉有些茫然的我，觉得自己为了这样的事情紧张地树起了恐惧和敌意实在是有些好笑，还好除了那只土狗之外并没有其他的见证者存在，念及此，我便讪讪地躺回床上蒙着头继续睡了。

当时只觉被老鼠吓到的自己非常可笑，却没有意识到，在庙子里，无处不在的格格不入也让整个庙子在我眼里变得有些吓人了起来，我也在不知不觉中树起了自己都察觉不到的敌意。对着谁呢？不知道。

庙子经常会变得很繁忙，尤其是节假日，游人和香客的数量都会激增，活计多的时候黄阿姨自然也会跟着特别忙，由于我跟黄阿姨的繁忙时间经常是错开的，在她实在忙不开的时候，我便会去顺手帮帮忙，真的是很顺便的事情，不用动脑，也不需要付出什么体力，甚至连"麻烦"都算不上。

黄阿姨通常都在客堂对面的另一边的地藏殿——或者是别的什么殿看殿，时间过去这么久，我实在记不太清了，顺便在殿前摆个小摊位卖些自制的小饼干和饮料来补贴生活，摊位又小又简易，无非是在殿堂的大门前放一张桌子，桌子上再放些商品，这样，就算是一个庙子里的小卖部了。我偶尔会过去帮她看看殿或者照顾下摊位，所做的工作就是找个地方坐下，然后一动不动，真的是很简单。可能是庙小人手不足，可以帮忙的人很少，再加上儿子又不在身边的缘故，即使是看殿顾摊这样微不足道的举手之劳，黄阿姨也会对我表示出过分的感激，硬是要我白喝了很多可乐果汁，也白吃了许多饼干，淳朴的热情经常让我都有些不好意思起来。

像黄阿姨一样，庙子里的很多人其实也都很热情友善，现在回想起来，也还是能从不长的回忆里提取出很多善意的，只是碍于当时全然陌生的环境给我带来的疏离感和我自己莫名其妙树立起来的敌意，再加上多多少少的语言不通，这些善意并没有很快地传达到。

有人会在我睡不醒时来敲门叫我去上早殿；有人会试图教我去敲法器，我最先学会的是引磬；有人会在殿堂里教我各种仪轨，在上殿时纠正我的动作。

有人试图教我放蒙山，被我断然拒绝了，身为庙子里不论年龄还是辈分都最小的人，若是学会了施食，每天晚殿的蒙山自然就轮不到别人了。

有人——也可能没人，很多时候就是我自己一个人——会带我去周边寻觅很多奇怪的当地零食，街转角处的毛豆每每都能辣哭我，但是真的很好吃。

我很喜欢看电影，长这么大，我的人生中坚持下来的跟学习无关的爱好就只有游戏和电影了，庙子里规矩还算是比较严格，我们经常连使用 Wi-Fi 都要偷偷摸摸的，看电影根本就是罪不容诛了。奈何我又实在是很喜欢去影院，游戏没有条件打，看电影这种我人生仅剩的业余爱好，是无论如何也放不下的。庙子不远处的商场内有一家小电影院，上映准时，价格公道，在有想看的电影上映，庙子里又没有佛事的时候，我便经常会在中午过堂后到下午晚殿前，或是在下午晚殿后到晚上山门关闭前的这段时间争分夺秒地溜出庙子、溜进电影院，心满意足地看上一场。我甚至都完全感受不到一个人看电影的孤独，只要有电影看就够了。有时电影结束得很晚，经常回来时山门已经关掉了，墙太高，翻是翻不过去的，便只好隔空呼喊看门的大爷来开，语言不通，我便只好希望自己喊话的语调可以包含足够的信息量。

大爷会披上外套一脸不情愿地出来开门，经常也会数落我两句——我听不懂，只能从他说话的语气里感觉到那绝不是夸赞，只能唯唯诺诺地点着头，表示下次绝对不会这么晚了。月光冷冷清清的，感觉更加疏离了起来。

那之后我便几乎再没有去看过电影，自娱自乐的方式愈发少了，周遭的空气似乎也一天比一天更加黏稠。

晚归这件事只有知客师是例外，师兄告诉我，知客师是庙子里的中老年之友，居士们都喜欢见他。跟给因私事晚归的我开门时的不情愿不同，晚上回来的若是知客师，那可是激动人心的大事情，连开门都洋溢着一股喜气，师父回来了！

"挺好玩的。"师兄说。

来昭师兄自己其实也很厉害。所上的佛学院是名义上的汉传佛教最高学府，光是听名号就让人觉得真是洋气神秘又高端，除此之外那里还有着佛学院中骇人听闻的低于百分之五十的录取率。年纪不大就北上去佛学院深造的来昭法师是庙子里大家交口称赞的年轻有为的法师。

庙子里还提前安排好了来昭师兄的假期时间，设立好了会场，等他回来讲经。定制了一块很大的告示板，早早地摆在庙子外面，上面列出了来昭的生平简介，某某年考上某大学，某某年出家，某某年受戒，某某年又考上了汉传佛教最高学府，兹定于某月某日向大众宣讲某经，看起来真是高端又高端，具体内容我已经记不清了，但站在比我还要高的公告板前面的时候，有一种我这个素未谋面的师兄可能才刚刚"下凡"不到五分钟的震撼。

我在庙子里的时候来昭师兄已经去北方上佛学院了，在很长的一段时间里我们都没有见过面，我只是通过黄阿姨自豪中掺杂着寂寥的描述，庙子里其他人带着钦羡的偶尔提及，和巨大的告示板上的简介了解了他。

他住在庙子里的时候一定很自在吧，真的是个很厉害的人啊，我想。

后来去北方，闲聊之余向来昭师兄询问了他最近的学习情况。

"挂了三科。"师兄说，"那几门我根本就没去考。"

"破罐子破摔了。"他又补充道。

来昭是我的师兄，跟照片上看起来不一样，他瘦瘦高高的；他跟黄阿姨口中描述的那个正经的儿子不一样，经常会很脱线；跟庙子里其他人对我提及的年轻有为的法师不一样，他并非不食人间烟火；他跟告示板上那个刚"下凡"五分钟的仙也不一样，他"下凡"很久了。

他可能跟我眼中的来昭师兄也不一样。

那时的北方是冬天，我穿着春天的单衣，背包里也没有像样的冬装——冬天的衣服太厚太大，而我的书包只是小小的一个。这些年我不论去哪里都只是背一个书包，里面装着所有的行李，住的时间稍微长一些也不会想着要添置什么，总有不安在心里跳动着，让我觉得迟早有一天自己会再次踏上旅途，添置的东西迟早都会变成累赘。

我的行李最多的地方是墨尔本，虽然是在离学校不远的地方租住的房子，但心想反正学习需要很多时间，也一定会住很久，便添置了很多东西。用七十刀（dollar）买了个简易沙发，用五十刀买了台三手洗衣机，去宜家买了个大餐桌和很多水杯，乱七八糟林林总总，拼起来居然也有了家的样子，平时看到有趣的小玩意儿也会买回来放在家里，像是好看的画册或是样式奇怪的挂钟，加上朋友送的袋鼠布偶，装点起来其实也很温馨。

就这样，去北方找来昭师兄玩的时候我也依然是轻装简行，结果第二天就大风降温，紧接着我就罹患了感冒，嗓音沙哑、嘴唇惨白、咳嗽不停、鼻涕不断，情形相当惨烈。

柳暗花明，碰头时来昭师兄拿着感冒药出现在了马路对面。

"哎呀，我本来打算拿个甘露丸出来吓唬你的，就神神道道地说是某某上师给我的秘药什么的。"他用遗憾满满的口气说，"结果出门的时候给忘了！"

……感冒药很有效，只两滴就呛通了我的鼻腔。

在庙子里的时候怕感冒只能穿着衣服窝在被子里默默地扛，希望自己不要因为生病干不了活而被别人嫌弃。在墨尔本的时候感冒了，我会把房间空调开到最大，然后蒙在被子里希望一晚上就可以好起来——论文的死线一个接着一个，错过任何一个都会有灾难性的后果，我不能让身体状况影响自己的作业质量。

所以当来昭师兄递给我感冒药的时候，我甚至产生了一种新奇的感觉，大概是太久没有感受过这样质朴的关心了。原来有师兄是这样的啊，我想，虽然孤身在外，却突然有了种可以放下心来的安全感。

照顾我的病情，又想带我游览一下这个城市，师兄最后选择了拉着我一起去坐公交，是一个游览路线，公交车也是双层的，我们坐在第二层的第一排，面前巨大的玻璃就是我们的观景口。师兄告诉我，他自己经常这样坐，到了终点站再原路坐回来，然后打发掉一天。虽然方法简陋，但事实上我自己也很喜欢这样漫无目的地乘坐公共交通工具，看着不相关的人上车下车，看着陌生的风景从眼前掠过，惬意的同时也给了我莫名的安全感，何况自己坐着不用动这件事实在是轻松又省力。

你知道，学习并不等于考试，来昭师兄实际上真的是一个很厉害的人，闲聊时抛出的佛经偈子梗很多我都接不上，平时的引用也是高端又高端，像是"功勋富贵原余事，济世利他重实行"，又或是"独棹小舟归去，任烟波飘兀"，讲经之类的大概也是能顺手拈来的，虽然经常看不懂，但就是让我觉得很厉害。而我自己平时的感慨大概就是"Oh my God.LOL"或者"It is a universally acknowledged truth that university sucks"的水平，最高端也不过引用一句"Fairy tales do not tell children that dragons exist. Children already know that dragons exist. Fairy tales tell children that dragons can be killed"之类的话，若是演讲的话，超过十五分钟我的嗓子就会哑了，真是低端又低端。

来昭师兄还是个黑带——虽然我不知道是什么黑带，不管是柔道、跆拳道或者是什么别的武术，单是黑带这两个字听起来就已经很能打了。除此之外，他写字也十分好看，软笔硬笔都惊为天人，师兄本人可能已经"下凡"很多年了，但他的字看起来就绝对不会是"下凡"超过五分钟的类型。我自己的话……小时候没少因为写字难看这事挨打就是了。

"我爸就想要你这样的儿子。"我说。

"我没有爸。"师兄立刻就接了话。

见气氛有些尴尬，顿了顿，他自己接了自己的话："我是不是又把天聊死了？"

那天天气很好，车窗外能看到巨大的月球，月亮好圆像个饼。

"月亮真好啊。"师兄说。

"是啊。"我回道。

临别时师兄一边感慨说早几天就该这么干了，一边强行给我塞了一身厚衣服，还有很多零散的小物件，甚至把他自己穿起来的宝贝无患子佛珠也套在了我手上，书包里实在是装不下了，我甚得把衣服挂在背带上才行。

师兄的衣服很暖和，大小也合适，原来在冬天真的是需要穿厚衣服才行的。

庙子在南方，多雨。在客堂当值时，下雨的时候我经常走出来站在客堂门口，看着雨水哗啦哗啦地打在殿堂的屋顶上，从屋檐上落下来、从树叶上掉下来、从台阶上流下来。下雨时很少会有人来，就算是不停歇的雨声也阻绝不住客堂里的安静和冷清，哗啦哗啦，哗啦哗啦，雨似乎要一直这样下下去，雨要是能一直这样下下去就好了。

冷暖都是人情啊。

在小庙里，日子会在不知不觉间就悄悄地过去很久。上殿下殿，行堂过堂，偶尔偷偷懒，小心翼翼地翘着殿，期盼着会在晚上随机出现的面条加餐，顺便逗逗狗，有人路过时会笑着打招呼，有人不会普通话，听不懂方言的我经常就靠肢体语言来沟通。偶尔庙子里的大家凑在一起喝茶聊天，我几乎什么都听不懂，也插不上话，能做的就只是其他人笑的时候为了显得合群我也跟着一起傻笑。即使如此，也经常觉得气氛很是祥和了，但如影随形的疏离感却总也挥之不散，让我想要逃开。

后来黄阿姨也离开了寺院，走之前叫我一起帮她给来昭师兄布置一下房间，好让他回来也住得舒服。话虽如此，我所能做的无非也就是帮忙搬搬东西而已，寮房早已经被黄阿姨布置得井井有条了。有新做的床，有崭新的书架，墙上挂好了字画，衣柜里也塞满了过冬的厚衣物，阳光照进来，一切看起来都暖洋洋的——来昭师兄后来甚至还给自己的房间装上了 Wi-Fi。其时连给自己略显昏暗的寮房找张桌子都无从下手，又怕自己去搬会被人指点，最后只得作罢的我羡慕得都快要哭出来了，真好啊，我想，这样的话师兄就可以把庙子当作家一样来住了，一定会很自在，也不会像我这般疏离吧，真好啊。

黄阿姨走的时候也带走了来昭师兄的那条名字很土的金毛。其实在庙子里，跟我说话最多的应该就是那条金毛了，虽然主要都是我在说，它也就偶尔叫唤一声而已。

我（伸出手臂在空中画了一个巨大的圆）："你的名字，大概有这——么——土。"

狗："汪！"

黄阿姨和金毛都离开了寺院，我便失去了平日里所有的聊天对象，能跟谁说话呢？雨滴吗？它们也不常来的。

日子也还是慢慢地过着，但也并没有过去很久。又一次入冬前，执事中午去客堂没有看到人——平日里客堂做事基本都在下午和晚上，我中午的时候也就经常偷个懒不去了——我偷懒被逮了个正着。

"你为什么不去客堂上班呢？"

执事当时训了很多话，我现在能回想起来的也就只有这一句了。上班？我心想这个词还真是别扭，上班的话起码还要发工资的吧？当然，这句话我也没有说出口，只是一边走神一边接受着教育，唯唯诺诺的同时也在翻涌着少年意气。

后来我也离开了庙子，只背了一个书包。要去哪儿呢？不知道。

去了很多地方。

我自觉也算是一个很疏离的人，一个人来到墨尔本的时间里，从没想过家，也没有怀念过其他地方，更没有过度思念过任何人——就像我觉得也不会有人会过度思念我一样。一个人一边上学一边生活，觉得自己真是独立又洒脱，甚至还有些帅气。有时刷帖子看到有人因为在异国留学打不到出租车就心头酸涩上网号哭，便自满地觉得这些人都是温室里的矫情"弱鸡"，要知道，为了省钱，"打出租车"这个念头甚至从来就没有在我的脑海中浮现过。

直到在晚上一个人窝在出租屋的书房里赶论文的时候，手机上突然蹦出了来昭师兄的视频邀请。

在墨尔本的时候我跟师兄的联系并不是很频繁，几乎都只是三言两语便作罢，比如我听他讲佛学院换了新领导，新官上任三把火，改革后夏天结夏冬天禅七从此没有了寒暑假。比如他听我吐槽留学生的待遇，有些奖学金居然只对本国人开放，作为外国人真的是要活不下去了。以及师兄偶尔会说些要我有空回庙子去看看，毕竟也算是个根了之类的话。又或是他最近参加了佛学院之间的辩论赛，我会用绵薄的知识来帮他稍微出出主意——当然，我的作用主要也就是创造点笑话，再抛些段子、抖些包袱——后来他们拿到了冠军，也不知道我的段子有没有出些力，很可能没有，毕竟辩论赛应该还是要严肃些的。

接下视频请求，手机屏幕上就出现了熟悉的画面，庙子里的大家正坐在一起喝茶聊天，来昭师兄在，黄阿姨也在，大家都对着摄像头跟我热情地打招呼，就像是我也坐在那里一样。听到熟悉的声音，又看着熟悉的画面，我突然发现自己有点想哭，仿佛来到墨尔本这么久，直到此刻我才终于感觉到了那横亘在我跟他们间的距离。

真的是隔了很远啊，不在同一个半球，不在同一个时区，连地转偏向力的方向都不一样。

但是对性格别扭的我而言，直接说出"想念你们"这种话实在是太肉麻了，于是我把摄像头切到了后置，对准了自己论文的草稿，然后又晃到了一旁的电暖气上，我没敢让他们看到我的表情。

用摄像头指着一旁的电暖气，我说这里入冬后每天都在刮妖风，窗外都在呼呼地响，最近墨尔本真是好冷，我都是在靠二手电暖气给自己续命了。

师兄笑了笑，说苦着苦着就习惯了。

其他人也你一言我一语地来交谈，但是当地的方言对我来说依然是一门全然陌生的外语，时隔这么久，就连当时好不容易才学会的寥寥几个发音也都忘得一干二净了，不知道该用什么话来答复的我，只好装作网络延迟没有听清来避免尴尬，像过去一样，我只是随着大家一起哈哈地笑着，也许他们在讲我听不懂的笑话，也许是因为大家好久没聚在一起特别开心，也许就是单纯地在笑。

这个是以前跟我同在客堂的一位法师，写字特别好看，打印机坏掉时所有的牌位都会交由他来书写，但是他的名字我想不起来了。

那个是教我法器的法师，这么久过去，本就不太精通的敲打唱念我也已经忘记得差不多了。

照顾菜地的耀易师也在，以前每次准备煮面都会顺路从他的地里顺一两片菜叶子，也不知道他发现了没有——师兄后来告诉我耀易师刚刚做了心脏手术，现在已经不能下地了。

当初那条名字很土的金毛，现在也准备当狗妈妈了。

这么久过去，有些事情我还记得，剩下的全部都想不起来了。

小时候的我很喜欢数字，经常自己琢磨数学，每天睡前都会在脑子里想一些奇奇怪怪的数字算法，以至于在开始学习公式前我就掌握了很多自己总结出来的规律——虽然不一定都是对的。到了初一，在第一节数学课的时候，充满兴奋地大声喊出了老师写在黑板上的题目的答案，遂被老师点名叫起来解释答题思路，我便按照自己的想法说了起来，两句话后老师才惊觉我的思路居然和书上写的不太一样，遂毫不犹豫地打断了我，紧接着便把我罚站出了教室，那节课刚刚开始，剩下的四十分钟我都是在教室外面的走廊里度过的，路过的班主任看了我一眼，叹了口气，也没说什么就走开了。

错在哪里了呢？答案是对的，方法应该也没问题，但既然被罚站了，那一定是有错的，也许是错在跟别人不一样吧。但是这样就算是错了吗？我很愤懑。

赌气的我三年都没有认真听过那人的数学课，老师也很配合地在接下来的三年里完全忽略了坐在教室里的我——有时候也会直接把我赶出去。虽然靠着自学我的数学成绩也一直还说得过去，加上中考前又恶补了一个月，最后还是考去了重点高中，但对数学的兴趣大概从那时起也就消失殆尽了。

我记得那天放学后我一个人走在回家的路上，已经很晚了，即使是干道上也只有自己一个人在走。我突然就很想对着空旷的城市大喊些什么，但终究是什么都没能喊出来，那喊声留在了身体里，融进了血液，成为我的一部分，成为我。

在墨尔本，我经常会一个人出门走上三千米跳上火车，然后一路坐到终点站。车站对面不远就是海边，没什么人，很空旷很寂寥，我就一个人戴着耳机，偶尔构思一下论文，有时也会在脑子里想一些不切实际、不着边际的学术问题，更多的时候就只是发呆，一直待到日落再起身坐上末班车回去。在海边的时候我离家很远，离庙子很远，离师兄很远，离朋友很远，离下雨时的客堂很远，离那个哭泣的小孩很远，北半球落叶的时候我这边是盛夏，我离那片落下的枫叶也很远。

佛法大概是可以让人沉下心的吧，所谓不悲过去，不贪未来，心系当下，如此安详。我经常会很羡慕师兄，仿佛他的每一步都可以走得很坚定。

我笑说师兄当时你要是也在庙子里的话，说不定我也不会走了。

师兄回说这也算因祸得福嘛，天南海北走走，在国外读读书，也挺好的。

　　我所在的教育系取消了考试，成绩都靠杂七杂八的小任务来界定，当然，最主要还是要靠论文，而每个人的分数也都是自己的隐私。我开始试着不那么关心分数，而是把自己想说的话说出来，去学习自己想要了解的领域。

　　去探索自己，然后再去了解这个世界。

　　来昭师兄说他经常会被别人眼中的自己束缚住，而我大概也一直在被自己束缚着吧。

　　并没有意识到过去对自己的影响，只是被它们簇拥着一路跟跄向前，回望时才惊觉曲曲折折，但好歹是一直在向前吧。

　　我已经不再是两岁时哭着砸门的那个孩童了，也不是那个只会茫然地学习和考试的小学生，不是那个无法呐喊的中学生，也不再是庙子里那个羡慕着别人，自己却又无限疏离的小和尚。

　　我不再是他们了，但他们一直都是我。

　　墨尔本的冬天要比庙子里的冬天暖和上许多，尽管如此，冬天也毕竟是冬天，还是很冷，风吹得窗外的月亮也若隐若现。

　　以前住在庙子里时，因为几乎只有晚上才能享受些没有佛事和杂活的自主时间，我便经常会熬到很晚才睡，即使什么也不做就是盯着灯发呆。后来听别人说，那个时候，师父经常会从方丈室走出来，在广场上默默盯着我寮房的方向看，要等到确定我也关灯睡着后才回去。

　　这当然不可能是真的。

一来，在丈室的方向是看不到我的寮房的，何况在当时的庙子里有人会如此关心我这件事本身就已经很离奇了；二来，我那时候睡觉根本就不关灯。

但是，倘若它是真的，不知道师父看着我寮房的灯光时是怀着怎样的心情。

即便是回忆里虚假的灯盏，暖黄的光亮起来的时候，还是会让我莫名地心安。

关心

我的师兄

非常关心我

在我起不来床的时候

还会哐哐哐地猛烈敲门

来叫我去上殿

这种关心

我并不想要

护法

庙子里有个老和尚去世了。

虽然已经在庙子里住了不短的时间，但我跟老和尚之间甚至连一句话都没有说过——严格说起来，我们彼此甚至都算不上认识。

老和尚年纪很大了，行动多有不便，所以我从没有在早晚殿堂时见过他，出坡过堂他也几乎从不出现。我平时都会在客堂忙活，而他喜欢坐在客堂外面的院子里晒太阳，偶尔会冲着走出来伸懒腰的我笑笑，我就也牵起嘴角回应。整座庙子依山而建，上下用不宽的台阶连通着，在上下时偶尔迎面遇到蹒跚走路的老和尚，我也会侧身让出道路，擦肩时彼此点头示意一下，就算是打过招呼了。

彼此都一样没什么存在感的我和他，每天的交集也就仅限于此了。

在老和尚去世前，我甚至一直都不知道他的名字。而那个名字在老和尚去世后不久也很快就被我忘记了。

所以，在得知他往生的消息时我并没有涌起什么特别的感情，只是手忙脚乱地助念、封龛、准备柴火，闷头为荼毗法会做着准备。

所谓荼毗，通俗地说即是僧人去世后的火葬仪式。

荼毗的地点在后山的化身窑，点起的炉火总共会持续三天。

平日里，在乐观平和积极向上的同时，我算是个少言寡语离群索居的类型。虽然日常中与人的交流算不上贫乏，在客堂这样相当于寺院对外窗口的地方挂职，每天也都迎来送往，但其实除了偶尔面对少有的几个好友，我的孤僻简直称得上是社交恐惧症级别的，甚至在网上有编辑来跟我接洽约稿时，我都会局促于不知道应该要如何跟人交流但不回应似乎又不太礼貌的窘况，干脆像甩烫手山芋一样把手机扔给对出版行业有所了解的朋友老王，让他来替我聊天——不知道手机对面的人看到回应过去的既严肃又强硬如同商人一般的专业谈吐时，会不会觉得这和尚精神分裂——不过从目前为止平均十次约稿能出一次的结果来看，估计他们都这么认为了。

社交恐惧和经常睡眠不足导致的面瘫等级的表情丰富度，再加上间歇性智齿生长带来的疼痛，让我在多数对话中都尽量只用"嗯啊"来做言简意赅的回答。

我的形象哗的一下就清高了起来。

随着晚殿的结束，寺院一天的活动也就告一段落了。在喧嚣都被关在山门外的时候，我经常趁着天还没黑一个人跑去后山的树旁坐在秋千上悠荡。一边晃一边等着暮色四合，直到最后连夕阳的余晖也慢慢沉到山的那一头时才起身离开，偶尔会有看不出品种的鸟类怪叫着从枝头飞起，从天空掠过的同时也带着树叶发出唰唰的声响。

我很喜欢后山广场上的秋千，它是每天结束时独属于我自己的休憩时间。当然，广场上经常也会有其他法师聚在一起聊天，每次我去后山时，若是发现早就已经有人在那里了，便会装作有事只是路过的样子迅速折回，等到没人了再一个人去独占一整个后山。

我在那架秋千上读过"经律论"、看过漫画，也在那里头脑放空地发呆或是故作深沉地思考人生。

从小就受到各种热血少年漫画里同伴之间友情羁绊的熏陶，我一度以为独自一人是件很可怕的事情，但事实是，在丛林这样的地方，虽然偶尔会有些寂寥，但其实我对"独处"这种事情相当地擅长。

那天从晚殿出来，我照常收拾好客堂，锁上门以后，又照常趁着落日的余晖拾级而上去了后山，照常一个人坐在秋千上，塞上耳机，照常以"人生一场虚空大梦，韶华白首不过转瞬"的状态，脑袋放空虚度着难得的闲暇。

等我注意到旁边的空秋千也跟着一起晃了好久时，天已经完全黑了，起初只自然地觉得它一定是被风吹动的，便没有特别在意，依然自己晃自己的，任它在旁与我一同荡漾。

直到夏天夜晚里无风带来的闷热让我突然意识到，周围近乎静止的微弱的空气流动是根本不可能带动这沉重的铁制空秋千的。

空秋千上带着斑斑锈迹的铁链随着晃动发出嘎吱嘎吱的声响，在入夜后空旷寂静的后山上显得格外刺耳，殿堂檐角下的铃铛也不合时宜地发出不规律的脆响。

我停下来略带好奇地转头看了很久，耳机里又过了两首歌，隔壁的空秋千却依然没有停下来的迹象。

不知是不是由于我把注意力都集中在了它身上的缘故，空秋千晃动时发出的铁链摩擦声变得比之前更刺耳了些。

依然没意识到有什么不对，只是觉得这事有些奇怪的我，脑海中划过了用手扶住空晃的秋千的念头。准备停下它的手伸到一半的时候，我才猛然想了起来——老和尚的化身窑就在秋千旁边十几步远的地方，而今天是茶毗的第二天。

炉火就在我旁边不远的地方静静地烧着，仔细听的话似乎还能听到"噼啪""噼啪"的声响。

我伸出的手有些不知所措地僵在了半空。

对于怪力乱神之类的事，我的态度向来是"无所谓"。

但遗憾的是，我这种不关己事无所谓且不害怕的态度只有在白天才会出现，到了晚上它就不灵了——天黑到连周身的环境都看不清时，谁还顾得上理性思考啊。

简单来说，就是太阳一下山我就会变尿。

而当时天已经黑了，后山上只有我一个人在，我的胆量也早就随着夜幕的降临蛰伏在史前的地层里开始了冬眠——当然它也可能是跑去太平洋的小岛上度假去了，反正不在我自己身上。

缩回了差一点就要碰到空秋千的手，我表面平静实则内心汹涌，慢慢起身，然后头也不回地大步朝自己的寮房方向快速走去。

说实话，我也不知道自己在害怕什么，但莫名的恐惧还是驱使着我，让我想要快速逃离那片毗邻着化身窑的空地。

回寮的路途说不上遥远但也不近，为了缓解焦虑，我手忙脚乱地给我的好友路西法打去了一个电话。听到手机那头传来熟悉的声音的时候我才终于感觉松了一口气，然后——我也不知道为什么——我隔着一千千米先跟他一起怒批了半个小时 *How I Met Your Mother*（《老爸老妈的浪漫史》）第九季那屎到连字幕组都罢翻的结局之后，才把空秋千的事件讲给他听。

路西法听完后沉默了一会儿，叹了口气，怅然地说道："*How I Met Your Mother* 的结局真的是太屎了。"

我寮房的视野很是开阔，透过窗户，自然也能看到后山上孤零零的秋千和隐隐透出火光的化身窑。刚刚见识过无风自动的秋千，像是逃跑一般回到寮房的我，再望向窗外时，视线总是不由自主地被秋千和化身窑吸引过去，虽然在夜色中根本看不清楚，但它们的形象在我的脑海中却是清晰得纤毫毕现。

当晚，师兄在睡觉前来我寮房串门，顺便来蹭些我囤积的零食，开门让师兄进来后，依然心神未定的我强忍着把"师兄今晚让我去你房间打地铺睡吧"这句话说出来的冲动，给师兄讲了我刚刚在后山的遭遇。

师兄听完后停下了正在撕开我最后一包薯片的手，表情大概严肃了有一秒钟，然后坐在了我对面的桌子上，对我说："你知道吗，咱们寺院以前住过一个和你年纪差不多大的法师……"

多年前，湛觉法师在这边寺院常住的时候跟现在的我年纪差不多大，家人也一样都在远方，但据说是一个比我沉稳很多的人。湛觉的父亲去世的那个晚上只是一个普通的夏夜，在庙子里住了很久的老医生从念佛堂出来打水时，看到大殿后面的广场上站着一个人。

广场的空地很大，入夜后月亮成了唯一的光源，银灰色的光芒铺满地面，让寂静的庙宇整个看起来像是一张过曝的黑白老相片。

即使在深夜半梦半醒时也没忘记自己是个烂好人的老医生自然是朝着那人走去，询问他一个人半夜在这里有什么事情。

"我来找轩轩。"那人说。

轩轩是湛觉师的乳名，知道这点的老医生把手指向了湛觉师房间的方位。

"哦，他就住那间。"医生说。

"我知道。"来人的目光似乎一直都在盯着那间寮房，"可是门口有两个人拦着，我进不去。"

因为庙子里常住的法师并不算多，所以僧人们都是每人单独住一间寮房，这大晚上的，大家都各自睡去，自然也不会有人聚在一起了。念及此，老医生狐疑地望了望空荡的走廊，什么人都没有看到，再回头时，原先站在广场上的那人也不见了。

"后来老医生说那人可能是湛觉的爸爸。"师兄说着，刺啦一下撕开了薯片的包装袋，"过来看他最后一眼来了。"

"那门口的两个人又是怎么回事啊？"不明就里的我叼着吸管问道。

"那个啊，是龙天护法，是护持出家人的，有他们在，鬼神莫近。"

"哦。"

"每个出家人都有的，你也有。"师兄往嘴里丢了片薯片，咔嚓咬碎了。

"所以你就安心吧。"他说。

像之前说的，怪力乱神之类的事情，我向来都是无所谓的。

只是有时看到客堂外正午的阳光照在老和尚空荡荡的躺椅上，心会蓦然一沉，这感觉来得那样突然，以至我常常有些不知所措。

我跟去世的老和尚甚至都算不上认识。他生前做过什么，我不知道；他喜欢过什么，我不知道；他对什么愤怒过，我不知道；他是谁，我似乎也不知道。

我只知道他喜欢晒太阳，一晒就是一整天。我也喜欢晒太阳，有时候忙里偷闲从客堂逃出来，我会靠在空地旁的墙边，深秋的时候这里就已经很冷了，窝在客堂里时间长了手指都会冻僵，只有出来晒晒太阳才能觉得暖和些，老和尚看到我会微微点下头，就算打过招呼了。但经常靠着墙，我忘了这庙子是依山而建的，我靠着的地方，上面是一座小花池——每天都会有人浇水的那种花池。

整座庙子里只有老和尚见证了突如其来的降水从我头顶打下来的那一幕。深秋冰冷的水更是浇得我狼狈不堪。也许是因为太过年迈，老和尚只是轻微地笑了下，笑完后又试图用咳嗽把它掩盖过去。

我也只能尴尬地陪着笑——尴尬的是自己落汤鸡一般的状态，能笑出来却是因为当时真实地感觉到了对方的笑意。

光线跨越一个天文单位的距离到达地球只要五百秒，阳光跨越1.5 亿千米照耀在客堂前面空旷无人的躺椅上只需要五百秒，然而即使速度达到一个 c（真空光速），也还是跑不赢离别。

在老和尚去世前，我甚至一直都不知道他的名字。而那个名字在老和尚去世后不久也很快就被我忘记了。

但我常常觉得……

那把空椅子在我看不到的时候，一定在偷偷地摇晃。

回答

都问我

为什么要出家

你也问我

他也问我

现在我来告诉你

不为什么

就是因为

不爱说话的世乡

（一）夏～

世乡是我的好朋友，或者说，我希望我是他的好朋友。

我跟世乡见面的次数一只手就数得过来，虽与我一样同是北方人，他却一直住在南方的小庙，只结夏时会跑去一些大庙参学。

结夏安居算是佛教寺院特有的传统，每逢夏季，农历四月十五至七月十五，僧众便聚集于一处精进修习，在此期间不能离开结界，结界这词虽然听起来很玄幻，但其实指的就是寺院常住的那块地而已。安居时僧人不能出大界过夜，话虽如此，但以现在的交通手段，一天的时间开车出省转一圈，然后在天黑之前回庙也都是来得及的，搁在以前的话一个白天的时间最多也就是去附近的镇子上溜达一圈就得往回赶了。

简单来说，结夏安居对出家人的意义即是到了夏天就搁一个地方老实待着不许乱跑。

我就是在结夏的时候结识世乡的。

那里也算是一座负有盛名的十方道场，结夏时自然会有不少人慕名前去安居，当然也会有对名声之类完全不了解纯粹是怀着好奇心误打误撞去的人——比如我。

彼时的我已经基本没了什么挑剔的毛病，住在一个上下铺的八人间，寮房也算得上是干干净净，自然是没什么可抱怨的了。

我一直觉得对着一个人说话要比对着几百个人演讲要困难上许多倍，读书时经常对着一整个大厅的老师和同学展示论文，甚至演讲本身就是课程和作业的一部分，我处理起来都得心应手。但一旦跟一个人面对面交谈，情况对我而言就会立刻变得十分棘手，说出第一句话就好似从站在八千米高的峭壁前向外迈步一样难以做到，而无言的尴尬也会像一个恐高的人站在八千米高的峭壁前一动不动般让人承受不来，仅仅是说话，却比拿起剑去屠龙更需要勇气。可生活从来都充满了这样的情景，比如认识新同学，比如认识新朋友，比如跟另外不认识的七个人一起住在一个寮房。

一般来说，如果住在一起，大概用不了几天同屋的人就会互相变成铁瓷了，而不善社交，或者说不会社交的我，在安居的整整三个月中，始终没有跟同寮的几位僧人变得熟络，甚至互相连联系方式都没有留下。所幸我经常给自己找活干，只有在该睡觉时才会回去寮房，也还算能搭得上一两句话，没给人留下孤僻的印象。

世乡住在我隔壁寮房，也是一样的八人间，也是一样的上下铺。

下午药石后我习惯趁着太阳还没落山在寮房前面的空地上散步，这个时间大家要么还在吃晚饭，要么就已经吃完在寮房休息了，要么就是精进地在诵经，户外几乎不会有什么人，像以往一样，我很享受每天这样头脑放空漫无目地在方圆一百来平方米的地带独自踱步的时间。

大约是第三天的时候，我看到了世乡。他坐在自己寮房外面的石阶上，在懒腰伸到一半的时候发现了我看向他的目光，看到他也注意到了我，我迅速摆出了一个难看的笑脸当作打招呼，他也僵在了将伸未伸的懒腰上，做出了一个有点不好意思的笑脸算是当作回应。

当时我对世乡的全部印象是：这人看起来年纪跟我差不多啊。

要知道，除却佛学院，我在寻常寺院的常住里碰到同龄人的概率大概就和在南方吃到咸豆腐脑一般小——不是没有，但是真的很少见。

打过一次招呼以后，世乡在我眼里也就在同样发型衣着的人群中变得比其他人稍微显眼些了。

我每天凌晨起来上早殿时都会感觉头重脚轻。出家也有些年份了，再加上年纪的增长，我每晚需要的睡眠从以前的睡不够八小时就会想死变成了就算只有四个小时也无所谓。即使这样，我也还是没有办法完全适应凌晨即起这件事，有时困得狠了甚至会睡眼惺忪般地去随众上殿早课，《楞严咒》《十小咒》不假思索也能跟大家一起诵出，少有出错，但脑子里满满的都是好困啊、下了殿我一定要睡个回笼觉的念头。那一丝顽强的困意一直被我紧紧攥在脑海里，出了殿堂后，连堂也不过，早饭也不吃，直接就一口气回寮脱海青，然后扑倒在床上才算完。跟我差不多年纪的世乡，却几乎从没有在早殿上展露过睡意，他的脸色看起来跟我们第一次见面时一样——虽说不上是神采奕奕，但怎么看也都不像是刚起床的人，甚至比很多老禅和子看起来都要精神许多。

像我跟世乡这种刚进单的人，发心自然是免不了的，比如每天的行堂，也就是负责打饭的活，自然就不会落在别人身上。我自认不是个懒惰的人，但也清楚自己缺乏锻炼的体魄并不强健，所以行堂时并不会去挑大桶的米饭和满溢的粥来打，脸盆那么大的菜盆子大概就是我能端动的极限了，毕竟一手端着，另一只手还要腾出来用勺子舀进别人碗里，而我又实在不懂得什么技巧。当然，偶尔我也会偷个懒，比如行堂行到一半就拿着西瓜跑出去啃，比如行堂刚开始就拿着哈密瓜出去啃，又比如有时干脆就不去行堂 ——都是些寻常和尚会做的寻常事。至于世乡，他平时也不太爱说话，是个相当安静的人，少年老成这个词放在他身上实在有些不合适，但他在很多时候又表现得十分老成，行堂时通常都是提着最重的饭桶，从来不偷懒，从来不迟到，也从来不开溜，行堂的队伍里永远都能看得到他。有心的人会觉得世乡真是惜福发心，有坏心的人会觉得世乡这人实在是太爱表现。他行堂时会把掉在地上的米粒悄悄捡起来自己吃掉，我觉得世乡真是个有趣的人。

安居期间最主要的活动就是诵经了，厚厚的一卷《华严经》，为了保证在安居结束前能诵完，每天上午和下午自然少不了常住安排的诵念，新来的和尚自然不会有放假的特权，这也就意味着我每天的回笼觉要被剥夺……诵经这活动就连世乡偶尔也会翘掉，理由也是简单又直白。

"累了，不想去。"他说。

当然，世乡不去诵经的次数也是屈指可数，大概和我心甘情愿去诵经的次数一样多。

对回笼觉的向往再加上心里的懒散，每次诵经和跪拜时我多少都有些跟不上节奏。世乡的位置离我很近，他一直都直挺挺的，看起来仿佛有着自己的节奏，只是那节奏恰好同别人一样罢了。

他大概是比我和其他人都要更虔诚吧，有时我会不由得这么想。

我跟世乡并没有促膝长谈过，只是偶尔遇到了才会说上几句话，但以他平时跟人说话的频率推断，在整个安居期间我应该就算得上是跟他交谈最多的人了。

寺院中有个不成文的习俗，就像在西方国家询问他人具体年龄和收入是一种不礼貌一样，在庙子里如果见面就直接去问某个僧人为何出家也会让你显得十分唐突。关于为什么要出家，世乡他自己虽不避讳提及，我却也从没问过。我从没询问过世乡关于他的想法、他的愿望、他的立场。像我说的，我们从没有促膝长谈过，只是偶尔会聊聊闲天而已。

世乡和我一样是北方人，说话却多多少少带了些南方口音，而事实上他住在南方庙子里的时间也确实长过待在北方家中的时间。

"一个生在北方的南方人。"我如此评价道。

"我是北方人啊。"世乡说，"这种事情难道不是一辈子的吗？"

他这么说着，然后把手里把玩的树枝用力向远处抛了出去。虽然被扔出去的枝丫只落在了他面前两步远的地方，但他所说的话好像不止于南北。

世乡是个很虔诚的人吗？我不知道。虽然几乎从不缺席，但他也很不喜欢每天的早晚殿，他经常也会显得很跳脱。他像我一样把常见的切口用在反讽上，但不会像我一样摆出一副玩世不恭的样子。

结夏安居结束那天叫作解夏，也是盂兰盆节，还叫僧自恣日，亦是佛欢喜日。聚集在一起的僧人到这个时候基本都会再次散开，云水的继续云水，他方来的依然回到自己的小庙。而在一个地方长住几个月后，大家或多或少都会有些新囤积起来的新物件，于是，为了能轻装上路，去邮局把暂时用不到的行李寄走就成了一个不错的选择。

也就是说，在解夏的前后几日，在中国邮政看到和尚的概率会比以往高出许多。

和世乡结伴去了山下的邮局我才发现他这人居然连跟工作人员对话都会脸红，他自己辩解说，会这样是因为一直住在庙子里很少跟外界打交道，我则一边揶揄他一边帮他把东西寄了出去。

然后我们就互相道别了。

唯一留下的就是彼此的 QQ 号。是的，QQ 号，世乡没有微信，我又性格别扭地从没有主动去要其他的联系方式，其结果就是安居结束后，腾讯 QQ 成了我跟世乡之间联系的唯一纽带。

（二）冬 ～

寺院每年夏天的安居再加上冬季的禅七，被合称为"夏学冬参"。而禅七，简单地说就是无止境地坐香，也就是把醒着的时间全部用来在禅堂打坐。

禅堂的规矩平时就极尽严苛，到了禅七更是升级换代。禅七起七，也就是开始时，作为传统规矩之一，大众须向大和尚告生死假，其内容严肃程度可以参考高考前的诚信宣誓，当真是庄严肃穆。

"念佛是谁""本来面目"这种话头禅虽深意俱足，但拴不住少年心性，坐在禅堂里，参着参着便不由得妄念纷飞，一不关照念头便会飞出禅堂在太平洋某小岛上漫游。禅七长达月余，又一坐就是一整天，像其他小和尚一样，我坐久了便会忍不住觉得好闲，解决方法就是调整到一个不显眼但又比较舒服的姿势，开始睡觉。

但与之相应，你敢睡就有人敢下香板砸。

禅堂的传统规矩之一是无论跑香还是巡香，只能绕着禅堂中间的佛像顺时针移动，不能走回头路，同时，我也是一个睡眠极浅的人——这一点跟禅堂规矩看似没有什么关系，但一旦放到"在禅堂睡觉"的情境中，就变成了我巨大的优势。

即使是在打盹的时候，我也能感受到扛着香板的巡香师父在慢慢接近，在他靠近到足以用香板打到我的距离之前，我就会恢复到正常的坐香姿态，这样巡香师父便也失去了朝我落香板的理由，而一旦他走过我的位置，我便立刻回归到了半梦半醒的打盹状态……我知道巡香师手里的香板一定早已饥渴难耐了，我这个死皮赖脸的样子，自己手里若是拿着香板的话肯定就不论青红皂白先打一顿再说了，但奈何禅堂规矩，巡香不能走回头路，而我自己手里也没有香板。

禅七持续时日颇长，即便嗜睡如我，睡到后面也实在是睡无可睡，连困意都提不起来了。

而世乡告诉我，他出家后的前两个星期基本都在跟腿子较劲，顾不上打盹睡觉。

众所周知，要摆出打坐这个姿势，首先是要把腿盘起来的。而盘腿的动作，有简单又随意而且基本没人在用的散盘，大概和大部分人盘腿坐在沙发上看电视的动作一样，盘腿时把两只脚都放在膝盖下面就可以；有单盘，又叫金刚坐或如意坐，只要不是保持很长时间就也不是很难，只要盘起来时把一条腿放在另一条腿上面即可；最难的，是双盘，也叫双跏趺坐，即盘腿时两只脚都放在腿面之上，一般人不要说坐一炷香，就是双盘五分钟也坚持不下来，当然，也有人甚至连双盘的姿势都做不出来。

我仗着自己还算年轻，四肢尚不僵硬，平时坐香时都用双盘，而一到禅七这种需要一坐一整天一直持续月余的场合，我就可耻地退缩了，像很多人一样，我会全程使用单盘，即使如此，时间一长腿子也还是会很难受。

至于双盘，我试过一次双盘，把腿子盘上去的那一刻开始，我的念头就只剩下了"好难受""真的好难受""腿子好疼""嗷嗷嗷嗷嗷嗷真的好痛""我的腿好像失去知觉了""啊啊啊啊知觉回来了""好难挨好难挨好难挨"。

而勇者世乡，从来就没有考虑过双盘以外的其他任何选项。像所有人一样，他也不是生来就可以双盘坐得很舒服，初时，坚持双跏趺坐的代价就是下座的时候别人都跑完两个圈子了，他还在原地试图找回腿部的知觉。

被问到为什么即使在禅七也不选择单盘时，就好像在跟一个不存在的人赌气一般，世乡如此说道："单盘显然不符合我自虐的性格。"

然后我就会想起在结夏安居时经常看到的，世乡一个人坐在台阶前、一个人站在殿堂里、一个人在空旷的大殿里拜佛的冷清的身影。

（三）冬夏 ～

南北半球是冬夏颠倒的，来到墨尔本以后，我和世乡也依然会偶尔通过 QQ 彼此打个招呼，随便聊两句或者开几个小玩笑。

世乡身高比我矮两厘米，我经常会没话找话地把这个事情拿出来揶揄他，他就会很认真地告诉我，说自己最近每天都有去阁楼上的佛堂磕头，多磕几个说不定就会长个子了。

问及近况，他说他现在又回到当初那个十方丛林，不过现在脱离了八人套房，已经有了自己的单间。我说厉害厉害厉害佩服佩服佩服，他回说哪里哪里哪里过奖过奖过奖。

过年的时候我没有回国，而是趁着学校不长的假期去了趟布里斯班和悉尼，结束行程准备返回墨尔本的时候，在机场看到了手机QQ显示了一条世乡的新未读信息："在吗？"

这句只有两个字的话从QQ发出来的意义可非同小可。在QQ上，如果有人问你在不在，目的绝非只是看看你在不在线这么简单，通常都是有事相求，比如说很久没见的中学同学结婚了通知你去随份子，比如说好久没联系的老朋友来跟你借钱，诸如此类。而在我的印象中，世乡这个人和有事相求之间是无论如何也放不进一个等号的，这种情况就像是在街边发现了野生霸王龙一般罕有，于是我迅速地回了三个感叹号过去，然后便静待回复。

接下来QQ上便显示出了这样一句话："支付宝有钱吗？帮我买个东西。"

那时我才想到，除了有事相求，QQ收到"在吗？"还可能意味着另外一件事：对方被盗号了，骗子在撒网。

在"哦哦哦终于有机会可以调戏骗子了"这个念头短暂地划过脑海之后，我迅速意识到了"除了QQ以外，我跟世乡之间没有任何其他的联系方法"这件事，他丢掉了QQ也就意味着我们从此断了联系。意识到不只跟世乡，我跟我所有的朋友之间几乎都横亘着半个地球的距离，这一点让我很是沮丧。飞机是在夜晚起飞的，地面上巨大的城市渐渐变远，在我眼里慢慢变成一片模糊的灯光时，我难过地想，因为盗号的人，我可能从此就丢掉一个朋友了。

所幸，等我两个小时后降落在墨尔本机场，手机重新连上信号的时候，世乡这人已经把账号找了回来。

松了一口气之后我迅速地恢复了以往的白烂样，开始哭喊说刚被骗子要走了好多钱，世乡你要赔给我呀。他自然是不会上当的，摆出了"其实刚才我没被盗号就是我本人，你再打些钱过来吧"的姿态。如此你来我往几个回合，走出机场的我被一阵狂野的夏风吹得差点失了平衡，这才想到国内现在应该正是冬天，同样在南方过过冬的我深知在没有暖气的庙子里过冬的感觉，在那边睡醒后拿手机看时间，屏幕上都会蒙上一层雾，若是不采取些保暖措施就真的会很难挨了。

"我这边今天最高温四十摄氏度了，热到膨胀，大晚上的，法师你现在暖和吗？"

"这两天还好。"他说，"没那么冷了。"

秋天

世乡捡起一片枯黄的叶子

感慨道

一叶落而知秋

我说

你是不是瞎

一叶啥啊

你没看见这树都秃了

满地都是落叶吗

客梦

The past is our definition. We may strive with good reason to escape it, or to escape what is bad in it. But we will escape it only by adding something better to it.[①]

——Wendell Berry

自己今年好像已经十八岁了——也可能是十九岁，在加拿大的庙子里已经住了一年多，行远觉得自己适应得还不错。

庙子里刚刚打完一场水陆法会，大和尚也回中国访问去了，接连月余的忙碌日子终于过去，庙子里难得清闲，便有人提议大家一起去Wonderland（奇幻乐园）放松放松，一呼百应。

[①] The past is our definition. We may strive with good reason to escape it, or to escape what is bad in it. But we will escape it only by adding something better to it.

——Wendell Berry

我们是由自己的过去组成的。我们一边成长一边试图改变过去对我们所下的定义——或是摆脱其中不好的部分，但改变它的唯一方法是在其中加入更好的部分。

——温德尔·贝瑞

Wonderland 是一座久负盛名的游乐场，占地奇大，设施多样，从三百六十度旋转的过山车到自带加速的三百六十度旋转的过山车，一应俱全。在大家一起排队准备去坐船的时候，行远背包里装着的相册被同行人翻了出来。相册里有很多行远小时候的照片，六七岁时青涩的小和尚自然很是可爱，大家便哄然围成一团翻看了起来。又打开一页，里面夹着的是行远父母的照片，照片很老，有些褪色，还有些不是很明显的折痕。相册的画风突然从可爱的小和尚变成了两位表情严肃的中年人，众人便忍不住去询问行远照片上的这两个人究竟是谁。

行远先是一滞，又犹豫了一下，仿佛是在努力地回忆，又仿佛是在努力地避免回忆不受控制地涌上来。

"我不认识他们。"他说。

行远说的是实话，他觉得只是自己单方面地知道他们是谁的话并不能算作认识。行远知道右边这个人是妈妈，左边那个人是爸爸，行远知道他们叫什么，行远一直记得他们的名字，但是他不认识他们。

在记事之前行远就已经跟奶奶在一起生活了。奶奶信佛，从小就带着他一起吃素，行远记得自己从小到大唯一一次吃肉好像是吃一条鱼——什么鱼不记得了，好像后来还因为吃不惯给吐掉了。

奶奶信佛，算是个居士，但是奶奶养活不起行远。奶奶带着他在女众寺院里住了一段时间后就把行远放在了他姑姑家，然后在很长很长的时间里奶奶都没有再出现过。

姑姑家开了所幼儿园，白天的时候行远就跟幼儿园里的其他小孩子一起玩，但更多的时候是自己一个人玩。一到放学的时间，其他小朋友纷纷被早就等在门口的家长们接走了，有爷爷奶奶，有姥姥姥爷，也有爸爸妈妈，有很多的人，有很多的爸爸妈妈，但是没有一个是来接行远的。

幼儿园是一个对行远来说永远都没有放学时间的地方，他住在幼儿园里，但这里不是家，也不会有人来接他回家。

行远经常会去想象自己的父母到底是什么样的，这是他用来打发时间的主要活动，会跟其他人的爸爸妈妈一样吗？会很高大吗，还是会稍微胖一些？会把他抱在怀里吗？会把他架在肩膀上吗？会在摔倒的时候把他扶起来吗？会在放学的时候来接他回家吗？

爸爸妈妈会打他吗？行远希望他们不会。因为在那些想象中，行远唯一实际体会的只有挨打——他知道挨打是什么样的，因为自己经常会挨打。行远不喜欢打他的人，他们不仅打他，还经常整晚整晚地把他关在地下室里。姑姑他们说打他是因为他不听话，可是行远连什么是"不听话"都不知道，他唯一能体会到的就只有身上的疼痛和深夜时一个人被锁在地下室的恐惧。

行远希望爸爸妈妈能来把他接走，把他接回家。

可行远也知道爸爸和妈妈是永远都不可能来接自己的。

行远刚刚出生的时候妈妈就去世了，行远甚至都不知道她是因为什么而去世的，想不起来，也不敢去问。行远只知道自己从出生的那一刻开始就只剩下了爸爸，然后在行远长大到能记事之前，爸爸也不在了。所以，对于自己的父母，行远连一丁点的印象都没有留下。

没有印象，没有记忆，行远甚至都没有办法去想念他们，即使是片刻的回忆他都不曾有过，要去想念什么呢？记忆深处那两个模糊的影子吗？影子又不会在放学的时候来接自己回家，看不清的东西只会让他在被锁进地下室时感到害怕。

刚来到加拿大的时候，行远被分配去看管地藏殿，虽然庙子里其他要做的杂事不少，铲雪搬砖除草佛事，总有干不完的活，也总少不了行远的份，但行远名义上负责的地藏殿在平时却没什么要紧的事情，看殿基本上就是一个闲职。

行远觉得这个职位还挺适合自己的，他自小就对经常要用到的《地藏菩萨本愿经》十分熟悉。

除了《地藏经》，行远很熟悉的还有《无量寿经》。

在幼儿园住了一段时间后，行远就被早早送去上了小学。

姑姑和姑姑家里的人也信佛——起码他们自己是这样认为的。在行远上小学一年级的时候，去学校之前，家里的大人都会让他早早地起来，就像是在寺院里上早殿一样早。在凌晨四点，把他关进佛堂，要求行远先诵一遍《无量寿经》，之后才放他出来去上学。到了下午五六点钟，学校放学，行远回来后的第一件事就是走进佛堂去诵一遍《地藏经》。

这样强制性的早晚诵念，让这两部经典中的文字早早地就刻进了行远的脑海中。

你知道，小孩子总是怀着玩心的，很难在诵经这样冗长又无趣的活动里保持长时间的专注。于是，为了确保行远能确实地把经书诵完，他在佛堂诵经的时候，大人们都会把房间的门从外面锁住。大人们也不会等在外面听，锁好门就忙自己的事情去了，他们把行远一个人锁在里面只是为了确保他不会跑出来而已，等觉得差不多该诵完经或是自己手头的事情忙完以后才会来打开门放行远出来。他们有时也会忘记行远还一个人被锁在佛堂里，经常到了很久以后才突然灵光一闪地想起来。

即便如此，一个人坐在佛堂桌子前的行远也还是难免不老实，东看看西看看地走神，果然有一天被家中大人抓了个现行，从那时起，行远就开始跪着诵经了。害怕挨打，跪下去以后行远一直都不敢站起来，即使后来大人们不再看了，留在记忆里无处不在的压迫感还是让他一直跪在了那里。

大人们告诉行远，诵经时遇到不认识的生字可以先记住在哪一页，等诵完了再去询问大人们。行远点着头说好——他也不能说不好。

行远觉得自己还是很喜欢上学的，在学校里可以学到有趣的知识，最起码，在学校里他不会被锁住，他不喜欢放学回去，同学们放学后都是回家，可行远觉得自己回去的地方不能叫作家。学校很好玩，然而行远却连小学一年级都没来得及上完就被送去出家了。

加拿大的庙子会在闲暇时安排行远他们在大殿隔壁上课，并不是丛林早晚课诵，而是像普通学校一样的教室授课。在没有佛事时，除开周末，行远他们每天下午都会去上两个小时的课。周一是广东话，周二是英语，周三是武术，周四也是英语，周五是书法。老师都是志愿来上课的，经常换人，再加上庙子里不时就会举办一些少则三天多则两个月的大型活动，这让每天只有两小时的课也上得断断续续的。

不像小时候，行远并不喜欢在加拿大上课，尤其是英语课，只要一进入课堂，行远整个人都会变得沉闷起来。

因为他听不懂。

英语课的老师是位印度裔的加拿大人，她不会讲中文，行远又完全不懂英语，纵使课堂内容简单，交流起来也依然是极度地困难。每次上英语课，行远都会抑制不住地烦躁——但是他觉得自己又不能不去上课，上课这种随众的活动，即使学不到什么东西，但只要不出席就算是罪过了。

烦躁溢于言表，心里淤积的情绪像是要爆炸一样，到了遇到谁都不会有好脾气的地步，但被人询问为何暴躁时，行远也只能用一句"我不会英语"来回答。

这时课堂里的其他人往往都会回说"我们也听不懂啊"。

但这样只会让行远觉得更加烦躁。

不一样的，行远想，其他人都是上过学的，他们的英语再差，起码是上过学的。

我没上过学。

即使是跟只有一点点英语基础的朋友在一起上课，行远也会感受到巨大的压力。纵然同处一室，他也总是觉得自己跟其他人不在一个世界里，行远感觉自己和他人之间被一些看不见的东西隔开了，他跟其他人不一样，行远是自己一个人的团体。

刚来加拿大时，行远连英文的 ABCD 都不知道，发音记不住，单词读不准，他从来就没有学过任何英语。他不理解为什么这个单词要这样发音，也不知道为什么要发这个音，他觉得自己错了开始，现在没有办法从中间去学习一个自己完全不了解的东西了。

行远烦躁的来源不是老师，老师只是一个志愿来给他们上课的老好人而已，所以在课堂上行远都会克制很多，起码不会朝着老师发火。行远也不是受不了一起上课的其他人，他们看起来都学得很起劲，行远自然不会因为他们以前上过学有过英语基础就心生厌恶。

行远觉得让他烦躁的人可能就是自己——从来没有机会去正常地上学的自己。

可是，他能因为这个去责怪以前的自己吗？那时候的自己又弱小又无力，即使现在的行远可以跟过去的自己对话，没有上过学这个遗憾也不是语重心长地说一句"要好好读书啊"就能弥补的。行远觉得自己真是太无力了，从出生起就伴随着他的无力感一直到现在也挥之不去，胸腔里堆满了躁郁，可行远就连该去厌恶谁都不知道。

即使充满了各种不可名状的心绪，行远还是觉得自己心里空空的。

如果真的可以跟过去的自己对话的话，行远想要像个大人一样站在从前的自己面前，越挺拔越好，然后用坚定的语气告诉自己："没关系，你会长大的。"语气越坚定越好。

后来大人们都说是行远自愿要出家的，因为当被问到想不想出家的时候，刚刚上小学的行远回答说："想。"

自己可能确实是这么回答了吧，但事实上行远已经完全想不起来当初究竟回答了些什么，何况以当时的年纪，他也根本不可能了解自己面临的到底是什么选择，也不可能知道这个选择对他而言究竟意味着什么。

他只知道这样可以让自己的生活继续过下去。

对行远来说，生活就像是一艘没有桨的船，选择和改变的力量是一种奢望，自己甚至连该去信仰什么都已经提前被人决定好了。

奶奶带着行远去了很多的地方、很多的寺院，却一直没有庙子愿意收留他。有一次听说五台山有地方可以收小和尚，奶奶便带着行远急忙赶了过去，结果却扑了一场空，奶奶在离开的时候身边依然带着行远。"奶奶一定很希望自己能早点独立吧。"行远想。

Unwanted，是行远来到加拿大以后学到的一个单词。

Want 是动词，意思是想要；Wanted 是被需要，被通缉，形容词；Unwanted，形容词，意思是不被需要的，被讨厌的，没人想要的。

找不到合适的寺院，奶奶便带着行远回到山东，在一所女众的寺院里住了很久，才终于又有人介绍行远去出家。

说是回到山东，但实际上行远是出生在东北的，只是出生以后行远就再也没有回去过了——东北已经没有他的亲人了。

出家的时候他应该已经七岁了——也可能是八岁，行远总是记不清楚自己的年龄。出家那天寺院里的师父们给行远录了张碟片，还拍了张照片，照片里的行远小小的，穿上宽大的僧服后显得更小了。行远把光碟和照片都存放进了自己的相册里，在很多年里都一直随身携带着。

出家那天之后，奶奶便再也没有来见过行远了。

跟仅存的家人也完全脱离了关系，这让行远感觉莫名地轻松了许多，何况跟之前的日子比起来，行远觉得自己在庙子里还是很好的。小孩子在庙子里也干不了什么活，就只是每天跟着上殿下殿，无拘无束，行远就一直在各个殿堂里蹦蹦跳跳的，显得自由自在。

其实行远经常悄悄地希望师父能坐下来跟自己聊聊天，要是再能谈谈心就更好了，比如问问自己将来长大想做什么，比如关心一下他最近过得怎么样，是不是吃得惯。行远倒也不是觉得自己过得不好，更不是吃不惯庙里的斋堂，他就只是想要被询问一下而已，哪怕只是拉拉家常也好。彼时师父是行远生活中唯一的依靠，行远却不知道要怎么去接近他，只能在心里悄悄地渴望着自己从来都没有得到过的关心，期待着会被爱护。但这样的渴望也让行远生出了些许愧疚感，师父供给着他的衣食住行，给了他一个遮风避雨的屋顶，让他可以活下去，让他可以长大，于他而言已是大恩，自己若还要奢求其他，是不是就有些太过贪心了？

师父很喜欢在客人面前称赞行远，说这是我的小徒弟，说将来要让他继承我的衣钵，说行远很聪明，甚至说行远背经书可以过目不忘。

行远过目不忘的其实就只有《地藏经》和《无量寿经》而已，而且也并不是过目不忘，只是因为被锁在姑姑家的佛堂里诵念了太多太多遍，时日久了，那些行远并不知道含义的字句就被深深地刻进了脑海里。

师父说行远会背，但其实行远也已经不再会了。在庙子里行远并不会被人锁在屋里逼迫着诵经，而那两部经书在平时又很少会被用到，在寺院里成天上蹿下跳，印象再深刻的字句也都慢慢地被行远遗忘了，但奇怪的是，跟那些经典连接在一起的其他记忆却愈发地清晰了起来。

每当师父在外人面前夸自己会背经的时候，行远都会变得很紧张。一提到那些经书，行远就觉得自己又被锁起来了，何况他也真的已经不再会背了，这让他不由得心虚了起来，心虚又演变成害怕。好在师父夸赞之后也从来没有让行远当场表演背诵，不然下不来台的可能就不止行远一个人了。

后来行远被送去佛学院时，师父也会偶尔给他打些学费或者零花钱，算不上多，但对当时的行远来说却称得上是巨款了。但师父给得越多，行远越是觉得难过和愧疚，他觉得自己无力回馈这份恩情，况且，纵然生活从来算不上富足，他真正想要的应该也不是这些钱财吧。

离加拿大的庙子不远就有一家中国菜馆，出了寺院左转，再步行不到二十分钟就能到。那里是社区中心，坐落着体育场、商店、超市、各国风情的餐馆以及一座图书馆，但能吃到中国菜的地方就只有这么一家，湖南风味，味道很足，几乎没有不辣的菜，所幸行远正好也很喜欢吃辣椒。最棒的是，由于是华人开的店，在里面工作的店员也几乎都是华人，连菜单上面都是中文最显眼，去吃饭并不需要任何的英语交流，这让行远觉得很方便。

庙子里的斋堂说不上难吃，事实上，跟行远所了解到的国内的斋堂比起来，这里的饭菜绝对可以称得上一句可口了。但日复一日不断重复的白米饭豆腐汤和水煮青菜，时间久了还是会给人带来厌倦感，何况它们的味道还很寡淡。于是，在闲暇时和庙子里的朋友再加上偶尔会来帮忙的义工们一起去湘菜馆吃顿饭就成了行远生活里难得的享受——店里的手撕包菜和酸豆角真的很好吃。

在店里点菜的时候，只要对照着菜单把想吃的东西写在便签上然后交给店员就好，一张便签经常在大家手里传来传去，好让每人都可以在上面写下自己想吃的菜。

点菜时行远把"茄子"写成了"伽子"——"伽"和"茄"的发音是一样的，只不过跟"茄"比起来，"伽"字在佛教里更常用而已，比如《瑜伽焰口》，比如"伽蓝"。

众人见字，纷纷忍俊不禁起来，开始笑着传阅行远写的字，不时发出"真可爱啊"的惊叹。

可行远自己觉得这一点都不可爱，他不知道一个错别字究竟可爱在哪里。行远的知识几乎全部都来源于佛学院，"伽"是他最早记住的发这个音的字，对其他人来说"茄"可能更常见一些，但在庙子里长大的行远却对"伽"更熟悉，他不假思索地写了下来，不想却惹来众人哄笑，这让行远不由得尴尬了起来，然后尴尬演变成了窘迫。

行远在很小的时候就被送去佛学院读书了，太小了，会被大一些的孩子欺负；太小了，会被来参加禅修活动的居士和大学生摸着脑袋说"好可爱啊"；太小了，甚至会被人当作寺院的吉祥物来对待。

行远很不喜欢这些，甚至可以说是厌恶。被摸脑袋、被掐耳朵都让他觉得很反感，可爱又有什么用，可爱就等于会被爱吗？

文偃寺的佛学院是唯一还在收留小孩的佛学院。行远出家后并没有在庙子里常住太久——事实上他自己也不记得到底住了有多久，师父就把他送去文偃寺了，小孩子总是需要上学的。

去文偃寺报到是师父唯一一次亲自送行远出门。除了师父，还有一个叫作魏春的居士，他们开了一辆可以坐下四个人的小轿车，一路从山东开到了广东。行远的师父跟佛学院的教务长是同学，第一天，师父带着行远去跟教务长打了声招呼，说请同学代为照看行远，就算是把他托付过去了。

从那之后师父便真的再也没有来佛学院探望过行远。

后来教务长跟行远开玩笑说，第一次见他的时候感觉他还在吃奶。行远觉得那可能不是玩笑，刚去上学的时候自己的年纪确实也还很小，那时的行远即使是放在文偃寺的小和尚堆里，跟周围的人比起来也还是显得瘦小许多。

刚去文偃寺的时候自己怀着的是什么样的心情，行远已经忘记了，可能也没什么特别的心情，行远在更早的时候就已经适应了不停地更换生活的地方，他早就学会如何把面对新环境时产生的不安感深深地埋起来，行远让那些蛰伏起来的不安变得就像是从来都没有存在过一样。

埋起来的感情那么多，可行远还是觉得自己空空的。

一到佛学院行远就开始上课了，行远还记得他参加的第一节课是佛教语文，讲台上站着一个老头子，教室不大，里面三三两两地坐着跟他差不多大的小和尚，感觉也不是很拥挤。

行远所在的班叫作养正班，取自"童蒙养正"。文偃寺会把年纪太小还上不了佛学院预科班的小孩子通通都扔进养正班，同一个班级里，最小的五六岁，最大的十五六岁，也不管新来的学僧能不能跟上进度，都是扔进班里直接就开始上课。这让行远在刚进班的时候感觉自己什么都学不会，毕竟养正班已经开学一段时间了，对行远来说一切都是从中间开始的，再加上略为晦涩的佛学词语和知识对小孩子来说也实在是有些过于高深，行远学起来很是吃力。

除了佛教语文，养正班的课程还包括佛教基础，再背些《论语》《孟子》之类四书五经的东西，还有基础的数学知识。

小孩子新来到一个陌生的地方，刚开始总是会有些格格不入，显得不太合群，但也正因为是小孩子，头脑单纯又简单，只要跟其他小孩子在一起混一混、玩闹玩闹，一切就都会好了。至于学习，只要一直跟着上课也就可以了，小时候的行远十分喜欢学习，他总是能充满热情地把自己扔进书本里，背东西也特别快——当然，不快也不行，背不会是要挨打的。

　　养正班里充斥着各种各样形形色色的小和尚，都是很小的孩子，不同的身世、不同的背景、不同的性格，就连年纪也不尽相同。一整班的小和尚，听起来可能感觉很可爱，但若是实际负责起来，混乱的状况可能会让人忍不住想把他们都按进地里。

　　在寺庙外面的学校里，那些小孩子经常会很喜欢自己的老师，会说班主任像是爸爸妈妈一样在照顾自己，这让行远有些羡慕，他在养正班的时候班里换过很多位班主任，以至于行远都没法准确地叫出他们每个人的名字，更别说会觉得哪一任好相处了，他连班主任究竟"换届"了多少次都记不清。

　　养正班里的小和尚起码要长大到十四岁左右才可以去上佛学院的预科班。行远在养正班一共待了六年，有时候连他自己都不清楚这六年到底是怎么过来的，如果那样的日子也可以算作童年的话，那六年就是自己的童年了。

　　从很久以前开始，行远就一直想去上学——当然，并不是上佛学院。行远很希望自己可以去感受外面的学校的氛围，外面的学校也许会很大，同年级的同学也会很多，太多了以至于一个年级会被分成很多个班，有不同的课程和不同的老师，体育课可以和相熟的同学打作一团，可以在不喜欢的数学课上睡觉，可以在听不懂的化学课上打哈欠，课余也许还会有很多的活动，听说还可以参加学生们因为兴趣而自发成立的各种社团，如果放学还能有人来接自己回家那就更好了。

　　文偃寺不好吗？也不是的，若没有文偃寺，行远他们这些小和尚就连能去的地方都不会有了，在这一点上，行远知道自己是要感恩的，对他来说，文偃寺的佛学院已是他所能拥有的最好的选择。

可文偃寺里有那么多的小和尚，行远只不过是其中毫不起眼的一个而已，游客们只会在路过时瞥一眼，然后感慨真是好可爱啊，班主任被一群小孩子搞得焦头烂额更是不可能会有心力去特意关照其中的一个，师父不论是身心都离自己很遥远，姑姑可能正在庆幸她终于摆脱了自己，奶奶把他送出家后就再也没有出现过，没有人会去认真倾听行远的想法，而连十岁都不到的行远也还没有能力去实现自己的愿望。行远只能对着自己许愿，然后——如果运气好的话——可以忘掉它们，从此再不去想。

慢慢地，就连行远自己都不再去倾听自己的声音了。

佛学院既遵循佛教的丛林制度，又模仿着社会学校的教育形式，设立了班级，配备了教师，甚至还划分了预科、本科、研究生之类的等级，在每学期期末还有考试，毕业时也会在名义上要求学僧们写一篇说得过去的论文。就这样，佛学院把每天的早晚殿、过堂、诵戒、佛事和形似社会学校的上课下课糅杂在了一起。除此之外，文偃寺还是少有的把主张"一日不做一日不食"的"农禅并重"落在实处的寺院，这项政策具体落实到佛学院的学僧身上，就是让他们插秧种地。

在养正班，行远他们把下地干活叫作上劳动课，季节一到，一群小孩子的日常生活就变成了上午上课下午插秧。除了插秧还有拔秧，忙碌起来甚至会一整天都只干活不上课。大家都挽起裤腿撸起袖子蹚在泥泞的水田里体验着农禅，至于忙碌的季节是不是在夏天，行远已经不记得了。

养正班的第一个学期，佛学院会分给每个学僧一小块耕地，也会提供很多种菜苗让他们自己选择，得知这个消息的时候，行远的第一个念头是去种些自己爱吃的水果，哈密瓜或是西瓜，甜瓜也行——它们甜甜的，都很好吃。

但是还没开始种，行远就被同学告知种这些水果是不行的。倒也不是学院不让种水果，而是因为种了也白种：寺院的土地很大，并不是全部都有围墙环绕，尤其是耕地，毗邻外道，有些还跟公路接壤，若真是种了西瓜之类的水果，等不到行远自己收获，它们就会被路过的行人摘走了。

第一次种菜时，班里每人只分到了一竖垄的地，说是先练练手。没了水果这个选项，所有人都像行远一样失去了种植目标，最后只得在班主任法师的倡议下统一选择了种玉米。

播种的第一步很简单，每人拿好领到的玉米粒，然后在地里挖好坑再把它们挨个埋进去就好。说来有些窘迫，行远不像城市里的孩子见过世面，也不像生长在农村的孩子熟知农活，说到挖坑，从出生就是自己一个人长大的行远唯一熟知的坑只有茅厕的蹲坑，他并不知道播种的坑应该是什么样子的。

"先看一下别人怎么挖"这个念头甚至都没有从脑海中闪过，行远就自信地埋头自己挖了起来。直到注意到别人全部都挖完而自己的进度还没有过半时，行远才开始怀疑是不是有哪里出了问题，一抬头，行远才发现自己挖出的坑比小伙伴们的大出了许多倍，别人的坑小巧玲珑，只有拳头大小，正合适埋小小的玉米粒，而行远自己的坑，则无论是形状还是大小，都非常接近茅厕里的蹲坑。这当然引来了小伙伴们的哄笑，他们纷纷蹲在行远挖出的巨坑上，做出努力拉屎的动作，引得行远自己也跟着大声笑了起来。一群个子比长成的玉米还要低的小和尚就这样在玉米地里全部笑得前仰后合。

行远很重视自己的玉米地，它让行远有了一种自己也可以创造些什么出来的使命感，播好种后的每个下午和课间他都会跑去地里浇水施肥。肥料的来源就是佛学院的化粪池，行远会去库房取个扁担，再挑上两个桶，用大木勺子把粪池里的肥料舀进桶里，然后再扛去自己的地里，每个小坑都仔细地浇上一点，然后在心里盼着玉米们赶快发芽。那段时间里，在课间休息十分钟或者十五分钟的时候，行远连尿都会憋着等到跑去地里再撒，他在竭尽所能地对自己的玉米地负责。

可结果不尽如人意，不知道是不是因为行远对玉米地视如己出的溺爱导致施肥过度，行远的玉米并没有长开，它们比周围的玉米都矮了很多，大概只有其他同学的玉米一半高，收获的时候也只结了几颗很小的玉米粒。很显然，第一次的种植，失败了。

事实上行远一直都不清楚自己的玉米长不大的原因，就像生活里发生的很多事情一样，行远并不知道它们为什么会发生，不过他已经学会不去太过在意了，反正在绝大部分的时候行远也没有办法去控制它们的发生与否，比如出生在哪里，比如有没有父母，比如要怎么长大，比如要不要出家，又比如能不能去上学。

种地虽然很累，但行远乐此不疲。播种和收获的循环让行远有生以来第一次觉得，自己能掌控些什么了，这种力量让他莫名地生出了不少安全感。

第二次的时候行远选择了种植生菜，这是他和另外一个小伙伴共同商议的结果。小伙伴名叫悟强，悟强加入养正班的时间比行远还要更晚一些，他年纪不大，人也有些害羞，第一天进入班级的时候看起来甚至有些茫然。刚来的小和尚自然是没什么朋友的，第一天晚上的时候，悟强被安排住在了行远所在的寮房，行远和悟强就这样结识了彼此——小孩子之间只要是互相说过话就可以产生友情了，更何况是住在一间宿舍里。

行远和悟强两人合作，一起负责了一小块耕地，只有六垄。文偃寺有人专门负责种植菜苗，小孩子会去借来然后放在自己的地里把它们种大。行远和悟强商量了一番，然后便一起去借了些生菜苗。像之前种玉米的时候一样，行远依然不辞辛劳地给菜地施着肥，不过这次更加细心了些，控制好了浇粪次数和分量，但憋着尿去菜地里撒的习惯依然持续着，行远和悟强甚至还经常比赛谁的尿可以灌溉到更多的菜苗。他们引入了小小的竞争，让施肥这件事变得更加有趣了起来，至于比赛的胜负反倒没有人去在意了。所幸菩萨保佑，这一次，行远和悟强地里的生菜苗一路长势喜人，成了整片菜地里最大最正宗的生菜。

寺庙里的东西都属常住物，行远他们地里的生菜自然也属于庙子里的大众，等长成后是要送去大寮的厨房的，但若自己稍微摘下一两片叶子来当零食吃也不会有什么问题。对文偃寺的小和尚来说，即使只能吃到额外的生菜叶子，也可以算是难得的加餐了。

收获时，行远会拿着跟自己的身形比起来显得无比巨大的洗脸盆去厨房的大锅炉里打满满的开水，拿回寮房后和小伙伴们一起把生菜泡在里面吃——当然，吃之前是一定要洗过的。开水泡生菜，行远觉得它们尝起来既不好吃也不难吃，就只是生菜的味道而已。

到加拿大以后，行远经常会收到很多零食，当然，不是生菜——事实上自从来到加拿大，行远一直都没有见过生菜——是真的零食，有各种各样的水果、曲奇、冰激凌、巧克力、饼干。加拿大的居士不像国内那么多，庙子里很少会变得熙熙攘攘，经常显得有些冷清，行远却觉得这里更有人情味一些，最起码，在这里，他能在别人的眼中感觉到自己的存在。

看行远他们几个年纪不大又没什么机会出门去玩，就总是会有人在拜访寺院时顺便给行远和其他人带些零食，哪怕只是午休时顺便从马路对面的星巴克买两杯咖啡过来。就这样，楼下的冰箱里永远塞满了各式各样的食物，饿了的话只要打开冰箱就总能找到合适的东西来填肚子，有些甚至直到过期都没法吃完，最后只得扔掉，很可惜。

加拿大庙子里的常住僧人很少，居住条件自然也比行远在佛学院的时候好了很多，如果愿意的话，每个人都可以选择自己一个人住单间。但行远还是选择了和另外两个朋友一起住，他觉得自己可能会不习惯一个人住，反正房间总是很大的。

行远有些怕黑，小时候在养正班他曾被任命为自己寮房的宿舍长。他利用手里小小的权力，选择了睡觉时房间不熄灯——当然，事情败露后行远被班主任狠狠地批判了一通。

佛学院的寮房从来都是很多个学僧住在一间，在文偃寺养正班的时候，行远所在的小小寮房里一共住了七个小和尚，房间不大，里面除了上下铺的床和挂在墙上的会摇头的电扇，就只剩下几个大家共用的小柜子了，小柜子垒在一起，合起来却比一个成年人的衣柜还要小些，即使如此，房间也还是显得有些拥挤。文偃寺在南方，墙上的电扇又老又旧，没什么用，夏天很热的时候行远只能靠自己动手扇扇子来降温。除此之外，庙子坐落在郊区，被菜地、山林、湖泊环绕，蚊虫更是猖獗如猛虎，学院是允许他们点蚊香的，但跟电扇一样，蚊香也并没有什么用，仿佛是命中注定一般，蚊虫叮咬是无论如何都躲不过去的。

在拥有游戏机之前，行远在养正班仅有的几个娱乐活动之一是游泳。劳动课上除了种地之外还有拔草砍竹子和协助常住干活之类的任务，几乎都是体力活，对小孩子来说没一个是轻松的，尤其是砍竹子。竹子一般都是砍来给菜地做架子用的，跟行远比起来，竹子显得又粗又长，何况还要从很远的山上拖下来，连推带拽，每次都累得满头大汗。这种时候行远唯一的期盼便是干完活后跳进水里去游泳了。

彼时庙子里还没有游泳池，行远和小伙伴们总是喜欢偷偷跑去后山的潭边嬉戏。那里有很多很多的桂花，所以他们都管它叫桂花潭，潭水很深，对小孩子来说自然是充满危险的，但未知的危险总也是抵不过孩童爱玩的天性。

行远就是在桂花潭里学会了游泳，也不知道呛了多少次水，但所幸也没有把命搭进去，在水里扑腾久了自然也就能想办法让自己浮起来了。

文偃寺是禁止学僧去山上游泳的，为了防止小学僧擅自跑去，除了下达命令，学院还建了围墙把养正班的宿舍围了起来。但是你有张良计我有过墙梯，区区围墙怎么可能拦得住孩子们对戏水的向往。离宿舍楼不远的木工房旁边的墙上有一个很小的洞，小到会被所有的成年人忽略，但小孩子刚好可以钻过去，行远他们实在是太喜欢玩闹了，看见洞怎么可能不试着去钻，何况还是通往桂花潭的洞。

后来连木工房的洞也被堵上了，可这依然无法阻止学僧的外出。没有洞可钻，小和尚们干脆就自行开辟了其他路径，反正后山上有水的地方又不只是桂花潭一处。如此，行远跟着小伙伴们几乎把后山上所有有水的地方都玩了个遍，一行人只要看到水就会扑通扑通地跳下去游泳，自己到底呛了多少口水行远不记得了，每每回忆起来的时候，在水里打滚时那专注到忘乎所以的开心都像是属于另一个人的。

像行远这样跟这个世界的联系既浅薄又微弱，说起来也就只是存在在这里而已的小和尚，即使就这样消失了，又能掀起多大的涟漪呢？只怕比跳进潭水里时溅起的水花还要更小些吧。

"举头望明月，低头思故乡。"

这是连佛学院的小孩子都耳熟能详的诗句，可是对行远来说，故乡是一个比明月更加遥远的地方，行远不知道当低头看到从窗口洒进来的月光时，自己应该去思念哪里才好。

行远对思念的体会一直都只停留在书本的解释上，事实上他并不确定什么样的感情才是思念，是想回去什么地方，抑或是逃离现在的地方呢。

堵不如疏，后来为了不让小和尚们再擅自跑进后山游泳，文偃寺专门建造了一座游泳池，允许他们在劳动课结束后使用，为了安全，老和尚还立下了"要是再出事就把游泳池也拆掉"的规矩。

于是后来游泳池就还是被拆掉了。

与外面不同，佛学院的放假时间是每周一。可周一也只是不上课而已，早晚殿还是要照常进行的，即使如此，行远也还是觉得周一要比一周中的其他日子强上太多了。一到放假，行远就迫不及待地想要下山去转转，年纪稍微大一些的学僧会稍微带着他们这些年纪尚小的小和尚出门，行远很喜欢去超市，但也只有偶尔才会买些零食，更多的时候就只是在里面转来转去而已，不知为何，琳琅的货架总是能让行远流连忘返。

除了闲逛，行远还很喜欢吃山下的炒河粉，只要一有闲钱他就会趁着放假下山去镇上买来吃，当时的行远只觉得炒河粉是这个世界上最好吃的东西了，即使是顾不上下山的时候他也会拜托朋友去给他带上一盒回来，一份炒河粉只要八块钱，只要八块钱就能买来一份世界上最好吃的炒河粉，实在是太划算了。

稍微贵一点的快乐就需要六百块钱才能买到了。行远把单金都存了下来，攒了很久很久，才终于去买了一台巴掌大的游戏机，任天堂出品，正方形，彩色屏幕，可以玩《精灵宝可梦》，也能玩别的游戏，可要想玩别的游戏就需要再去买另外的游戏卡了，游戏卡也很贵，一张要五十块钱。

游戏机这东西若是被法师发现了一定会被没收的。但行远还是忍不住会攒钱去买很多不一样的游戏，这些钱行远花得很开心，行远把游戏机、游戏卡藏了起来，只敢在晚上的时候窝在被子里偷偷打开，每一个游戏对行远来说都是无比鲜活的新世界。

佛学院也是有寒暑假的，放假时行远也还是会回到师父的庙子里。第一次去文偃寺时，开车送行远的魏春居士以后每次都会去接他，然后带上行远一起坐火车回去，那时的行远太小了，还没有学会一个人独自赶路。

只有在去师父庙子的路上，看着火车窗外的风景一帧帧掠过时，转弯跟着人群一起移动时，在大巴车上颠簸着前行时，行远才觉得自己是在回去什么地方，旅途给了他一个目的地——只有在路上，行远才觉得自己是在回去。

假期回到庙子里后，行远不用上课也没什么劳动，师父也自己忙自己的，经常整个假期都跟行远说不上几句话，如此，行远的假期生活就变成了除了早晚殿之外的无所事事。

小孩班，也就是养正班，课时安排很随机，有时候也会取消寒暑假，或者是给学僧有条件地放假，比如以熟记早晚功课为放假的前提。某个学期，学院要求养正班的学僧们必须把早晚殿要诵到的经背到烂熟，之后才能离开学院开始假期，而眼看着就要到假期了，行远却只背会了一部分，而且还不是很熟，这让他不由得焦虑了起来，糟糕的是，越焦急反而越背不进去。不知是菩萨保佑还是早晚课的经文实在是太过冗长烦琐，法师检查学僧们的熟练度时都是只抽背其中的一部分，行远运气很好，刚好抽到了他会背的部分。

很开心——放假的时候小伙伴们都很开心，虽然假期对自己来说好像也并没有什么值得开心的理由，但行远还是选择和其他人一样表现出了开心——收拾完行李，行远兴冲冲地给魏春打去了电话，准备叫他接自己离开。

电话打通了，说话的人却不是魏春。

那个时候行远才知道，魏春已经因为白血病去世了。行远并不知道他是什么时候得的病，也不知道他是什么时候去世的，行远连什么是白血病都不知道，对他来说，魏春这个人就像是突然消失了一样。

可能这就是经书里说的无常吧，行远想。生死这种问题对刚刚十岁的行远来说还实在是太过轻巧了，像是羽毛一样，轻飘飘的，相遇和告别，重逢和再见，出生与逝去，全部都是轻飘飘的。唯一的改变就是，从那之后，每逢放假，行远都是自己一个人坐火车回庙里了。

来加拿大以后，行远经常会被人询问"你今年多大？"或者"你是哪里人？"这样的问题，都是些拉家常的话和随口问出的问题，就像是谈论天气一样，稀松平常。行远却不知道要怎么回答才好。

今年多大？行远自己也不知道自己今年多大，他不记得自己的生日，也没有人替他记得，小时候他都是借着师父的生日跟他一起过，那是十二月。后来办了身份证，上面写着四月，可他也不确定自己是不是四月出生的。有时还会被人问自己的生日是阴历还是阳历，这个行远就更加不清楚了，便只能以"不知道"来作答。

是哪里人？按出生地算的话应该是东北人，可是行远完全没有在东北生活过。按姑姑家的所在地算吗？行远也并没有在那里住很久。若是按停留时间最长的地方算，应该就是文偃寺的佛学院了吧。通常，面对自己是哪里人这个问题，行远都会诚实地回答"我在东北出生，在山东出家，在广东长大"。

"真复杂啊。"这是人们常见的反应。

是啊，是挺复杂的，如果可以的话我也不想这么复杂，行远想，可是这就是我的人生，我没的选啊。

记事后唯一一次回到东北是去办护照，那时候行远已经开始在另外一所江苏的佛学院上本科班了。

办护照需要的材料是行远的四叔准备的。四叔是奶奶帮行远联系的，行远并不认识他，事实上这是行远第一次听说自己还有一个四叔。

到达东北的时候已经是晚上了，四叔去机场把行远接到了自己家里，客气地叮嘱他大晚上的就不要乱跑了，还邀请行远晚上住在自己家里。家？这个字不难写，只有十画，但对行远来说，它却是一个陌生的字眼。行远原本是打算住旅店的，可面对四叔的邀请，他犹豫了一下，最后还是答应了下来。四叔家里没有客房，行远便只好睡在沙发上过夜。

虽然从来都不认识这个四叔，在几天前行远甚至都不知道这个亲人的存在，但在行远十几年的人生里，那一晚是他第一次，感觉自己住在了一个家里。

有屋顶，有床铺，能睡觉，这里跟行远住过的其他地方并没有什么不同，却又有什么地方明显地不一样了。

东北是自己出生的地方，行远想，我是在这里出生的。

行远在东北停留的时间很短暂，其实他心里真的很希望自己能多住哪怕一天，可办完护照手续后行远实在是想不出继续逗留的借口了，第二天晚上他就坐上火车驶向了南方。长这么大第一次回到东北，却连一天都没有住满，行远想，自己的一生会不会也是像这样，在这个世界上只是借宿，离开的时候再自己收拾好床铺，不留下任何痕迹，就像是从来都没有来过一样。

行远在文偃寺上了八年佛学院，从养正班开始一直上到预科班毕业，从七岁一直上到十五岁——也可能是从八岁上到十六岁，连行远自己都觉得实在是太久了。预科班毕业时，行远给师父打电话，说我想回去你那边。师父说好，你回来吧。

十五六岁还是太小了，回去后师父又说这么小还是不能不上学，就又把行远送去了江苏的另一所佛学院，名字很好听，叫作拾得书院，这次没有养正班了，行远在那里从预科班开始读起。

师父说去上学，行远也就乖乖去了，一去就又是很久。行远在书院一路从预科班上到了本科班。

在书院的日子其实很是平淡和无聊，早殿晚殿，上课下课，还是周一放假，寒暑假自然也是有。

"下雨了，忙碌了一上午，好困。"

"今天又下雨了，但不是很冷。"

"上了一天课，很累。"

"今天是我生日，但是不快乐。"

"今天有放生法会，放了好久好久。"

"有些想念童年了……我有过童年吗？"

"淋着雨在路上一直走。"

"要考试了，专心复习吧。"

"长大后总感觉身边的朋友越来越少了。"

"夜深人静，但楼下的狗还在吠叫，它怎么不睡觉。"

"别人问我喜欢吃什么，我自己也不知道，那就凉皮吧。"

"求而不得，舍而不能，得而不惜。"

　　这些就是行远在书院生活时留下的记录了，很多时候行远就只是任由着时间掠过，把自己藏在人群中，从来不去想第二天。佛法说安住当下，但对于未来，行远更多的只是不敢去想而已，行远觉得自己的安住多半是出于对未来的恐惧。临近冬夏，同学们都在规划放假去哪里玩，或是毕业后要去哪里，或是以后想要做什么，但出路这个东西，行远是没有的，事实上，不只是出路，行远他什么都没有。不去想第二天，不敢想第二天，就只是这样待着，能过一天是一天，预科班上完就去本科班，若是书院有研究班，行远觉得自己一定也会一直顺着上下去。

　　在佛学院住久了有时也会觉得有些压抑，但行远还是一直住了下来，并不是因为自己耐得住性子，而是因为自己并没有其他选择。

　　每当临近假期，行远都会变得很惶恐，同学们有些会选择回家里看看，有些会回到自己的家庙，有些会选择出去参学和游玩，而行远并不知道自己要怎么办——他不知道自己要去哪儿，也没有地方可以回去。

行远很害怕回到师父那边，每次回去，行远就会觉得自己的存在感变得更加薄弱了起来，仿佛要消失掉了一样。

出于不安，每当书院要放假时，行远都会提前几天去小心翼翼地询问同学们的假期计划，然后再旁敲侧击地传达出"能不能带上我一起"的潜台词。

行远真的很庆幸自己能争取到来加拿大的机会，这让他很开心，前往对他来说又是一次逃离的机会，逃离再也不联系的亲人，逃离家庙，逃离佛学院，逃离整个国家，逃离茫然无措，逃离过去，也逃离自己。

行远经常觉得，用"随波逐流"这四个字来概括自己真是再合适不过了。要去哪里，要怎么生活，要相信什么，或是不去相信什么，遇见谁或是离开谁，这些自己完全无法掌控的事情，行远把它们称作缘分。行远希望未来的日子会藏着一些惊喜给自己，但他也从不敢主动去期待什么。

还是因为年纪小，被分配去地藏殿没多久行远就被调去给大和尚做侍者了。当侍者很累，要跟着大和尚忙前忙后，从给客人泡茶到给大和尚穿鞋，行远经常连睡觉都得赶着时间。秘书长曾随口要求过行远去记录大和尚的日常讲话——就像是起居注一样。即使秘书长的话可能只是戏言，行远也还是准备了一个笔记本随身带着，但其实他也记不来什么，经常写上一句话就忘了下一句，所幸也并不会有人去检查他的记录，可能是都知道自己笨吧，行远想。

当侍者很累，但是行远觉得累点也挺好，这让他难得地拥有了些活着的充实感。

行远从来都不喜欢主动去跟人联系，他总是隐隐觉得自己的消息会给别人带来麻烦，自己的出现也会引起他人的厌烦，有时候真的很想给什么人打去个电话，可他不知道要打给谁，也不知道要说什么才好，说"你好吗？"那么然后呢？

出国在很多人眼里看来都是件既厉害又有面子的事情，更何况行远去的还是资本主义的发达国家加拿大。出乎意料地，得知行远到了北美后，姑姑给行远打来了电话，电话里姑姑说你可能不懂，但你小时候我们都是为了你好，行远说哦。

就只是"哦"。

行远不知道自己是不是讨厌他们，毕竟很多事情都已经想不起来了，就算是去讨厌，就算是去恨，他也不知道要去针对什么才好。行远觉得自己这样对亲人有些无情，从一开始就是自己一个人过活的行远连体会和接受那些感情的机会都不曾有过，自己又该怎么才对别人生出亲情呢？无情是行远的利剑和盾，他只能也必须要熟悉它，行远没有别的选择，无情让他能抵御这个世界，让他可以长大。

行远从来都是自己一人，人生从一开始就连父母都失去了，奶奶送他出家后也再没有管过他，自己是完完全全只剩一个人了，行远想。每念及此，他就会感觉胸口好像有一个空洞在迅速地扩大起来，把空虚充满了自己的全身，自己从一出生开始就是一个人了，可是他多希望自己不是啊。

小时候很想去上学，很想很想。

小时候很希望有人能试着跟自己聊聊天，希望自己可以被别人了解。

希望快乐的比例可以大一些，希望买一辆自行车然后绕着湖边畅快地骑行，希望可以在海边用沙子堆一个城堡，希望在雨水里打滚然后被骂不爱惜身体，希望大声唱着跑调的歌，希望养一只猫然后用心爱护它，希望可以放肆地笑，希望摔倒后可以肆意地流泪，希望有很多很多的朋友，希望在外面玩到很晚回家后被责骂，希望惹出麻烦然后被原谅，希望误入歧途然后被纠正，希望变成一个无所畏惧的人，希望被拥抱，希望被噩梦吓醒后发现自己是安全的，希望可以做甜美的梦，希望和别人一样也希望可以与众不同，希望和现在不一样，希望可以有一个被自己叫作家的地方，希望可以回去，希望不会害怕，希望爸爸和妈妈都在，希望自己会被他们爱着。

行远把这些小小的愿望都埋在了心底，越埋越深，直到它们全部消失不见，变成了某种空空的东西，然后那些空空的不可名状充满了现在的自己。

加拿大的生活也并不都是一帆风顺，纵然跟中国隔了半个地球和十二个小时的时差，过年的时候庙子里也还是很忙碌，法会不停佛事不断。不过伴随着新年祝福行远也收到了很多红包，他很开心自己能在节日的时候被人想起，这让他觉得自己终于有了些价值。行远把微信收到的红包都截图晒了出来，发在了朋友圈。他的朋友圈也看起来很开心，截图里都是几十块和一两百的红包，红红的一片，洋溢着节日的喜气。

可行远的朋友圈比行远本人要开心太多了，看着自己朋友圈里那个充实又幸福的人，行远竟隐隐地有些嫉妒了起来。

过完年，最繁忙的时间暂时也就过去了，庙子里的大家开始轮流放假回国探亲。之所以轮流放假是因为庙子里的常住数量还是太少了，哪怕只是同时走开两个都会立刻显得空旷起来。

看着朋友们一个个兴高采烈地开始去游山玩水，行远自己也开始想要放假了。但他胆怯于当面向大和尚提出要求，只能在干活的时候旁敲侧击地传达出自己的愿望，大和尚没有反应，一旁的理事却听出了行远的弦外之音，呛声道："你无父无母的，放假回国了能去哪里呢？不如好好地在这里待着吧！"

行远默然，埋下头一声不响地把房间仔仔细细地收拾了一遍就离开了。

他知道理事说得没错，即使那句话像是长了刺一般扎得人生疼，他却连反驳的立场都没有；他知道加拿大庙子里很缺人手，尤其是出家人，所以越少人离开越好；他也知道自己没有地方可以回去，自己从出生开始就一直在逃离，这个世界这么大，能去到的地方那么多，却没有他能够回去的地方。

心里难受得狠了，行远便会一个人跑去坐在地藏殿门口，然后默默地开始哭泣，空旷的殿堂里烛光忽明忽暗，夜幕上的星辰也在遥相呼应一般开始闪烁。行远不知道要跟谁去说话才好，没有人会听到，也不会有人愿意去听吧，那些翻涌的心绪咕噜噜地沸腾着，把自己蒸发到了虚空里。

浮生若梦。

行远记得自己在庙子的某处看到过这四个大字，看起来苍劲有力。若梦，像是梦一样。但也只是很像而已，很像，行远没有办法在生活变成噩梦的时候随时醒来然后大松一口气，这不是梦，他没有办法醒来。

夹着很多照片的相册也被行远塞在书包里随身带来了加拿大。行远很珍惜它们，自己已经没有亲人了，那些照片是他仅剩的东西，即使对照片里的人早就没了印象，行远还是会不时地把照片翻出来看一看，可照片太单薄了，它们填不满行远十几年独自一人的生活。

行远有时候会忍不住去想，若是选择不保存这些照片自己会不会变得更开心一些，每次看到它们，每次看到他们，都像是对自己已经失去的东西的又一次提醒。

照片里记录的人和事行远自己其实也想不太起来了，只有一点浅浅的印象。那些在记忆深处闪过的模糊的影子，是自己的过去，是过早的离别，是自己抓不住的东西，是自己一直想要的温暖，是自己一直想对着倾诉的对象。

上小学前经常被姑姑通宵关在地下室，地下室没有床，行远就直接窝在地上睡，早上的时候大人会给他扔个馒头下来，行远不会去吃那个馒头，并不是在赌气，而是要等到馒头变硬的时候，拿着它去砸地下室的玻璃门。

"我想逃出去。"手里紧握着变硬的馒头，行远记得自己是这样想的。

可是砸不开，那扇关住自己的门在馒头的撞击下纹丝不动。世界这么大，可即使只是一间小小的地下室也让行远无能为力。

想逃出去。

在姑姑家挨打的时候想逃出去，被关在地下室的时候想逃出去，被奶奶丢下的时候想逃出去，在庙子里离师父远远的时候想逃出去，在佛学院无所事事的时候想逃出去。

想逃出去。

从一个地方逃到另一个地方去，然后继续逃。

可是行远经常觉得，面对越来越大的世界，自己手里拿着的，一直都只是一块放硬的馒头而已。

后记 ~

除了大和尚之外，行远就是加拿大的庙子里出家时间最长的人了，但因为他的年纪最小，我还是喜欢叫他小行远。

行远的存在感很薄弱，在国内时他曾跟我在同一个寺院住了有将近一年的时间——就住在我隔壁，我却从来都没有见到过他。

事实上甚至刚到加拿大遇到行远时，我都没有分出太多的注意力给他。一下飞机，我就被国师拉去三号——他们把大和尚住的地方叫作三号——给大和尚打招呼了，连续二十多个小时的经济舱坐起来如渡天劫，大和尚还留我在三号吃了顿消夜才放我去睡觉，行远是大和尚的侍者，自然也是在一起吃的——事实上，消夜的材料都是行远准备的，聊天时喝的茶也是行远泡的。

行远很安静，一直默默地站在一边干活，或是坐在一边吃饭，我甚至不记得那天晚上我是否有跟他说过话，很可能连眼神接触都没有过——长时的飞行加上十二个小时的时差，我实在是太累了，而行远又实在是太安静了。

行远这个名字听起来很老成，像是一个大和尚，还有些老谋深算的感觉，所以初见行远时我有些惊讶，行远他看起来年纪小小的，只是一个大孩子而已。

虽然没有交流，但那晚开始我总算对行远这个人有了些印象。

"原来行远这么年轻啊。"我想。

世界这么大，世界又这么小。在加拿大期间行远就住在我对门的房间，在国内从来没有见过面的我们在加拿大遇到了。

印象中第一次跟行远说话是在我住下的几天以后了。还在倒时差的我无所事事，每天就是随时睡觉然后随时醒来，吃饭和去楼下的冰箱找消夜，发呆或是戴着耳机发呆，看夜空和感叹加拿大夏天里的白天可真长啊。

然后就到了每月大和尚召集庙子里常住开会的时候。加拿大庙子里的僧人数量两只手就数得过来，说是开会，其实更像是几个人坐在一起聊天。虽然我自觉至多也就能算是个趁着学校放寒假来庙参学游玩的客人，但也还是担心要是开会不出现的话会不会显得有些不给大和尚面子，便跟着朋友一起去出席了。

会上小行远就坐在我旁边。

我看着他笑了笑，他也看着我笑了下，然后行远卸下了在台湾参加法会时的纪念品黄色塑料手环——看起来像是一个普通的运动手环——递到了我手上，他调皮地"嘿嘿"笑了一下。

"结个缘，这样你就能记住我了。"他笑着说，笑起来就和任何一个普通的少年一样。

然后我就记住了他。

毕竟曾经一起在同一个庙子住过一段时间，就算彼此没见过面，共同话题也还是有很多，在加拿大的时间一久，我跟行远也就渐渐熟络了起来。

知道行远从小就出家还是因为看到了他小时候的照片。行远小时候特别可爱，是那种让人想捂着胸口在地上嗷嗷打滚的可爱，并不是说现在的行远不可爱，如果可爱的满分是十分的话，长大后的行远可以到九分，而小时候的行远，大概就有 9.8532875721 分。

水陆结束后，在大家一起出去玩的时候，行远随身带着的相册被同行的居士翻了出来，行远看着上面写着爸爸妈妈名字的照片，说我不知道他们是谁。

他说话的时候我站在围住他的人群外，远远地听到了。似乎是不知道该望向哪里比较好，行远的目光游离了一下，一触到照片就迅速地转开了眼睛，如此反复了几次后他干脆侧过头盯着旁边的地面。

"我不认识他们。"行远说。

你见过小孩子赌气吗？因为喜欢的玩具被家长送给了别的小朋友所以很不开心，但是大人们丝毫没有察觉到他的心情，只是笑嘻嘻地像往常一样逗他玩，但是他不笑了，可是大人们还是没有注意到他在生气，于是他就干脆连晚饭也不吃了，家长问他为什么不吃，是不是不高兴？

"不是，我不饿。"生闷气的小孩子这样回答。

其实他很不高兴，其实不吃饭很饿，其实他很想把玩具要回来，他这样说是在赌气，他很希望大人们能够察觉到他的心情，但是又很赌气地不想直接说出来，于是大人们也就真的没有深究他不吃饭的原因。小孩子丢掉了玩具，还没有吃晚饭，变得更加难过了。

行远说"我不认识他们"的时候的语气，听起来就像是这样。

我离行远有些远，但不知为何，远远地看着被人群围住的行远，我竟隐隐觉得难过了起来。但我也不知道自己该去做什么，或者说什么，就只是远远地看着。"真可爱呀"的惊叹不时地从翻着相册的人群中传出，我不知道那时在人群中间的行远怀着的到底是怎样的心情，也许是孤独，也许是愤怒，也许是悲伤，也许恐惧、愤怒、平静、疏离，又或许这些都有，我甚至觉得连像这样揣测他的心境都是一种不礼貌。

我就只是远远地站着，然后走开了。

行远很不引人注目，很安静，存在感不强，却又很活泼，爱笑，笑起来像是个少年，很可爱，有时候还有些黏人，有时候却也会变得很闷，离所有人都远远的。

感冒的时候他一个人在房间蒙着被子不出来，我进去看他，摸了下他的额头，说你脑袋好烫。行远有些没好气地回道那是因为你的手太凉了，然后顿了下，语气缓和了下来，补充说别把你也传染了，就又把脑袋蒙回了被子里不说话了。

因为是客人，我在加拿大的庙子里很自由，早殿就只因为实在是太不好意思了去参加过一次。跟我不同，行远他们作为常住，早晚殿几乎是堂堂都要参加的。

因为在外面上学，太久没上过殿的我连早晚功课都已经遗忘得差不多了，甚至连《楞严咒》都已经完全背不通顺了。

行远闻言，略带苦涩地笑了下，说那个忘掉也无所谓的。可能对行远来说，自己的生日、父母的样子、家乡的位置，这些才是忘掉了有所谓的事情吧，可是他已经想不起来了。

不知道是不是因为从小就在寺院里长大，行远跟其他人很不一样——即使是跟其他僧人比起来也很不一样。他用来表达感叹和惊讶的词就真的是"阿弥陀佛"这四个字，被人突然从后面拍了下肩膀他会条件反射般地大叫一声"阿弥陀佛"，看到摄人心魄的景色他会望着远方不由得感慨一句"阿弥陀佛"，叹气的时候会顺口讲一句"阿弥陀佛"，不知道该说什么好的时候出口的也总是那四个字——阿弥陀佛。

屋子楼下门口的佛像处经常会有人摆放一些水果和零食，行远路过时偶尔会抓起一颗糖，见我看着他，佯装闭了下眼睛，再睁开时嘻嘻笑着说菩萨同意了！喊一句"阿弥陀佛"，然后剥开糖果一口吃掉。

在加拿大打完水陆后，趁着下午没事，我经常会拉着国师一起去看场电影——几乎每次也都会叫上小行远。

我出门总是喜欢背上书包，经常什么也不装，但就是习惯性地背上。去看电影的时候我自然也是背着的，但仿佛是怕羸弱的我被空书包的重量压垮，只要一走出庙门，行远就会抢过我的书包默默地自己背上，抢都抢不回来。

这总让我感觉行远他觉得自己不重要。

跟着大和尚外出去洒净的时候，我和行远一起在门外寻找适合做法事用的树枝，我不知道松树枝上原来是有刺的，把手握上去一使劲，虽然成功地折了一枝形状合适的下来，手指却也被戳破了，所幸都是小刺，倒也不是很疼。行远见状，拿过树枝，也顾不上扎手，细心地把上面的小刺都剥了下来，一边剥一边用稀松平常的语气说扎扎我们这些小和尚就好了，可别扎到大和尚。

行远说起自己师父的名字的时候一定会加上"上下"二字，即使是私下闲聊也不例外。佛教里为了表达对某僧人的尊敬，会在名字前加上"上下"，像是"上某下某"这样，询问对方姓名的时候也会用"请问法师上下怎么称呼"这样的句式。但一般来说都是当面或者书写或是在公共的正式场合才会使用，像是一种古老的礼节。我不知道大部分人在私下里会不会使用这个句式——我的朋友并不是很多，我个人是不大爱用的，毕竟这样的礼貌往往会让人生出些距离感。但是行远会用，即使只有我在跟他聊天，一边聊天一边吃零食，他还是会用"上下"，显得跟被提到名字的那个人远远的。

行远经常来房间找我和国师玩，有时候是聊聊天，有时候就只是单纯地在屋里坐着而已，毕竟人一多就显得热闹些。而我每次拉行远出去找吃的、散步、看电影或者做其他什么活动的时候，他总是说随时奉陪，仿佛自己永远有空一样，有时回应得晚了还会生怕自己被甩掉一样地飞速奔来，看我们还在，然后如释重负地开始气喘吁吁地笑。

在街上的时候行远总是有着掩盖不住的好奇心，在炎热的夏天看到西装革履的上班族外国人，他都会惊奇地说，我以前一直以为这样的人只有在广告里才能看到。

在外面餐馆吃饭点菜时行远也总是顺着别人，很少说话，只有很偶尔的时候才会直白地表达自己想吃什么。

我一个人去社区图书馆的时候会想着回去顺道给行远带些吃的——我记得他很喜欢吃隔壁中餐馆的酸豆角。在得知我准备去买饭之后，行远并没有给我把食物带回去的机会——他自己跑过来了。

国外的电影自然都是没有字幕的，我是无所谓，但小行远是听不太懂的，纵然如此，出去看电影时他依然是随叫随到。我的英语水平也还做不到在不影响影院其他人的情况下全程做精准的同声传译，便只好尽力阶段性地总结关键剧情和对话，然后小声翻译给他听。

也不知道行远看得开心不开心，我希望他能看得开心些。

行远平时坐起来的时候很喜欢盘腿，像是一个老禅和子，但我一直都没注意过，直到一起去看电影时——我真的很喜欢看电影——才发现他在影院的座位上也是盘着腿坐的。

文偃寺除了耕种，另一个很重要的传统就是坐香，也就是打坐，禅堂里的常住师父们即使在平时都是一天坐六支香，学僧的话每天是早中晚各一支香。一天三支香，一支香大概是一个小时——听起来没什么大不了，但若再配合上每天的早晚殿、过堂行堂、上课、劳作种地，几乎就占据了一天之中所有醒着的时间了。何况就我个人的感觉来说一天三支香真的是非常多了。

坐香对腿上功夫的要求特别高，文偃寺又对坐香的要求特别高，很多从文偃寺出来的僧人的共同点之一就是从不驼背、坐得笔直、不用手的帮助直接就可以双盘。

但看到行远连在影院都盘腿坐，我还是吃了一惊。见我愣住，行远不好意思地挠了挠脑袋，说自己这么坐习惯了，然后把腿放了下来。

《招魂2》的定位是恐怖片，但奈何评分异常地高，纵然胆小，我还是按捺不住去看的心情。一个人看可能还是会害怕，怎么办？拉上小行远一起。

行远先是说自己随时奉陪，但听我说是个恐怖片后，还是先犹豫了一下，然后才表示没关系自己并不会害怕。

行远说自己不怕，我也就信了。

电影很好看，恐怖气氛充足的同时本身也是一部相当优秀的电影。看完电影已经很晚了，夜色深沉，回到住处，走上楼梯就该互道晚安然后各自睡去了，行远的房间在我和国师的房间对面，隔着一个短短的楼道，廊灯已经熄了，过道里黑漆漆的。上楼后，行远站定了一会儿没有动，犹豫了一下，他扭过头说："你们能看着我进了房间以后自己再回房间吗？"

语气就像是一个怕黑的小孩。

庙子里不让养宠物，一来是因为戒律，二来也是因为大和尚对猫狗过敏，行远就干脆在手机上养了只电子猫。除此之外，行远在闲下来的时候也经常会在手机上打些小游戏，比如《泡泡龙》，比如《连连看》，或者其他什么当下正火的手机网游。

行远的手机上有一个自带的拼图游戏，很好玩，也颇有些难度，在没有网络信号的地铁上他会点开那个游戏，拼好过关后还会扬扬得意地笑。

那个夏天 *Pokémon GO*（《精灵宝可梦 GO》）刚刚在加拿大开放下载，宣传铺天盖地，万人空巷，盛况空前，几乎所有人都开始走出家门、走上街头，盯着手机在路上一边走一边捕捉小精灵。加拿大的人口密度不是很高，这款游戏却让郊区的街头巷陌都变得人山人海，就连坚决不在手机上打游戏的我也不能免俗地玩了起来——就为了凑个热闹。不知是不是因为行远的手机属于国行，无法打开 Google Map（谷歌地图），游戏便无法运行，行远就只好凑在一边看着我玩。

而我真的就只是为了凑个热闹而已，里面的小精灵除了皮卡丘之外我一个名字都叫不上来，小行远却能如数家珍，叫出名字的语气里还隐隐带着些兴奋，这个是小火龙，这个是水箭龟，这个是妙蛙种子，这个是紫电霸王龙，那个是狂暴柚子王，还有湖南大辣椒和五年高考三年模拟——有些名字是我瞎编的，我实在是记不得那些精灵叫什么了。

行远在文偃寺上养正班时，窝在被子里偷偷打过版本很老的《精灵宝可梦》，他记住了它们所有的名字，那些名字是行远童年里少有的闪光。

我看到过行远小时候的照片，小小的照片里小小的行远笑得特别开心。小时候的开心是什么样呢？行远告诉我就是什么都不想，即使有不高兴的事情也很快就会忘掉了。

然后行远又挠了挠脑袋，说那可能不是开心，是无知吧。

那些被行远积攒起来的感情就像是小小的肥皂泡，它们悄悄地越变越大、越变越大，可即便再大的肥皂泡，消失的时候也静悄悄的，只是微弱的"噗"一声，然后就不见了踪影，就像是从来都没有存在过一样。

我在加拿大度过了大半个夏天，离开的时候行远找机会悄悄塞给了我一个红包——我知道，佛教界的大家有事没事总是喜欢通过送红包来联络感情的。行远的红包皱巴巴的，几乎已经被揉成了一团，应该是在手里攥了很久很久，拿到它时我似乎都能感受到行远那并不是因为舍不得给，而是因为心里觉得一定要给，但又不确定什么时候该给出去，又怕交到我手里后我会觉得麻烦，于是就一直把红包攥在手里的犹豫的心情。

红包里面放的是一百加币，已经是日常能见到的最大的面额了。

回到墨尔本后，我把那个红包放在了我房间的书桌上，想着若是哪一天实在是揭不开锅了再去兑换成澳元来花。于是那个红包直到现在也还是在我的书桌上躺着，也依然是皱皱巴巴的样子。

还没到元旦，行远就提前给我发来了新年祝愿，他说"Happy New Year"，我回说"谢谢行远"，并加了很多感叹号。

农历新年的时候我趁着圣诞节和暑假结合的超长假期回了趟国，回到家庙里过了个年。家庙跟行远读过八年佛学院的文偃寺同属一脉，相隔也不远，所以经常也会有文偃寺的学僧前来游玩或者挂单，心抚就是其中一个。心抚来找我师兄喝茶时我就坐在旁边，他已经从文偃寺的佛学院毕业了，聊天时我提到行远，发现心抚居然还是小行远的同学，只不过年纪比行远大了很多，同在养正班的时候是属于可以被分类到大孩子的年纪。

世俗上来说，大部分小和尚的道路都是极其有限的。提到行远现在在加拿大时，心抚感慨说混得真好。

说起养正班，心抚则又微微摇了摇头，说佛学院最难挨的就是养正班了。

跟我出家的小庙不一样，加拿大的庙子算是个少见的大丛林，经常会有很多佛事，很少会有像我在家庙时窝在寮房里晒着太阳，然后清闲到感觉自己要消失一般的时刻。

可我觉得加拿大的佛事也并不能算充实，忙起来的时候昼夜不分，让人觉得自己像是一个念唱机器，不知道行远跟着大和尚忙前忙后的时候会不会稍微感受到一些自己的存在。

行远给我的塑料手环我一直套在左手腕上，一开始只是懒得摘下来，可日子久了也变成了一种习惯。农历新年的时候行远收到了很多红包——我知道是因为他把它们都截图晒出来发在朋友圈了，有些数额很大，有些不是很大。与这个世界的联系在出生时就几乎全部被切断的行远，现在在地球的另一端慢慢地构建起了新的生活。

和我偶尔的颓废与矫情不同，行远是一个完全有资格对这个世界失望的人，可越来越多的时候行远看起来都会很开心，甚至还没心没肺的，我就不由得也跟着开心了起来。

我希望行远可以变得跟他看起来一样开心。

无
常

我朝国师

就要

去北美の铁岭

加拿大了

无常啊

好好的一个国师

咋

说走就走了呢

十三岁

Age 13~

十三岁的时候，原野收到了医院的诊断：癌症，恶性，晚期。

他本以为自己拥有世界上所有的时间，却突然发现自己的时间马上就要用完了。

Age 0-3~

世界很大。

有五亿平方千米，有一百九十多个国家，有七十亿人口。每一个地方都有自己的时间，每一寸土地都不同，每一片海洋都相异，每一个人都与其他所有人千差万别。

但身处这巨大的世界，人类所能感知到的也仅仅是目力所及的地方而已。婴儿刚出生时的视力只有 0.05，能看到的仅是模糊的色彩，连空间的深浅都无法辨别；到第五个月的时候视力开始成熟，这时才可以开始感知到空间的存在；七个月大的时候已经可以看到几米外的世界了；然而要一直长到一岁时视力才会发育得像成人一样。

一岁时的视野不算大，但此后的五年、十年、二十年、一百年，人的视野都不会再扩大了。对原野来说，天地就一直都是眼前这么方寸大小的地方。

对第一次睁开眼睛的原野来说，视野之外的世界是不存在的，当一个人离开自己的视野时，那个人就是消失了、不存在了。在刚出生不久的孩童的认知里，连"存在"都是一个非常难以理解的概念，而让原野意识到其他人在离开自己的视野后还依然存在着的，是爸爸和妈妈。他们是最常出现在原野眼前的人，即使他们偶尔从视野里消失，也一定会再次出现。他们会一直存在，他们永远都不会消失，他们随时会出现在自己的视野里，这个认知让还没有掌握语言的原野很安心。

婴儿在两个月大的时候能记住过去二十四个小时的事情；一岁的时候才能拥有三个月左右的记忆；二岁的时候可以记得更多，但也都不会成为长久的回忆。

所以，人对三岁之前事情的记忆几乎都是零。

原野只记得妈妈是在自己三岁那年去世的。那时的他连何为死亡都不甚了解，只知道在那之后那个叫作妈妈的人就再也没有回到过自己的视野里了。现在能回忆起来的，对母亲最后的记忆，是她为了自己在和谁吵着架，其余的就都只剩下一片模糊了。

因为这在脑海中仅存的片段，在很长一段时间里，原野都隐隐觉得妈妈不在了这件事是自己的错。后来稍微长大些了，自责淡了些，他又开始责怪起了她，为什么偏偏是我没有妈妈呢？他想，都是她的错。

一定得是谁的错才行，事情不会平白无故就发生的。

直到很久以后，原野才原谅了母亲，也放过了自己。不是他的错，也不是她的错。事情就是会这样平白无故地发生，包括生死。

这就是这个世界。

Age 5–8 ～

为了生活和供他上学，原野的父亲常年在外打工，他像是一个标准的留守儿童，平时就一直住在爷爷奶奶家。有时一年有时两年，爸爸才会回家一次。和父亲见面也是小时候的原野最期待的事情，不管分开多久，每次只要见到他，原野都会变得特别开心，连期待都是甜蜜的。

所幸这样聚少离多的日子并没有持续很久。小学刚入学没多久，原野就被父亲接去了河南一起住。

当时的原野正在教室里和同学打架，一直打到鼻子出了血也没停下来，正跟同学互相拽着彼此的衣领时，父亲就突然出现在了教室门口。

父亲说明来意，原来是想在打工的时候把原野也带在身边，询问原野要不要跟他一起走。除了有些舍不得村里那条叫作哈利的狗，能有一个一直跟爸爸住在一起的机会让原野很开心，只犹豫了片刻他就一口答应了下来。

可是生活并没有按照计划发展，抵达河南后由于种种原因原野并没有找到可以就读的小学，而父亲也没有找到合适的工作，所能做的无非就是出卖些体力，也没有办法带来足够的收入。但所幸原野还可以住在一个自己的房间里——在一个没有完工的工厂厂房里。

工厂很大、很破、很空，一起居住的还有些丐帮成员，事实上那时的原野自己也算是丐帮的一员了。原野自己的房间也很大，没有窗户，但有一张床，也只有一张床，每天晚上都会有很多"客人"造访，它们是硕大的老鼠。原野总共只有两套穿了很久的衣服，每天的食物是必须要省着吃的馒头和发硬的饼，运气好的时候还会有些稀得好似自来水一般的粥。

其时的小原野自然是没有打工的能力的，每天就是背着手在残破的厂房里闲逛，他感觉自己像是一个正在视察工作的厂长。

在破厂房住了一年以后原野的生活就奔向了"小康"——他和爸爸搬进了路边的简易窝棚，细究起来其实也算是露宿街头的一种，但好歹有了个能遮风避雨的屋顶。还有了两个邻居，他们是哑巴和瞎子，爸爸去打工时原野就跟他们在一起玩，瞎子特别照顾他，而哑巴每天都很安静。

就这样，原野的日子从每年都盼着和父亲见面变成了每天都盼着和父亲见面。每次远远地看到爸爸回来，原野都会立刻飞奔过去，回忆里那时的画面就像是电视剧中的慢镜头回放一般，路不长，他却用慢半拍的脚步跑了很久，风缓缓地吹动着草木，阳光透过大树的枝叶从头顶上唰唰地倾泻下来，一切都清晰缓慢地运行着，直到他一头扑进父亲的怀里。

不知道住在窝棚的第几个夜晚，熟睡的原野依稀听到外面传来了剧烈的声响，正准备翻个身继续返回梦乡，却又被瞎子摇醒了，哑巴在一旁咿咿呀呀地说着什么，瞎子告诉他好像是外面出了车祸。

原野急忙跑出去，看到一辆满载着胡萝卜的卡车翻倒在了路边。司机似乎是从风挡玻璃里飞了出来，躺在离卡车不远的地面上不知是死是活。已经有人报了警。在生死不明的司机旁边，玻璃的碎片和卡车运载的胡萝卜满满地撒了一地。

面对眼前的场景，原野他们接下来的行动是——

赶紧从事故现场偷拿了两袋胡萝卜回去。

从失去意识、生死不明的司机旁边拿走了他的胡萝卜。回想起来真的是一件非常缺德的事情，但当时原野并没有去考虑这些，支持他行动的全部理由是：如果不把那些胡萝卜拿去吃的话，他们自己也可能会饿死。

对那时的原野来说，世界就只是由自己睡觉的棚子和外面不远的街道组成的，头顶的棚子可以遮住风雨，走出来就是太阳，街道有时嘈杂有时冷清，不时也会有不同的汽车和各色的行人经过，但相同的是爸爸每天都会从道路的尽头出现，生活不艰难也不复杂，简单又快乐。彼时的原野对视野之外的世界还依然一无所知着，不知道上学的意义是什么，也不知道不上学意味着什么，不知道其他同龄人各自有着怎样的人生，不知道除了眼前正在继续的生活之外还有其他的生活，不知道除了笔直地向前延伸之外，道路也会通往其他的地方。

　　原野还记得，那时候的路外面还住着一头驴，经常一出门就能看到，每次路过它的时候原野都会好奇，好奇驴肉是什么味道。那时的原野曾暗暗地下定决心，将来有机会一定要尝一尝驴肉。

　　然而直到很多年后他也一直都没有尝到过。可能自己这辈子注定是吃不到了吧，原野想，不过好像也并没有什么所谓。

Age 9–13 ~

　　在河南住了没几年，父亲就决定把原野送回老家了，毕竟得回到出生地去孩子才能有学上，而父亲自己则选择了留在外面继续打工。

　　回到村子里，原野继续跟爷爷奶奶住在一起，他越过了空下的年份，回到小学时直接读起了五年级，反正无论是小学还是中学在村子的观念里都等同于托儿所。而让原野开心的是，即使离开了很多年，村子还是保持着他记忆中的样子，连哈利也都还记得他，看见他依然会冲上来摇尾巴。

　　虽然能跟父亲见面的时间愈发地少了，原野跟他的感情却一直都很好，原野从来没有埋怨过不陪在自己身边的爸爸，他很清楚，爷爷奶奶都要靠着他才能生活，而自己从小到大的吃穿也都是父亲独自在外面拼命换回来的。

　　那时候肉就算得上是奢侈品了，只有逢年过节的时候原野家的餐桌上才会出现少量的肉食。平时的话蛋炒饭就算是一顿难得的美餐了，在原野的记忆里，奶奶做的蛋炒饭总是最好吃的。

　　话虽如此，原野却是从没觉得自己的日子过得艰辛，生活虽说不上是锦衣玉食，但好歹也算得上是吃穿不愁了，原野并没有想要得到更多的欲望。

这么多年父亲一直没有再娶，原野是知道原因的，他知道父亲是担心自己会抵触，也担心继母会待自己不好。对原野来说，只要有父亲在，这个家就已经很完整了。

原野回到村子里继续上学后，父亲回家的次数就越发地少了。不过，爸爸不回来，已经可以独自行动了的原野却会用寒暑假的时间去外地探望他。

放假去跟父亲生活在一起的时候，原野总是能吃到各种各样很好吃的东西，路边的各种水果、凉菜、烧鸭、烤鸡，只要遇到，父亲总是会毫不犹豫地掏钱买给原野。

后来他才知道，等自己离开后，父亲的食物就又变成了一天两顿的馒头就咸菜。

原野记忆里最好吃的东西，是奶奶做的鸡蛋汤，当然，里面除了鸡蛋还加了黄鳝。

黄鳝都是原野自己抓来的。

不出门去探望父亲的假期，原野把时间都用来赚钱了。初中开始以后所有的学费和书钱就都是他靠自己赚出来的了，而他上交的学费里有一大半是靠抓黄鳝换来的。

黄鳝可以卖很贵，而且还在不断涨价，最开始一斤能卖到五块钱，后来又涨到七块，再后来又变成了十几块。那时候原野的学费也就不过是几百块钱，加上其他的学杂费也不会超过一千，放假的时候只要去抓两个月就够了——当然，两个月并不是虚指，是在假期两个月里每天都要出门去抓，而且越是刮风下雨就越要去，因为风雨越大往往就意味着黄鳝越多。

抓黄鳝的篓子也是原野自己做的，用塑料的线串起来，他一次能背上四五十个，那么多的篓子摞起来几乎要和当时原野的身高齐平了。若是拖在地上走会把篓子磨坏，于是原野只能把它们全部都背起来，几十个黄鳝篓子加在一起实在算不得轻盈，背多了，原野的身上经常会被勒出很多又细又长的发紫的印子。这时他就会拿木棍挑着它们，像是用扁担挑水一样，即使如此，木棍也会在肩膀上压出淤青。

胸口和肩膀交替出现着淤青，原野觉得这些都算不得是什么大不了的事情，想要上学就要有相应的付出，在河里抓鱼就是他的付出了——有失总得，在那时的原野眼中，世界就是这么简单地在运行着。

拼命干活就会有好收成，努力背书就会有好成绩，注意保暖就不会感冒，注意锻炼身体就永远不会生病。

除开搬运背篓，抓黄鳝本身也不是什么轻松的活计，为了抓住它们，原野经常把自己搞得浑身是伤，胳膊上也布满了淤青和血印。怕家人担心，也怕因此被责骂，原野从来不敢让爷爷奶奶看到自己身上的这些伤口，何况这些淤青若是被爷爷奶奶看见，解释起来也实在是太过麻烦了，小伤而已，甚至连疼痛感都没有，原野可不想让家人为这种事情担心。为了隐藏伤口，即使是在炎热的夏天，原野在家中也几乎从来都不穿短袖，有时甚至连睡觉都不脱衣服，爷爷奶奶问他为什么大热天也要穿这么厚，他就反问为什么不穿，有时也会说是因为觉得冷，原野寻找各种各样的理由，只为瞒住自己身上的外伤。

家人都知道原野在抓黄鳝——下河抓鱼在当时算是村里孩子的一

项娱乐活动，并不罕见，但他们并不知道原野抓鱼时有多么拼命。其实那时农村的孩子们所做的事情都差不多，大家多多少少会干些农活，或者打打零工去补贴家用。但跟其他人不同的是，同村的其他孩子多少都是抱着游玩尝鲜的心态去干活，而原野，则是为了可以让生活继续下去。也因此，他无论做什么都会特别拼命。

爷爷奶奶问他累不累的时候，原野都会条件反射般很干脆地回说不累，然后依旧每天凌晨四点就起来收拾篓子去抓黄鳝。爷爷奶奶这时也会醒来，没法跟着一起去干活，就在家里一直等到原野回来吃饭。原野知道，其实他们还是在担心。

村子的附近有很多条河，其中大部分的深度都足够淹没一两个成年人，但它们并不会对原野构成什么威胁。那时的原野早已经学会了游泳，深谙水性的他在深水区迎风破浪七进七出——在南方的农村，学会游泳就像是学会说话和走路一般自然的事情。

刚开始的时候原野对抓黄鳝这事还很不熟练，经常一天下来也抓不了几斤，后来才慢慢摸索出了些许技巧，比如如何预测水流和潮汐，比如如何设置捕鱼篓子，比如如何用蚯蚓做饵，比如如何根据河流的方向来设置陷阱。这些摸索就好似在游戏中慢慢升级操作一样，给原野提供了不少自豪感，让他觉得生活的游戏也是一样地好玩。

除了黄鳝，只要是能卖钱的东西，原野都会去抓。抓龙虾，抓螃蟹，抓各种各样的鱼，它们都能卖钱。时日久了，看到不同的鱼时，原野脑海中蹦出的第一个念头不是它们的名字，而是它们各自的价格。大虾是二十块钱一斤，小螃蟹能卖到三十块钱，黄鳝单价不高但是收成最好。

捕光了河里的水产，原野又发现大地上也处处是宝，连最常见的蚯蚓也可以拿来卖钱——挖出来的蚯蚓可以卖给垂钓爱好者做饵。于是，在那段时间里，村子里到处都可以看到原野扛着铁锹挖泥的身影，毫不夸张地说，村子里的蚯蚓已经快要被原野挖到绝迹了。

被人丢弃的垃圾对原野来说也是大地的馈赠——因为捡废品也是可以卖钱的。被人丢弃的家具、塑料瓶、铁器，这些都可以换成钱，其中金属物是最贵的。为了增加铁器的收货量，原野甚至还去悄悄拆卸过别人家里拖拉机的部件，掰下来、拆下来、扭下来，然后把它们当作废品卖掉。当然，不能对自己村子里的人下手，熟人作案的被捕率太高，还容易被追着揍。

出于某种意义上的丧心病狂，只要能赚钱，原野什么活都会去做。其时装卸粮食一天能赚七十块钱，算得上是一笔巨款了。最棒的是，扛粮食的话甚至都不用早起，只要从早上九点开始，把塞满了粮食的麻袋从仓库扛上货车，一袋袋不停地搬运，直到下午四五点把库存扛完，就可以拿钱收工了。一袋粮食有一百多斤重，满当当、沉甸甸，刚刚十岁出头的原野还很有些瘦弱，也不知道自己和麻袋到底谁更沉一些。即使是多年后再回忆起来，原野依然忘记不了那些麻袋带给自己的压迫感。

真重啊。

作为时光的印记，那段日子在原野的身上留下了各种各样的伤痕。有砍鱼时不小心砍到自己留下的刀疤，有被火烫到的烧伤，还有其他各种磕碰留下的痕迹。

农村里能赚钱的活，原野基本都干过——到了初二的时候，他又开始去蹬三轮车。多少有些黄包车的性质，在村里的车站接上客人，然后蹬着三轮车把他们送到目的地。虽说是按距离和人头收钱，但以原野当时的体格，客人太多或是距离太远的话他也是拉不动的，一次运载上两到三个客人是他的极限了，这样下来运一次客，原野可以赚上两到三块钱。还好他所走的都是新修的柏油路，跟原先坑坑洼洼的小道比起来，蹬车变得轻松了不少。

事实上原野自己并没有三轮车，运客的车子是他向车站旁边的一位老头租借的。老头也是个生意人，租车费是十块钱一天。每天交给老头十块钱，然后蹬车拉客的钱就都归原野自己了。拉客一天可以赚上三四十块钱，扣掉租子还剩下二三十块，依然也算得上是一笔巨款。

三轮车其实是电力驱动的，但是原野也只敢在拉上客人准备出发的那一刻开启马达来提供一下初始的动能，接下来就全都靠体力猛蹬了。当然，他这么做并不是为了省电，而是为了避免来自交警的罚款。当时的交通政策是不允许改装车上路的，而加了电动马达的三轮车自然也属于改装车的一种。普通的三轮车是三轮车，电动的三轮车就算是越野三驱车了，典型的违章改装，被交警逮住的话岂止是一天的收成，连三轮车本身都是要被罚走的。

有时客人少，或者玩心上涌不想赚钱的时候，原野经常会用三轮车载着自己的小伙伴一起出行游玩，也算得上是一种简化版的公路旅行了。有时蹬得狠了，三轮车跑得飞快，在转弯的时候一个刹不住就会翻车，车上的人全部被甩飞了出去，落地后大家拍拍身上的土，就互相打量着开始大笑。每当回忆起蹬车的日子，原野的记忆就会定格在这一幕，场景里所有人都在开心地大笑着。

原野对干活和打工赚钱的热忱在整个村子里都是出了名的，也因此，初中的原野毫不意外地被指派为了班里的劳动委员。原野的家族里从没有人当过官，连学生干部都没有出过，在祖传平民的家族里，原野的劳动委员是独一份的。

已经上了初中，原野对班里其他同学的家庭状况多多少少也有了些间接的了解，在他的认知里，自己大概是全村最惨的人了——原野已经认识到了自己的"穷"，也发现了别人伸伸手就能得到的东西自己却需要拼命去争取，也意识到了有些事情不管自己再怎样努力和拼命也是无济于事的，比如失去的人，又比如不在身边的人。因为最惨这种事当了学生干部，虽然不清楚为何，但原野多多少少觉出了一些讽刺的意味，一种来自生活本身的讽刺。

打工干活真的是既长身体又长力气，到了初三的时候原野的身高就已经超过了一米七，进入了学校的体育队，专攻打篮球。直到中考前原野都一直留在队里参加训练。

离中考还有几天的时候，原野去医院检查了身体。第一天住进了医院，第二天医生下达了病危通知，紧接着第三天他就被推去了手术室进行抢救。

生活一直被各种各样的忙碌充斥着，原野很难有机会停下来仰望夜空。农村的空气还算不错，夜晚可以清晰地看到星星在夜幕上闪烁着。原野有时会想，那上面会不会住着些正在指引人类命运的神明呢？闪烁的星光里藏着的又是什么样的话语？

也许是嘲笑吧。

原野估计这下子自己该从全村最惨的人一跃成为全县最惨的人了。

医院的检查结果是：

淋巴癌，晚期。

Age 13～

起初只是身体会莫名地疼痛，但也并非不能忍受，原野便想当然地把它当作是干活过度的身体酸痛，一直没有去理会。

疼痛第一次加剧的时候原野正在学校的篮球场上训练，正在运球的他突然感觉双腿有些不听使唤，然后便传来了剧烈到难以忍受的疼痛。原野琢磨着自己可能是运动过量导致了肌肉发炎或者是肌腱拉伤，心想休息休息总该好了，也就继续强忍下来了，还是没有太在意。但是几天过去了，情况并没有好转，忍无可忍，原野这才自己去了县医院。可县医院设备有限，医生做了些简单的检查，并没看出来他的身上到底是哪里出了毛病，便只好跟原野一起推断那疼痛是炎症引起的症状，随便给开了些消炎止痛的药便把他放了回去。但那些药也并没有奏效，连医生给的药都没用，原野便开始觉得这疼痛可能只是心理作用，便也就一直忍了下来。

时值初三末期，中考临近，原野这一忍就是将近两个月。

对那时候的村子来说，若是谁家出了个大学生，可是件光宗耀祖的事情，不仅家人脸上有光，连整个村子都能沾上些喜气。抛开偶尔会变得十分剧烈的疼痛和不适，原野每天还是会照常地去上课、打球、背书，想着要考上一个像样的高中，然后也许还可以去上一个像样的大学。

原野并没有什么奢求，他觉得自己的未来能够像其他每一个平凡的学生一样就足够了。

有时候身体的不适感会在课堂上突然变得剧烈，原野还记得在物理课上的时候，坐在第一排的自己因为突然剧烈的疼痛不得不狠狠地俯身趴在桌子上，咬着自己的手坚持着。真的是太疼太疼了，除了"疼"这个直白的词之外，原野找不出别的词来形容自己的感受，疼，就好像有人拿着钢锯在猛烈地拉扯着自己的骨头，疼。他把自己的手咬到出血也浑然不觉，太疼了。咬掉了手上的一块肉，他也没发现，实在是太疼了。

疼痛感从偶尔会突然出现慢慢变成了原野日常感受的一部分，那感觉即使在不剧烈的时候也让人难以忽略，让原野浑身的肌肉一直紧绷着。到了晚上实在难以入睡，原野就会弓起身子像虾米一样趴在床上，这样疼痛会稍微缓解些，让他能睡着个把小时。

球队的训练原野也坚持参加从不错过，运动可以适当地把注意力从身上的疼痛转移走。

直到还有几天就要中考的时候，原野依然每天都在背书。

如果早知道自己根本没有机会去参加中考，他一定不会费那么多力气每天都起很早去教室里学习，背书真的是太累了，原野想。

在离中考还有几天的时候，原野又被送进了县医院，随后就被紧急转送到了南京市医院。头天晚上原野被安排住院，第二天清晨他的家长就在医院下达的病危通知书上签了字。

检查结果出来的时候，原野依然是懵懵懂懂的，虽然家人和医生都没有瞒着他，但其实他自己并不太清楚癌症是个什么病，也不知道晚期究竟是有多严重，毕竟他才刚刚十三岁，在潜意识里，原野总是觉得一切伤痛都能被自己迅速成长的身体克服过去。

"我生病了？"原野问爷爷。

"病了。"爷爷点了点头。

"哦。"原野答应了一声，又问，"那上学怎么办？"

"不上了。"

"中考呢？"

"不考了。"

"哦。"

白复习得那么辛苦了，原野想。

住院以后疼痛也并没有缓解，原野的全身都在疼，感觉好似有人在拿着刀戳自己的骨头，心脏疼、脑子疼、四肢疼、浑身都疼。难忍的疼痛让原野在病房里叫了起来，一直叫一直叫，声音从大喊变成哀号。

但他记得自己从来没有哭过，原野也不知道自己是怎么忍住的，不知是哪里来的倔强，自始至终，他一滴眼泪都没流过。

可能是因为原野年纪小，同病房里的病人对他都十分友善。原野的隔壁床是一个年轻的女人，二十来岁的样子，也不知道是得了什么病，原野见她因为化疗一直光着头，便推断大概也是癌症吧。女人的再隔壁就是一个年纪很大的老人了。

医院的护士们对原野也总是特别地照顾，她们给他买了各种各样的漫画，有《阿衰》，有《爆笑校园》，还有其他五花八门的小人书，原野以前从来没有拥有过这么多的漫画，这甚至让他对自己生病这件事有些庆幸了起来。

原野一直住在医院里，每天都要例行抽血，三天两头就要被拉去检查，有时医生也会亲自来病房给他做检查——也就是穿刺。每当看到医生手里拿着很大的一根针出现在病房门口时，原野就开始叹气。

医生会故作轻松地用叫孩子吃饭一般的语气对他说："原野，检查啦。"

但轻松的语气并不能缓和针头上闪烁的金属光泽带来的冰冷感。何况穿刺的滋味也实在是太难受了。叹过气，原野都会很自觉地趴在床上，静等着医生把针管刺进自己的脊椎。

穿刺要进行好几个小时，经常一做就是一上午——不知道是因为确实过了好几个小时还是因为实在太过难挨让原野觉得时间过得很慢。

穿刺只会在开始和结束时才会带来疼痛，粗大的针尖刺透皮肤的感觉总是让人难以忍受，当针管刺进脊柱以后反而会感觉好过些，习惯了无非就是身体里多了个金属物而已。一根针戳在脊椎里面，还是会有一种憋闷的感觉，好似内脏都被搅得脱离了原位，等针管被拔出来的时候，五脏六腑归位，皮肤却会再一次地传导出疼痛。不过穿刺已经变成了原野日常生活的一部分，时间一久他也就都习惯了。

原野从来没有想到过死，或者说他想到过，但是从没有怕过。十三岁的他在这个世上的时间还算不得很长，原野还没有长大到可以明白死亡究竟意味着什么。他甚至还经常觉得住院是一件让人幸福的事情——住院让原野可以每天都享受到家人的陪伴。甚至，他马上就要结婚的堂姐，都因为原野生病的事情而延后了自己的婚期，带着原野的准姐夫一起来医院帮忙。每当原野的父亲撑不住了回家休息的时候，他们就会顶班来照顾原野。就连姑姑和伯父他们也经常都在。

村子里的人偶尔也会来探望一下原野。从小长在村子里，原野多少也算是吃百家饭长大的，父母不在，原野就经常到处流窜着蹭饭，吃完这家再去吃另一家，就好像是在到处化缘一般。

虽然身体每况愈下，但原野的精神状态一直保持得很好，还经常跟隔壁床的病友开玩笑，会大大咧咧地指着她桌上的食物问这个你吃不吃啊？不吃给我呗，我想吃啊。

隔壁床的人病情看起来是比原野要轻一些的，但是跟原野比起来显得有些悲观，原野记得她只有在跟自己玩的时候才会偶尔地笑一下。

住院期间的户外活动基本上就只有晒太阳这一项，原野经常跟隔壁床的病友一起出去——两个人都坐在轮椅上，病友的妈妈推着她，原野的爸爸推着原野，就那样在医院外的小路上漫无日地走着。原野觉得，除了能接触到阳光和没了消毒水味道的新鲜空气，这轮椅漫步实在也算不得什么户外活动了。

他们坐在轮椅上路过医院的操场时，经常会看到有人在里面挥洒着汗水打篮球。这时原野就会自豪地对病友说，你知道吗？我以前可是校篮球队的运动员！

虽然人在轮椅上，原野还是挺起了上身，让自己显得高了些，拍着胸脯说，等我们病好了，你可以来找我，我带你去打篮球。

病友会笑着答应说，好啊好啊，笑容里有希望也有落寞。

再后来，那个病友转院离开了，断了联系，原野便一直不知道她后来怎么样了，也许已经痊愈了吧。

尽管医生吩咐了各种忌口，像是动物内脏不能吃、味道太重的东西不能碰啊之类的，跟住院前自己每天的饭菜比起来，原野还觉得医院的伙食实在是太好了。但随着病情越来越重，他能吃得下的东西就只剩下各种汤汤水水了，尽管家人会变着法地换各种花样试图让原野多吃一些，原野的胃口却还是越来越小，有时甚至会连续很多天什么东西都吃不下去。

化疗开始后，原野就变成了小光头。因为被打进体内的各种药品和化学制剂，即使是刚刚长出来一点点的头发楂子也会很快从头上掉下来，搞得原野睡觉的枕头上布满了短小的头发楂子，十分不好收拾，经常隔几天就要换一个新枕头，直到后来家人们想了一个办法——他们在枕头外面裹上了一条毛巾，这样就只需每天更换既便宜又好清理的毛巾了。

除了吃饭没有胃口之外，病情加重的另一个表现是吐血。住院期间，原野三天两头就会吐吐血，白天会吐，晚上躺在床上睡觉时也会吐。睡觉的时候原野总要确保自己的病床旁边有一个容量很大的盆子，不然第二天起来他会把血吐得满地都是，非常不好清理。爸爸几乎每晚都会陪在原野的病床前，在原野吐血的时候稳按住他，也在原野因为疼痛开始抽搐的时候紧紧抱住他，有时原野挣扎得狠了，父亲就不得不更加用力地勒住他，生怕原野控制不住咬到自己的舌头。

随着住院时间的增长，原野吐血的频率也渐渐变得高了起来，到后来简直成了家常便饭一般的存在。中午的时候原野还半躺在床上吃饭，虽然没什么胃口，但整个人的精神状态很好，甚至还在有一搭没一搭地晃悠着腿，顺便跟隔壁床的病人愉快地聊着天，一切都很好，他往自己的嘴里送去了一口汤，然后就突然呕吐了起来。

刚把汤咽下去，原野立刻就觉得舌根有些不舒服，便捂着嘴咳嗽了一下试图缓解，结果拿开的时候才发现手心上都是血迹，又擦了下嘴角，发现还是有血。原野看着手掌上的血迹愣了一下，还没反应过来是怎么回事，大量的血就又从喉咙里涌了出来，他只来得及呜哇一声，就开始猛烈地呕吐了。尽管有些用词不当，但原野还是觉得，自己那一场吐血真是吐得酣畅淋漓。

　　原野一直没心没肺地显得很开心，尽管身体每况愈下，但每天都有家人陪伴这件事让他实在是难过不起来。但一个被原野忽略掉的事实是，他的病不仅折磨着他自己，也在折磨着他的家人。

　　原野的爷爷已经有七十多岁了，原本身体硬朗，平时还可以下地干干农活，但原野生病后，不知道是不是因为太过担心，爷爷的身体也随着每况愈下，肺也出了问题，陪同原野的同时自己也三天两头地在医院挂着水。

　　每次原野被送进手术室抢救的时候，爷爷和爸爸就会一起坐在手术室门口的走廊里等着他出来。状况好的时候他们只用等三四个小时，不好的时候甚至经常要等到大半夜。而随着病情的加重，原野被拉进手术室抢救的次数也越来越频繁了。

　　本来就不富裕的家庭，积蓄很快就被花光了。

　　到后来，以原野病情的严重程度，在入夜的时候睡着对原野来说几乎已经变成了一件不可能的事情。到了晚上，原野经常会听到爸爸一个人走进病房的卫生间里，然后开始悄悄地哭泣，声音不大，但是原野全部都听到了。怕吵到原野，从卫生间出来的时候父亲也还是轻手轻脚的。原野也只好配合地背过身，假装自己什么都没有听到地睡得很香。

　　虽然医生说生病的只有自己，但原野开始意识到，在某种程度上，自己身上的癌症也扩散到了家人的身上。

　　心里升起的对家人的愧疚渐渐开始压过了身体上的病痛，原野生出了一丝"干脆就这样死掉吧"的念头。

　　家里的积蓄快要支撑不下去的时候，村政府和原野学校的校领导一起去县政府给原野申请了大病救助，想办法给原野报销了一部分医药费，再加上各方面的捐款，他的治疗才得以继续下去。

这让原野觉得很奇怪，自己又不是什么名人，为什么会有人给我捐款呢？

学校里的同学他是知道的，村子不是什么富裕的村子，学校也不是什么贵族学校，每人每天的生活费也就一块多钱，同学们怎么可能会有多余的钱来给他。但出乎意料的是，同学们硬是省出了每天的生活费，就这么一点点攒了下来，学校里的几百个学生，加在一起竟也凑出了七千多块钱。很多学生甚至还给他寄来了信件，原野自己班的同学更是每人都给他寄了一封，林林总总，加起来竟也有一百多封了。那时的原野每天没事的时候就会去看看那些信件，虽然并没有被激励到内心升起一股斗志，也没有突然涌出力量，更没有产生"我一定要活下去"的念头。原野只是觉得，啊，同学们都是好人。

学校更是组织了活动，校长和两个副校长、教导主任，还有体育老师和原野的班主任，全都来医院一起探望他。就像电视里新闻上领导去基层慰问工人一样，他们同原野的爷爷握了手，说一定要坚持住，一定不能放弃希望，又对原野说，你看这么多同学给你鼓励，你一定要加油啊。最后的关键时刻，他们拿出了装着钱的信封，原野记得里面有校长本人亲自给的两千块，两个副校长的一千块，老师们每人的五百块。还有人拿着相机在一旁拍照。

但那些钱对癌症晚期的治疗来说不过是杯水车薪，几次检查下来就又全部花光了。

而原野的病情依然在恶化着。

没有丝毫好转。

最后的一次抢救足足进行了两天一夜。

那一天原野一直在吐血，连喘息的机会都没有，停不下来地一直吐、一直吐，情况很危急。到了那一刻，原野才真切地感受到了自己的生命真的就在这一呼一吸之间，一口气咽下去，可能真的就不会再有下一次呼吸了——没有也挺好的，保持呼吸实在是太痛苦了。

活下去也太痛苦了，活下去是一件比死去要艰难太多的事情。

回过神来的时候原野发现自己已经躺在了手术室外，两个胳膊上都插着输液管，真奇怪，平时挂水都是只在一个胳膊上插针的，这次怎么插了两个？转头看到旁边还有一个人，眼看着那人被推进了另一间手术室。原野反而忘记了自身的处境，出口的第一个问题是："那个人怎么了啊？"

"他没事，就是个阑尾炎手术。"医生说。

"那我呢？"原野想起来问，"我是怎么了？"

"你啊，你也没事。"医生说，"你就是来做一个普通的检查，一会儿就好了。"

"那为什么我两个胳膊上都插着输液管啊？"

"这是在挂水啊。"医生和蔼地对他说，"你不是每天都在挂吗？"

"哦。"

原野答应完，便再也没有多想，闭上眼睛躺着躺着就又睡了过去。

这一睡就是两天一夜。

醒来后原野的气色还是和往常一样差——也许还更差些，但心态还是十三岁该有的没心没肺，看到爷爷在旁边，就扯着嘶哑的嗓子问："爷爷我怎么了？"

"没事。"爷爷努力把语气伪装得很平淡，"你就是挂了个水。"

"挂了两天一夜？"

"是啊。"

"哦。"

原野的一晃眼，却是家人最漫长的两天一夜。在那两天一夜里，全家人没合过一次眼。原野刚上小学的侄子一直在家里面替他对着神龛磕头，奶奶也在磕，家里很多人也都在磕头，只求能保佑原野好起来，什么神都求；堂哥在央求主治医生一定要治好自己的弟弟；爷爷和爸爸一直守在手术室外焦急地等待，看到副院长经过时就小心翼翼地上前去恳求他，请他千万不要放弃抢救。

在抢救期间原野的脉搏和心跳一直保持在很低的水平，离彻底平静的死亡只差一线，甚至他的脉搏真的就停止了很长一段时间，当医生已经放弃抢救、准备结束的时候，原野的脉搏又顽强地跳动了一下，让医生又投入回了抢救当中，这才把原野从死亡线上拉了回来。

结束抢救，疲惫的医生走出来对等在走廊上同样精疲力竭的原野的爷爷和爸爸下达了判决：

"带回家吧，别治了。"

离开医院的时候，原野穿了一套自己十三年人生中拥有的最贵的新衣服，品牌是美特斯·邦威。因为化疗掉光的头发还没有长出来，他系着围巾，小光头上戴着黑色的帽子。原野把自己的漫画书都塞进了书包里，书非常多，尤其是《阿衰》有太多本了，装满了两个小书包，书包是小学的时候爷爷花了十块钱给他买的，上面还印着奥特曼——蓝色的迪迦奥特曼，装满书以后它们都沉甸甸的，应该比一麻袋的粮食轻些吧，但曾经扛麻袋一扛就是一整天的原野却已经背不动那些书了。

护士们送走原野的时候对他说的话几乎都是模板一样的"回家要好好的啊"和"要开开心心的啊"，她们都了解原野的情况。原野自己也知道，被她们省略的潜台词是"在还活着的最后几天里"。

在还活着的最后几天里，要好好的啊，要开开心心的啊。

原野抱着自己的漫画，穿着自己的新衣服，离开了医院。在医院的这些时间已经让原野成长到可以意识到何为死亡了，原野知道，自己身上穿着的美特斯·邦威的新衣服，是自己的寿衣。家里面已经给他买好了一块墓地，他会穿着这身衣服死去，然后葬在妈妈的旁边。

原野的奶奶信的是耶稣，在原野被拉去抢救的两天一夜里，奶奶一直在对着他祷告，威胁说要是我孙子的病能好，我就继续信你，要是好不了，我就不再信了。

信了几十年教的奶奶，自此以后就真的再也没有信过了。

医生说她的孙子只剩几个月能活了。

Age 13–14 ～

回家以后，虽然停止了治疗，但也因为没有了化疗时打进身体的各种药剂，原野的气色反而稍微好了起来，渐渐地可以吃下去一点东西了。其实原野对自己的病情一直都不是很清楚，直到出院后他才第一次看到自己的病历和夹在里面的各种文件。他这才意识到自己身体状况到底有多差，X 光片上的那个人看起来已经完全坏掉了。离七窍流血就只差一点了呀，原野想。"七窍流血"已经是那时的原野能想到的最严重的一个词了。

体力稍微恢复了一些的时候，原野对父亲说想出去走走，想去外面看看，想见见大城市。父亲沉默着答应了，跟着原野一起坐上了去苏州的大巴车。

原野坐在了靠窗的位置，爸爸就坐在他旁边。大巴车缓慢地开动着，原野想，自己的出生是父亲带来的，生命的最后一程也是父亲在陪着，真好。

这个念头让原野感觉很释然。

到苏州后原野和父亲住在了一家快捷酒店里，第二天天还没亮，原野便早早起来，给父亲留下了一张字条，揣着二百块钱，悄悄地离开了。

原野还很小的时候，曾在一个人去亲戚家的途中在野外迷了路。原野也不知道怎么就把自己给走丢了，但是他似乎也并没有觉得害怕，安心地觉得就算自己找不到，路也总是在那里的。就这样，独自在山中度过了两天，最后原野还是找到了原路，顺着走回了家里。

但这次走出去后还能有机会再回到家里吗？原野不知道，不过大概是没有了吧。

跟上一次不同，这次原野找不到的不是路，而是时间。

Age 19-20 ~

十三岁之后的每一天都像是偷来的。

爸爸终于再婚了，还给原野生了一个小妹妹，家里承包了一个鱼塘，日子也开始越过越好。而原野自己，自从去庙里生活以后日子就一直都平平淡淡、稳稳当当的，再没有什么大起大落出现过了。原野和大部分和尚一样，先是在寺院常住，然后去读了佛学院，在佛学院从预科班开始，之后又上了本科班。没有新生的顿悟，也没有获得任何生活的智慧，更没有体悟到生命的奥秘，没有死就意味着日子还要继续过下去，时日久了，就连对"活下来了"这件事的庆幸都随着岁月渐渐退去了，原野开始生出了些小遗憾，比如至今也没有去读过大学——倒不是想去学习，而只是很想体验下从电视里看到的大学里面的氛围。

在痊愈以后原野人生中最大的变动应该就是来到了加拿大的庙子了。北美的加拿大，听起来多少有些洋气，毕竟是出了国，但加拿大的寺院……其实跟国内也没有很不一样。

细究起来其实还经常感觉更糟糕一点。每天的早晚殿严苛又漫长，佛事还很多，在加拿大的各个寺院间跑来跑去，从诵经到拜忏再到水陆，甚至还有在国内从没见过的出差去殡仪馆念经，去山上一边参加葬礼一边念经，很少能有时间闲下来——因为这边的出家人实在是太少了，每个人的活计也就相应地多了起来。原野自己半吊子的敲法器技巧在来到加拿大以后竟也让他成了主力，引磬、木鱼、铛子、钟鼓，只要需要他都会去敲，原野感觉自己好似一个刚拿起电吉他就被拉进古典交响乐团做总指挥的人。唯一比较开心的活计应该是做维那了，维那的日常工作大概就相当于乐队的主唱吧，居士们都夸他的唱腔好听，原野自己也乐于在拜忏和诵经时起腔。

但困在加拿大的庙子里多多少少还是有些寂寞，这里一年有半年是冬天，初见大雪时还颇有几分打雪仗和堆雪人的兴致，时间久了，看到天地间白茫茫的一片，便只感觉得到寒冷和扫雪的烦躁了。

日子无聊，少有新鲜，也就没了什么话题，原野经常只能和朋友坐在一起相顾无言地拿出手机各自打着游戏。

原野基本不会什么英语，所幸庙子里来来往往的几乎全部都是华人，也完全用不到英语。庙子里虽然人少但规矩严，不许私自乱跑也是规矩之一，何况因为语言问题，原野也并没有什么自己去乱跑的欲望。

庙子里的生活空闲也忙碌，糟糕的是，越是忙碌，带来的空虚感反而越大。

生活里无处可逃。

二十岁生日那天，庙子里的朋友聚在一起在斋堂后面支起了烧烤架，当是给原野庆生——这是在很多年里原野第一次过生日。二十岁一直都像是一个遥不可及的路标，靠借来的日子活着的原野从没奢望自己可以活那么久，他从没想过二十岁之后自己还会存在于世。现在真的到了二十岁，本该觉得庆幸的原野却突然感到了一种之前从未有过的迷茫，今后的日子要怎样过下去呢？

他不知道。

原野觉得很奇怪，小时候的日子明明那么辛苦，却好像一直都过得很开心，现在长大了，也见过了更大的世界，不缺食物不缺钱，不缺衣服不缺时间，什么都不缺，却多少有些开心不起来了。

生活从来不会因为自己比别人遭受过更多的挫折和苦难就优待自己，也从来不会因为自己走过的路比别人更曲折就柳暗花明，生活是每一天每一天都在延伸的日子，是夜以继日地不停生存。

Epilogue（后记）~

加拿大夏天的时候我正在过冬。

墨尔本冬天时正处在期末的我，还不是很适应这边的学术环境，被期末的两个大论文压得喘不过气来，不过只要熬过去就是一个长假了。在期末的日子里我每天睁开眼睛的第一件事就是起床写论文，后来干脆连床都不起了，睁开眼睛就直接拿起电脑争分夺秒地在床上写了起来。

我的朋友国师已经在加拿大住了半年，在那边的庙子里做着知客，得空就会劝我放假去多伦多找他玩，宣传语大概是这样的：

北美净土旅游胜地！环境优美佛事少！空气清新没烦恼！恬静！悠闲！什么活都不用干，每天就是玩！别犹豫了赶快来吧！

他诓我。

刚下飞机，时差都还没倒过来，我就被国师拉着去诵了部《金刚经》，还没缓过神，紧接着就被拉到几十千米以外的殡仪馆做了一堂佛事。等终于调好时差清醒了过来，又迎来了两年一度的水陆法会盛事，连续七天从早到晚的佛事劈头盖脸地砸了过来。

所幸在水陆结束后，大和尚离开庙子去往了中国，佛事的频率也就缓了下来，那时我离进化出自爆能力就只差一堂普佛了。

零散的佛事，国师多多少少都利用知客的职权替我挡了下来，毕竟从身份上来说我就只是个趁着放假来游玩的旅客，住在庙子里，国师甚至连早晚殿都想办法替我免去了。这样，我成了多伦多庙子里最闲散也最自由的和尚。

偶尔去做佛事的时候，除了国师，最常跟我一起组队的就是原野了。他也一样不是很喜欢做佛事，但跟我不同的是他并没有太多选择，身为数量很少的常住之一，多数时候他都不得不去参加。做维那大概是他最喜欢的部分了吧，每次起腔他都唱得很带劲，声音婉转，竟是难得地好听。

原野就住在我隔壁。其实以前在重玄寺的时候，原野也住在我隔壁，但直到来到加拿大，我才第一次看见他。原野很瘦，配合上将近一米九的身高，让他整个人都显得格外细长。

刚到时，原野带着我四处熟悉了下加拿大寺院的构造，庙子不大，大殿楼下就是斋堂，普贤阁隔壁就是地藏殿，迅速地逛完后他就回去了自己负责的流通处。流通处设在斋堂门口不远处，主要功能就是向香客出售一些佛珠挂坠之类的纪念品，而原野的主要职责就是镇守这里，负责销售和讲解，偶尔也会进行一个现场开光。

虽然在流通处里流通的货物和资金跟原野并没有什么关系，但每次卖掉些什么的时候，他都会显得很开心。

原野很容易就会变得开心。趁着大和尚不在，大家一起组队去海边玩的时候，他会在浅滩堆沙堡垒，我站在烈日下的浅滩里一心只想着要回庙子洗澡吹空调，原野则在一旁开始在泥滩里挖水渠、用水草加固沙墙，玩得不亦乐乎全然忘我。

看简单的电影也会让他很开心。那时《圆梦巨人》刚上映不久，我在网上订好了票，又迅速地熟悉了多伦多的公共交通，便在晚殿结束后拉着原野一起去了六千米外的影院。电影有些出乎预料地直白，虽说不上不好看，但于我而言剧情多少还是有些太平淡了，它更像是一部纯粹的儿童向电影，平铺直叙，即使再多再好的特效，两个小时看下来还是让我生出了些许乏味感，与此相伴的还有拉着原野大晚上跑出来却只看了一部无聊的电影的愧疚感。但出乎意料地，原野看得很开心，他很喜欢这个电影，走出影厅后一直告诉我，他觉得这部电影有多么好看，连带着把出品方迪士尼也夸了一遍，他说电影里那个友善的巨人让他想起了自己的爷爷。

吃到好吃的东西原野也会很开心。斋堂难得地在晚上供应了一次西红柿打卤面，原野一边吃一边竖起了大拇指，盛赞说这面可真是妈妈的味道啊。然后他低下头，小声说了句，嗯，不过我也不知道妈妈的味道到底是什么味道就是了。

原野最酷的时刻大概就是看完一部我推荐的电影后咂了咂嘴，略带不屑地说了句："癌症嘛，谁还没得过呀。"

太酷了。

我离开加拿大的前一天是原野的二十岁生日，庙子里的大家办了个烧烤派对来给他庆生。所有人都围在烧烤炉周围的时候，原野一个人坐在了远离人群的另一边，却显得有些不开心了。我走过去坐在了原野旁边，他说他想养只猫。

可惜庙子里的规矩之一就是不能蓄养宠物。

"如果能让我自己选生日要怎么过的话……"原野说，"我想跟猫玩一整天。"

The part after all the other parts~

写这篇文章的时候，我偶尔也会找原野聊天。

提到活下来这件事情，原野笑了笑，给我的解释是他自己随便坐了辆长途车，然后在另一个城市下了车，随便找了一辆人力三轮车，让拉车的师傅随便把自己载去一个好玩的地方，于是他们就来到了一座巨大的水库前，大得好似一片湖泊就在那里，原野发现了一个连名字都没有的小破庙里面只住着一位老和尚和一个挂单的云水僧，老和尚留着长长的胡须，看起来仙风道骨的。原野自己在庙子里东看看西看看玩了一上午，这时老和尚出现了，问他要不要吃饭，原野说要，但是因为没什么胃口，所以只往嘴里塞进了一点点食物，老和尚问他，是生病了吗？原野说是的癌症，于是老和尚给原野配了服苦得炸裂味道又宛如炖屎的中药，还让原野在庙子里住了下来。后来挂单的云水僧走了，庙子里就只剩下了原野和老和尚，住下来以后原野每两天都要喝一次那个非常非常难以下咽的中药，但是每次喝完老和尚都会给原野冲一碗红糖水，庙子里很穷，红糖也算是个稀罕物，老和尚给原野用起来却丝毫不省，原野看在眼里感动在心里。原野在破庙里住了好几个月，气色居然越来越好，直到有一天老和尚对他说再吃这最后一服，然后就该看你能不能活下来了。喝完以后原野又难受了起来，于是老和尚拿着小刀在原野的胳膊上开始给他放血，然后第二天一早原野胃口大开一碗接一碗地疯狂吃着米饭，老和尚见状笑着说你赶紧回家吧，再这样要把我吃穷咯，回家后原野找了机会再去拜访那个破庙，却发现里面已经空了，老和尚也不在，大概是出去行脚参学云游四方了吧。

非常酷。

"我写着写着就嗷的一声哭昏过去了，宛若你已经死了。"
"你要是哭死过去了才好玩呢。"

懒

鞋子里进了小石块

懒得弯腰

就这么走了十站地

等回去的时候

石头

已经碎了

小前辈

（一）～

"刚出家的时候，我经常晚上一个人躲在被窝里哭。"
五年前，小白这么对我说。

虽然我和小白都是在农历二月十九的观音诞辰剃度的，但跟我不同，他刚出家时还不到十六岁。我结识小白的时候，他已经出家近三年了，虽然说不上长——事实上，现在看来，近三年四舍五入一下相当于没有，而且后来小白也向我承认他有时候是在故作老成——但对当时刚出家没多久的我来说，小白在各种意义上都称得上是个充满威仪的老前辈。

"哈哈，大家都是应法沙弥出家，差不多差不多。"
刚认识时，他这么对我说。
这人即使是发短信也总爱带上"哈哈"两字，在夏天里说是为了散气消暑，在冬天时理由又变成了"笑一笑十年少嘛，哈哈"。

小白的父母都是虔诚的佛教徒，出生在佛教家庭里，小白自小所受的熏陶自然在各方面都与我——也与这世上的大部分人——大不相同，在我一心扑在上课学习和考试，为了成为家长和老师眼中的好学生心无旁骛地埋头在小小的书本里时，小白则把成绩当作无关紧要的事情——反正他的未来早已经被决定好了，一直被父母以"爱护生灵"和"勿要同人恶语相争"谆谆叮嘱着，过着一个标准的佛教徒的日子，标准得像是一个刻板印象。

小白有个大他五岁的哥哥，而在小白还没出生时，父母就已经开始茹素了。

这种情况，在佛教的切口里叫作"胎里素"，大概比连续磕出二十个双黄蛋还要罕见，自然也是备受赞叹的。

从还在娘胎里的时候，小白就一点荤腥都没沾过了，别人经常拿这个来夸赞他，自然，小时候的小白也一直把这件事当成一种荣耀，觉得这是什么不得了的功德，经常地沾沾自喜。

可也正是因为儿时怀着的这份自豪，小白曾被他师父狠狠地教训过，像是从一场幻觉中醒来，小白意识到了那沾沾自喜中的自大，也看到了自豪背后的毫无缘由。

从此他便一直把儿时的那份自豪当作笑谈来讲了。

听闻这些时，我不由得生出了些许羡慕，觉得面前的小白又高大了不少。

（二）～

斋堂是寺院里过堂吃饭的地方，一般也被叫作五观堂，寓意食存五观，也就是：计功多少，量彼来处；忖己德行，全缺应供；防心离过，贪等为宗；正事良药，为疗形枯；为成道业，方受此食。

一般来说，只要迈进斋堂的大门就会看到这几句话完整地写在对面的佛龛身后，在其他地方还会有些诸如"五观若明金易化，三心未了水难消"和"珍惜福报，节约用水，随手关灯"之类的句子。

乍一看真是复杂又复杂，高深又高深，这些词句的意义扩展起来完全可以另外再写一本书，但对刚出家的我们来说，这些偈子的全部意义就只有"不能挑食，全部吃完"这八个字而已。

"不能挑食"也就是大寮——简单来说就是寺院的后厨——做什么就吃什么，比如连续一整个冬天的萝卜炖白菜和即使冬天过去了也还是一成不变的萝卜炖白菜；"全部吃完"则意味着打到碗里的饭菜必须要全部下肚，即使是菜碗里剩下的油花都要兑上水喝个干干净净。

后来经常有人问我，为什么庙子里的出家师父过完堂后都把钵放好直接走掉了，都不用拿去洗吗？

洗当然是洗了，只不过是用开水冲洗完后大家就直接把它喝掉了啊。

就像躺在床上时脑海中若一直盘桓着"睡着了要怎么保持呼吸"或者"口水该怎么咽下去"这种平时根本不会注意到的问题，便会被困扰到睡不着觉一样，有了"不能挑食，全部吃完"这两条原则的束缚，之前完全不曾在意也从没被困扰过的"我该往碗里放多少饭菜"突然间就成了横亘在人生里每天早午过堂时都会出现的终极问题。

"施主一粒米，大如须弥山，今生不了道，披毛戴角还。"也是一句在寺院里大家都耳熟能详的话，虽说它的主旨是彰显修行的决心，但字面意思也还是"不能剩饭"。

为了不剩饭，最开始时我在斋堂每餐都只吃很少的一点，在别人才刚刚开始进入吃饭状态的时候，我就已经囫囵吞枣地把碗里的那一丁点食物全部吞下了，然后就呆坐着等大家吃完再一起结斋回向。虽然这样做保证了珍惜每粒福报，也不剩一点饭菜，但因为进食量实在是太小了，有时甚至刚吃完立马就会进入饥饿状态。

小白则跟我相反，刚出家时，他为了不挨饿，每一餐都会往碗里添很多，尤其是看到最爱的虎皮青椒后更是会豁出性命般地往碗里猛添，生怕错过这一次后这辈子就再也没机会吃到这道菜了。小白往碗里添的饭菜实在太多，以至于经常在其他人都已吃完离开后，他还一个人坐在空旷的斋堂里，独自对着面前还剩大半碗的饭发愁，吃不下，也不敢离开。

对那时初入寺院的小白来说，庙子里所有的清规戒律、约定俗成，都一定像是充斥在生活里无处不在又丝毫不能变通的樊笼一般。

在师兄大发慈悲般一挥手说让他把剩下的饭菜端回自己寮房去吃之前，对面前的状况，除了坐在斋堂里强撑着吃完之外，小白想不到任何的解决之道，生怕稍微出格半步就会又坏了什么规矩。

（三）~

住在庙子里，日子看似清闲，但每天从凌晨的早殿到下午的晚殿，僧众的时间安排得很紧密，有些寺院在晚上还会有固定的坐香时间，若再遇到普佛或者其他佛事，这一整天便就不会有什么空闲时间了。

而在几年前，我跟小白所在的寺院都属于在入夜后需要去禅堂坐香的类型。即使每日熏习在念诵里，顽劣如我，时间久了也还是会忍不住想要跳脱出去，仗着年纪小还不会被太严厉地对待，我经常会在早殿的钟板声响起来的时候蒙住被子倒头继续睡——这也就是俗称的"翘殿"，继承了学生时代喜爱逃课的习惯，大概在出家第一年的时候，我翘殿的次数就已经超过了小白三年的总和。

我经常也会挑一个天气好的时候按时起床，跟着大家一起排班进殿堂，然后在早殿伊始就偷偷从后门溜出去，趁着天还没亮爬上后山，然后就静静地坐在山头，听着山腰上庙子里传来的阵阵念诵，一个人等日出。

现在想来，当时的我并不是想看日出——就像初入寺院时对一切都感到好奇一样，山间的日出纵然壮丽，但每三天就翘殿爬上去一次的行为早已让它变得像是每日的晨钟暮鼓一样稀松平常了——在山顶时我不仅脑袋放空，连眼睛都是失焦的。当时的我就只是，单纯地，想要翘殿而已。

又或是那一丝磨灭不掉的"想要变得不一样"的心绪在作怪。

有次跟小白聊天时提到了家里的老人都有些重男轻女，身为家里唯一的男孩，在老一辈面前我都是极度地放逸。小白听罢又哈哈地说他家有点不太一样，他家的重心是他哥哥。

小白的哥哥身体不是很好，自小就经常生病，家里除了小白之外，所有人都事事迁就着他，他则事事迁就着小白。

而小白，自出生开始就每天都生龙活虎的，自然是用不着别人操心的。相应地，他好像也确实没有收到太多的关心。

跟我一样，刚出家时的小白也按捺不住自己内心里雀跃的"混世魔王"，时日久了愈发显得单调和枯燥的寺院生活，再加上限定在行住坐卧种种日常上烦琐的条条框框，让他在雷打不动日复一日的早晚殿里都忍不住想要好奇地东张西望，试图在这一成不变里找出些惊喜来。

有时他也会翘掉晚殿，一个人跑去孤坐一整天也不会有人来打扰的山顶。像是溺水的人突然浮出了水面一般，只有在这个时候，在从生活单一但日程繁重的庙子里暂时地脱离出来时，他才会突然感觉到自己的孤独，才会察觉到长久以来被自己埋在心底的委屈和茫然无措，但是连个可以哭诉的地方也没有，给家里打去电话时，妈妈对他的称呼已经变成了"法师"，这样的尊称足够小白把所有涌到嘴边的心里话都重新憋回去了。

一个人发呆很久，直到听到庙子里开始药石的打板声，他才会又觉得肚子饿了，便一路小跑着下山吃晚饭，心想已经翘了晚殿，晚上坐香若是还不出现的话一定会挨揍的。

在小白还没出生时，他虔诚的父母就许下了愿，要把将来的孩子供养给佛陀，出家为僧。

所以从小，小白就很明白自己将来要走的路。

清晰得像是他脚下这条虽然绵长但是一眼就能望到尽头的小道一般。

很多人都在忙忙碌碌地寻找着什么好赋予人生些许意义，不知是幸运还是不幸，跟所有人都不一样，小白的人生在开始前就已经被赋予了目的和意义。

他也欣然接受了这既定的道路，自小就喜欢混在寺院里，寺院经常会让他莫名地宁静下来，对他来说出家就像是回家一样。他用这一点来说服自己，说这也是他自己选择的道路，说这就是他想要的生活，说他并没有后悔，说这就是修行。

（四）~

我从来不吝承认自己在生活技能上的无能，也一向乐于称赞小白的全能，叩钟敲鼓、念经打坐、缝衣做饭、割麦种地、修电盖房、金钟铁布、荒野求生、上天入地、开疆扩土，他几乎无所不能。

我在苦恼庙子里手机信号不强，Wi-Fi 也不好用，简直要活不下去的时候，强者小白已经在一边种地一边盖房忙完后，还能自己缝补被剐破的衣服了。

彼时小白的一举一动总是能让我生出钦羡。

当然，纵然是强者小白也不是生来就如此全能的。初入寺院时小白年纪尚小，庙子里连个同龄人都找不到，忙的时候顾不上跟人交流，闲下来的时候却又仿佛坠入了只有自己一个人的世界，寺院经常冷清得让人害怕，所有的地方看起来都空旷无人，可无处不在的规矩也让小白不敢越雷池半步，自然，在最开始的日子里，小白千般不适应、万般不习惯。师父师公教导严厉，让他怯于求助，于是经常自己一个人被各种陌生的境况搞得茫然无措，除此之外，庙子里的活计诸如劈柴烧火、打板夜巡，小白也什么都干，虽然身体健康生龙活虎，但彼时的他终究还是一个身板略显瘦弱的小小少年人，终于忍不住在漫长的日子里堆积起来的无措和委屈而给家里打去电话时，却被父母在电话里一口一个"法师"地叫着，他就只好又把已经溜到嘴边的撒娇和诉苦吞了回去。

跟父母比起来，倒是哥哥的表现比较积极，趁着出门跟朋友玩的空档，找了家邮局悄悄给小白寄了一包零食过去。

之所以悄悄寄，主要是为了躲开父母的侦察。倒不是因为父母冷漠无情，作为虔诚的佛教徒——他们坚定地认为家中的牵绊和情感的挂碍会成为小白修行路上的阻障，于是，在这样的指导思想下，他们的一切行动都在有意无意地疏远着小白。

哥哥的行动小心地躲过了父母的侦察，也避开了小白师父的耳目，但也由于过于小心，连快递单上的收件人姓名都没有写明就匆忙寄了出去。没有具体的收件人，一大包零食在送到时变成了无主物，顷刻就被寺院的常住师父们瓜分殆尽了，小白看在眼里急在心里，却也不敢出声表明这些都是哥哥寄给自己的，只得欲哭无泪式地苦笑，然后冲上前去跟大家一起哄抢了起来。

结果只抢到一块巧克力，抓在手里一捏，发现它已经融化了，小白急忙回屋倒了杯冷水，然后把软塌塌的巧克力扔了进去，希望可以重新把它冰起来。但他没料到巧克力的包装早就已经破了个口子，一入水，就全都顺着裂缝缓缓地流了出去，眼看着来之不易的巧克力就要消散于水中，情急之下小白伸出手抄起袋子就往嘴里塞，样子狼狈至极，眼泪也终于流了下来。

　　所谓"僧俗有别""恭敬三宝"，小白的父母都是十分传统的佛教徒，自然也是虔诚地循规蹈矩，恪守着在家出家的界限。孩子和父母的关系，在许多寻常人家都再寻常不过的事情，在小白和他的父母那里却都换了另一副模样。也许是因为他终归是要出家为僧的关系，小白从小在家中的地位就很特殊，他开玩笑地告诉我，说自己简直就像是被装在神龛里被供起来一般，一个人背负着全家所有的功德。小白曾试图用一个词向我描述他跟父母的关系。

　　"怎么说呢，啊，我们之间，就是……就是那种，很……"

　　相敬如宾。
　　最后他还是选择了这个不太恰当的词。

（五）～

　　庙子里的日子好似单曲循环，昨天像今天，今天像明天，住得久了，常常会不记得今夕何夕。对小白来说，忘掉自己的生日这种事情根本只能算作常态，经常过去好几天，他才忽然想起自己好像又长了一岁。

　　初时小白还没有智能手机，自己的屋子里虽有一台老旧的电脑，是一位常住法师离开时留下的，但因为实在是太老旧了，小白也很少会去打开它，每天上殿下殿、普佛坐香，小白经常把手机扔在一旁，几天都不会去看上一眼，日子对他来说很清净。

　　五月份的某天小白碰巧打开了电脑，然后才从网上铺天盖地的信息里知道了原来今天正是母亲节。

犹豫了一下，小白还是打开手机给妈妈发去了一条短信，只是很简短的"祝您母亲节快乐"七个字。

很快他就收到了母亲的回复：

"感恩法师，也祝法师六时吉祥。"

出家很多年了，小白一直没有再回过家。也许是因为太忙，也许还是担心太多的牵挂会困扰他修行，自剃度那日之后，父母再也没有来探望过小白。

大概是三年前，在快要过年的时候，小白突然告诉我，他的父母决定趁着假期在过完年的时候来庙子里看他，隔着远远的距离我都能感到他那仿佛要挣脱出语句化作实体的开心。

过年的那段时间庙子里最是繁忙，经常被带着全家来观光的游客和抢头香的香客围得水泄不通，小白把过年戏称为"烧庙节"，通宵达旦地为迎接蜂拥而来的游客做着备战，像是在准备一场攻防战。似乎所有人都想趁着节日来庙子里讨个好彩头，而庙子里最受欢迎的地方，自然就是财神殿了。

要知道，佛教里其实是没有财神的，但为了满足群众的期待，小白所在的寺院甚至专门建了一所财神殿用来让游客们烧香磕头。

"哈哈，恒顺众生嘛。"小白说，"不过要是拜那个真有用的话，我早就发财了。"

"就像是'道歉有用的话，还要警察干吗'一样。"

他还装作很懂的样子引用了影视剧台词，虽然用法似乎有些不太准确。

以往在日落前就会关闭的寺院山门在过年期间都会通宵开放，庙子里车水马龙、人来人往，热闹非凡，这自然也意味着僧众们也要陪着通宵值班看殿——而通宵也并不意味着第二天凌晨不需要上早殿。

寺院就是这样，平时冷冷清清，越是节假日反而就越是忙到飞起，脚不沾地头不挨床地忙。

那段时间大家都各忙各的，我跟小白也就没怎么联系了，只是后来注意到他在网络上发出了一条很简短的更新：无适莫故。

直到过完正月十五，终于又把清净的日子熬回来的时候，我才想起跑去问小白最近过得如何。

"还好。"小白用了即使对他来说也实在有些过于平静的语气，讲了些无关紧要的日常，"干活的时候伤了手，衣服都攒了一个多星期没洗了。"

"哈哈，你可以等你爸妈来的时候帮你洗，给他们一个尽抚养义务的机会。"我打趣道。

"哦……二老有事来不了，我被他们放鸽子了。"他回说。

无适莫故。
我又想起了这四个字。
以前只是在书上看到过解释，就自以为很了解，但直到那时我仿佛才突然明白了那四个字的含义。
无适莫故。
心之所主为适，心之所否为莫。毁形守志节，割爱无所亲。

还不等我开口安慰，小白就自我开解了起来："正好也省得操心了，不然他们一来跟我师父见面，我感觉跟来开家长会似的，还平添一分紧张，哈哈。"

他还用笑声结了尾，就好像真的是很开心一般。

（六）～

父母没有来，小白索性跟师父告了个假，决定自己回去一趟。

出家也有些年头了，小白自觉早已适应了寺院里的生活，自己的心性在经年累月的打磨里似乎也稍稍地定了下来。再加上哥哥一直告诉自己说爹妈在家总是念叨他，说他们总是在表达对自己的想念。虽然对哥哥的话半信半疑，但小白还是把这也当作了自己应该回家一趟的理由之一。

并不是我想回去，是他们想见我，小白这样说服自己。

趁着年后庙子里暂为清闲的时段，小白向师父告了假，没跟父母打招呼便买了票直接向家冲去。

时值春节过后的离乡高峰，很久都没下过山的小白甚至被车站里的人山人海吓到，联络时还说出了"如果说众生皆苦的话，那车站这里还真是苦海无边啊"这样的老笑话。

到站后小白为了避免堵车，选择了坐地铁回家，结果却遇上了上班的早高峰，一样人山人海熙熙攘攘，出家后很多年小白都再没有跟其他人如此近距离地接触过，何况车厢里还有不少女性，这让他不由得窘迫了起来，在地铁上脸红了一路。

对父母来说，小白是突然就出现在家门口的，母亲在初见的惊喜下连声音都有些哽咽了，父亲却表现得有些不近人情地冷静，开口的第一句话就是询问小白是否跟师父请了假，生怕他是在庙子里住得倦了自己跑回来的。父亲的态度浇熄了小白心中刚刚腾起的暖意，让他有些难过了起来，然后这难过变成了堵在胸口的闷气。

只在家玩闹了四五天——其实也说不上是玩闹，反而更像是死乞白赖地留在家里蹭吃蹭喝，小白还没来得及纵情享受早晨不用上殿一觉睡到六点的清爽和晚上肆意窝在沙发里看电视的惬意，父亲便以"出家人总住在自己家里像什么样子"为由，开始话里有话地往外赶人。小白的心里还是很想相信哥哥说的父母很想念自己的话的，这让他觉得自己起码没有被遗忘，他可以想象父母拒人千里的态度之下，其实一直在默默地担心着自己，可现实的反差却让他不由得难过了起来，自以为坚定的心性也被莫名翻涌而起的情绪动摇着。

突然回家并没有受到想象中游子归家般的欢迎，再加上父亲隐隐的冷漠态度，即使是如小白这般从小就没有黏过父母的人，也不由得有些委屈了起来。

出家人一直待在家里确实是不成样子的，小白自己也没有办法去反驳这句话，既没有理由也找不到立场，甚至连赌气都不知道该生谁的气，小白只好憋着一股不知哪儿来的劲开始收拾行李，准备第二天一早就离家回庙。

小白的离开也是突然宣布的，出发时只有妈妈和哥哥去送他，父亲出门上班去了，他索性就没有特意告知父亲自己要回庙了。于是在那天，父亲直到小白在车站跟母亲和哥哥告别时也没有出现。这反而让小白松了口气，同时也生出了些赌气胜利般的感觉，如果父亲真的出现了，他反而要彷徨于如何面对，以及纠结要如何说再见才好了，他没来真是太好了。仿佛真的是在为父亲没有出现而开心一般，小白把轻松的表情展现在了脸上，也没有多做等待便提上包裹准备直接离开了。

只是转身时不经意看到妈妈脸上的光芒倏地消散掉了大半，小白自己的心情才也跟着沉了一沉。

虽然爸妈在小白出生前就发愿生了健康的孩子就送去出家，但是一直也没当他的面说过这话。在出家这事上父母完全没有逼迫过他。甚至初中毕业中考时小白考得还可以，妈妈还一直很想他再多上两年学再去剃头，只是他自己不肯上学了，觉得庙里好玩。父母也是真的很幸运吧，当初发了愿，小白就真的按他们想象的路走下来了。没剃头前也没什么人教训他，在庙子里倒也是真的挺好玩的，每天都很新鲜，居士来来往往看到个小孩也要逗逗趣。后来慢慢觉得苦了，又剃了头，父母又故意不给他撒娇的机会，他便开始下意识地把这苦都怪到他们头上了，活像是他们逼自己出家似的。

他突然意识到自己好像有些太过于自私了，很多年了，小白的内心总是固执地认为是父母把他抛在了寺院，是父母经常置他于不顾，也是父母总在忽略他的苦恼和脆弱。刚入寺院茫然无措时他是这样想的，一个人无处排遣寂寞的时候他是这样想的，想打电话给家里诉苦时他是这样想的，不小心又触动了寺院的条条框框被师父责罚时他是这样想的，也是这样的想法，让他在年少时怀着无处倾诉的委屈一个人悄悄地蒙在被子里哭泣。

可那一刻小白却突然意识到了，自己作为一个出家人，又何尝不是扔开父亲母亲，然后自顾自地去追寻自己的理想了呢？

　　突然沉下来的心境连过去日子里的委屈都抹了个干净，小白淡然地踏上了归途，那一天正好是他的生日，可连他自己也忘记了。

　　手机的信号很差，直到回到庙子里小白才收到哥哥打来的电话，询问他是否安全到达后便开始向他解释他离家时为什么父亲没有出现。自己的情绪应该都被哥哥看出来了吧，小白想。哥哥告诉他，在他离家那日，父亲并没有去上班，而是一早大就赶去了裁缝铺，询问做给小白的新棉袍的进度，希望能赶在小白回庙子前交给他，但只差了一点，父亲拿着新棉袍赶回家时家里已经没有人了，自然也没赶得及去车站送别小白。

　　小白听罢只是不置可否地应了一声，自己已经回到了庙子，心里便也懒得再去泛起什么感情了。

　　再后来，小白回忆起那些与父母为数不多的相处时日，才开始觉得也许父亲只是同他一样，不擅长表达也不知该如何去告别，才只好沉默地盯着缝制棉袍的一针一线，把感情都封存了进去。

　　偶尔地，小白也会升起找个庙子里不忙的时间再溜回家去一趟的念头，哪怕只是待几天然后就又被赶出来也好。

（七）～

　　那之后，小白被师父指派去乡间的小庙给师兄护关。闭关的地方十分偏僻，不仅交通不便人烟稀少店铺绝迹，经常连手机信号都时有时无，而手机欠费后小白就更是与世隔绝了，要等到有居士来探望时，他才能红着脸请他们帮忙去给自己充话费。在那段时间里，我偶尔才能跟小白取得联络，然后从断断续续的只言片语里得知他的近况。

小白的师兄在关房止语，算起来，整座庙子里就只有小白一个还在活动的人，几乎是彻底地与世隔绝，这里日子格外地寂寞和无聊。也许是为了缓解无处不在的孤寂，纵然是独自一个人做饭吃饭，小白还是会神经病似的在开饭前跑去敲梆打板，把寺院里该有的过程都走上一遍，也会在一个人的殿堂里尝试敲打着所有够得着的法器做一场早晚课，让引磬和木鱼的声音和自己的吟唱混在一起，在空旷的大殿里兀自回响着。

一个人上殿，一个人诵经，一个人坐香，一个人喂猫，一个人坐在河边发呆，小白没想到，在习惯了寺院经常性的冷清后，居然还有更与世隔绝的地方在等着他。

但即使是流浪的野猫也不是每天都会来光顾的，有时觉得小白做的饭菜不合胃口，只随便舔上两口就会走掉，然后第二天也不出现——就像是在赌气一般。

乡间的小庙连人都没几个，自然是不会有什么佛事的，作为打发时间的方式，小白经常会去庙前盯着小河发呆。

傍晚，照常盯着河水的流向发呆时，小白突然发觉河面上开始泛了起些许涟漪，涟漪越来越多，江南真不愧是鱼米之乡啊，他想，连这不起眼的小河里竟也会有这么多鱼。

直到那涟漪越来越大，越来越密集，甚至有水顺着额头流进眼睛里的时候，他才恍然意识到那一圈圈波纹跟游鱼无关。

旱了十几天，终于下雨了。

小白抬头，在这样的日子里，连雨水都可以成为生活中的惊喜。

小白在鱼米之乡住了数月才终于归来，但发来的信息并不是关于回归到文明社会的激动。

"相熟的一位老和尚往生了。"他说。

"本来再晚几天就能见一面的。"

"倒是走得了无牵挂，说走就走，像他的风格。"

"无常嘛。"

"老和尚教我好多，最后还给我上一课。"

那是一位在小白常住的寺院看殿的老和尚，没精研过多少经书，也没收过几个徒弟。刚出家时小白还未退去尘俗的跳脱，上蹿下跳无拘无束的身影经常被老和尚看在眼里，于是老和尚总是会用温和到近乎谦卑的语气给他建议。

虽然老和尚一丝斥责的样子都没有，但总能让彼时站在他面前的小白窘迫到说不出话来，直到现在，他都还清晰地记得年少的自己站在老和尚的殿前无措失语的样子。

后来他便常去老和尚看守的殿堂闲坐，观察着老和尚上殿拜佛，所谓三千威仪八万细行，由于心中的向往，小白不知不觉地在模仿着老和尚的一举一动，时日久了，小白就连说话也带了些老和尚的乡音。

如是，每逢过年或是外出参学归来，除了师父师公，小白也总要去老和尚那里磕个头，顺便讨个红包来——但细数一下，总共也就只有六七次而已。

像是小白远远就能在人群中一眼认出老和尚清瘦的背影一般，他自己拜佛的身影在一两百人的僧众中也总是能被轻易地辨识出来。

后来聊天时小白曾问我，是不是他随便说点什么都自带一股惆怅的气息。我打着哈哈回道，"惆怅"程度太低了，你应该用"寂寥"才是。

然后接下来的对话就变成了他对自己给自己的"又二又呆"定位的抗争，即使出家多年，他跳脱的性子也总是会不时地冒出头来。

结果在那种本该好好惆怅的时候，他却只说了一句："出家时间不长，过年能讨红包的地方倒是越来越少了。"

（八）~

小白出家比我早三年，虽然我们都是在农历二月十九的观音诞辰剃度，但他似乎一直走在我的前面，我经常觉得自己直到现在才能理解他前几年所说的话的含义，才能知晓他波澜不惊的语气下隐藏的暗流，才能发现在晨钟暮鼓间兀自跳动的少年的脉搏，才能看到行住的威仪后无比漫长的日日夜夜。

才会察觉到他随口说出"自己的事情自己做，个人生死个人了"这种前后跨度大到突兀的话时，语句中间所省略掉的，暗涌的心绪。

我在做饭上的无能经常是小白揶揄的对象，我曾开着玩笑说我的理想是当上大寮的典座，掌管灶台，成为寺院厨房里最强的男人，而现在，这么多年过去了，即使游离到了南半球，我也还是最多只能煮煮泡面，还经常焖锅，曾经的玩笑就真的只是玩笑而已。

小白现在住进了山里，也终于如愿以偿地受了大戒，那里是一座以严格著称的律宗道场，少年时屡次因为翘殿逃香和外出到深夜才翻墙回庙而被师父惩罚的小白，现在即使一直念叨着想请假跑去西藏游玩，也只是念叨念叨而已，跟我不同，他正朝着自己曾一度想要逃离的方向埋头奔跑。

这一点也让我很羡慕。

一个人在国外经常会有闲到发闷的时候，住在偏僻的郊区，看到袋鼠的概率都比见着活人要高些。我偶尔会在自己房间试着去坐上一支香——我师兄教会了我坐香，然后好奇小白在山中的日子是否也是如此。

前些天正好是二月十九，聊天时他突然感慨道："原来我们已经认识有这么些年了，我还总觉得你是刚剃头呢。"

二月十九是我唯一跟小白同步的时间，而现在，连这时间上也出现了几个小时的时差。

在数月前，住进山中后就消失了许久的小白突然又跟我恢复了联络，他告诉我，他的父母终于要去探望他了，这么多年，他们终于成行了一次。

我立刻就由衷地替他高兴了起来。

小白他一直都是一个让我向往的人，刚出家的时候若有人问我想成为什么样的人，我会毫不犹豫地指向他。波澜不惊、佯装看破、若即若离、稳如磐石却又玩世不恭。

初时的小白也曾为了吃一碗熟悉的面条而跑去山下，曾试图在清寂的苦闷里给生活找出些惊喜来，也曾想要把感情寄托在什么上面。

时隔这么多年，剥去那些钦羡和向往，我才恍然发觉其实我们都一样，一样地来自北方，一样地试图跳脱，一样地把汹涌的心绪埋成了暗流。时隔这么多年，我才终于能体会到他的心绪——那也是我的心绪。

时隔这么多年，我没有成为他，我却一直都和他一样。

斋堂的菜

斋堂的阿姨
好像失恋了
我从最近饭菜忧郁的口味里
感受到了
分手的苦涩

野渡无人舟自横

这世界上和童话里那么多五光十色的灯火，
终于有一盏是为他点亮的了。

霁月

All sorrows can be borne if you put them into a story. [①]

——Karen Blixen

（一）我～

动车还有一个小时进站的时候道悟就发来了短信，说他已经在出站口等着接我了。

虽说道悟跟我年纪相仿，但他的成长程度大概是我的 72589 倍那

[①] All sorrows can be borne if you put them into a story.

——Karen Blixen

故事可以承载所有的悲伤，所有的悲伤都可以被一个故事讲述。

——卡琳·布利克森

么多，为人谦和圆融，与在陌生环境里的表现只能被朋友评价为"手足无措"的我相反，他属于跟陌生人只要相处五分钟就能得到"这小子真不错"的评价的类型，是个真正合格的成年人。

下车后刚走到出站口，远远认出是我的道悟二话不说便冲上前来，一把夺走了我的背包，一边念叨着可等到你了，一边把包背在了自己身上，说什么也不肯让我继续背自己的行李。

车站的道路十分曲折，同样的动车站，我有一位本地朋友曾驱车带着我在外围绕了一个小时才找到地方，而道悟就如同一个真正的老司机一般，娴熟地一路带着我朝寺院驶去。

"你们庙子离车站有多远啊？"我问。

"不远，可近了，一会儿就到。"道悟爽快地答道。

……这一会儿就是一个小多时。

赶了很久的路，我实在是很疲惫，再加上路途颠簸摇晃，其间我在副驾驶上数次试图昏睡过去，每次刚要失去意识就会被道悟用挠胳肢窝、急刹车、开车窗、敲脑门等各种方式弄醒。

我抗议着表示"我都赶一天路了，身心俱疲啊，哥，你就让我睡会儿吧，求你了"，他照常弄醒我然后用"我更累啊，都好几天没怎么合眼了，你得跟我说话，别让我开车的时候睡着给你带沟里去，到时候一尸啊不一车两命啊"来反驳。

念及此，我才意识到，道悟这几天不仅忙前忙后还要分神出来接不认路的我，我好像也确实没有什么立场去贪睡了。

越靠近寺院，地段越偏僻，在不知不觉间路边的景色就几乎已经全变成了农田。为了继续保持清醒，我深吸了一口气，感慨道："啊，植物的味道。"

道悟转头瞥了我一眼。

"你闻到的那是牛粪。"

"……我不想跟你说话了，我要睡觉。"

"……哦。"

"你再急刹车，我真揍你了啊！"

道悟的寺院坐落在一个村子的深处，跟周围的建筑浑然一体。山门也极不显眼，不仔细看的话甚至会让人以为这里就是一座普通的民居。

我也是看到门口的花圈和挽联才敢确定自己已经到达目的地了。

老和尚在寺院做了一辈子当家，到最后都没有升座——所以这庙子其实是没有方丈的。这里只是一座相当不起眼的小庙，但平时很冷清的小地方现在却挤满了前来追悼的人，场面虽说不上隆重，也着实比往常热闹了许多。其实我跟老和尚也就只有一面之缘而已，很久前我曾在这里借住过一段时间，也就是在这里我结识了道悟——老和尚捡来的徒弟，因为年纪相仿，我们很快便打成了一片，在我挂单的几天里，我跟道悟从打照面都要互相合十的客气迅速升级为看见对方就要哈哈笑着互相揶揄两句的熟络。

即使是在我离开后，我跟道悟的联系虽称不上频繁，但也着实算是不少了。一方面是因为我们所处的环境中同龄人太过稀少，其中能放开聊天甚至是互相揶揄的更是寥寥无几；另一方面，也是由于我或多或少自以为是地认为道悟那边比我更难接触到同龄的出家朋友。

　　像是这次再来，就发现似乎这里跟他同龄的年轻僧人也依然还是只有我一个而已。看到老和尚离开后庙子里所有的事情几乎都压在了他一人肩上，我便又自以为是地有些替他难过起来。

　　道悟在客堂旁边腾出了一间空寮，安排我住进去后，都顾不上嘲讽一句便一脸疲惫地匆忙跑去招呼其他客人了。

（二）他 ～

　　小时候的记忆实在太过久远，对道悟而言已经全部是模糊的一片了。他辗转过很多地方，像个小乞丐。

　　"我那叫流浪！不是乞讨！"每一次，道悟都会如此给自己辩白，而他也确实倔强地从没伸手向任何人要过东西。

　　那时候的道悟又矮又瘦，甚至看起来比实际年龄都要小上很多，有些寺院的禅堂是不允许女众入内的，道悟以前在进去打扫时还曾被当作女孩赶出来过。他当时的状态，用"火柴人"已经无法描述了，起码得用"湿了水以后努力想要点着，却只能挣扎着呛出一口人生的烟的废柴人"才能形容。

　　道悟曾在很多寺院"流浪"过。因为可以干些劈柴烧火的活，有时候他也可以在一个庙子里住很长时间，但是因为给人的感觉实在太像病秧子，再慈悲的寺院也都只是给他吃住，始终没有人敢收留他。

　　现在的他却高大壮实，像个中年男人一样在腹部堆积了很厚的脂肪，虽然宽大的僧衣基本遮住了发福的体形，但身边的人都已经开始劝他少吃点、要减肥了，每念及此，他便不由得对面前这个当年本可像其他所有对他视而不见、避而远之的人一般走开的师父从心底生出感激。

当年的老和尚也不过才刚刚步入暮年，看起来精神矍铄。跟他相比，瘦小的道悟反倒看起来离人生的终点更近一些。

前来参访的老和尚看到了在庙子里默默干活的道悟——因为太过羸弱的外表，他在人群中反而成了格外显眼的存在。不知道是出于什么原因，临离开时老和尚找到了道悟。

在来来往往的人群中，一个一点也不高大却让人感觉无比坚定的身影出现在了道悟面前。

"你要不要跟我一起回去？"老和尚问他。

这说法可真奇怪，道悟想，去一个自己从未去过的地方，居然要用"回"这个字眼。

在旧时无比模糊繁杂的记忆里，他清楚地记着师父牵起了他的手——那令人陌生的、不熟悉的他人手掌的温度，成了他回忆里的一座灯塔。

这世界上和童话里那么多五光十色的灯火，终于有一盏是为他点亮的了。

师父是个严肃且不苟言笑的人，多少像是个老古董，凡事都按规矩来，虽然衣食从来不亏着道悟，教导却是异常地严厉，亲和更是谈不上。才一两年，道悟就半被逼迫着背了一柜子的书，什么缘起性空、二入四行，即使理解不了也还是硬生生地记了下来，还被师父拖着见识了很多地方，以及形形色色的人。

当被人问起那个小孩是谁时，老和尚便会哈哈笑着说：那是我徒弟，道悟。这话语会让道悟莫名觉得心安。

不知是倔强要强还是单纯地害怕丢人，偶尔会有需要道悟站在讲台或者人群之前撑门面的时刻，他便会努力回忆日常所见的师父的形态，连走路的步伐都要努力模仿，威仪俱足。慢慢地，就算在日常生活中，道悟也越来越像个小大人了，虽然师父还是几乎从没对自己和颜悦色过，但听说在道悟没有出现的场合，老和尚提起自己这个徒弟的时候，语气都会不由自主地充满自豪。

仿佛要把前些年落下的成长补回来一般，除了阅历，道悟的身高也噌噌地往上蹿着，长得快的时候基本上隔两个月就得换身新衣服。而像前面说的，师父是个严肃又传统的人，绝对不苟言笑，像是亲切地把特意买来的合身衣服送给道悟这种事，他是万万拉不下脸来做的。于是每次师父把新衣服丢在自己屋子里时，道悟都会听到他念叨那个似乎永远不变又永远好使的理由："居士给我的，我不想要，你拿去吧。"

……连借口都懒得找个有新意的，你跟我明明连体型都完全不一样啊，道悟看着跟自己身高完全契合的新衣服，在心里悄悄地嘀咕。

这些年几乎都在师父这偏僻的小庙里度过，清晨的钟鼓、天边的云、院子里的槐树、屋檐下的风、落雨时大步跑过的自己，这一切都理所当然地刻在了道悟的生活里。有早起的疲惫也有睡过头的愧疚，有奔波的不适也有宅在庙里的百无聊赖，有阴雨连绵的萎靡也有雨过天晴的温暖，有过胡闹带来的责罚也体会过责备后的温情。

有意无意地追逐模仿着师父的身影，道悟在以自己都意识不到的速度飞快地成长着。

　　刚来时住的小寮房现在已经变成了存放旧物的仓库；成年后道悟第一时间去考了驾照，其后庙子里也添置了一台勉强能用的汽车，大大方便了他们在这偏僻到连公交都没有的地方的出行；一开始连杂活都干不好的道悟现在俨然已经成了寺院的二把手，大大小小的事情都能应对自如，到后来，就连一向严厉的老和尚都无法再挑出毛病来斥责他了。道悟能做的越多，老和尚自己要干的就越少，认识到这点的道悟也乐得看着师父一天天越来越清闲，这让他忙得更加起劲了。

　　看起来日子就可以这样平稳地一直过下去。生活是一面无澜的湖，一样的日升月落，一样的暮鼓晨钟。昨天像今天，今天像明天，以至于回忆起来的时候，道悟觉得自己好像已经在这里过完了一辈子。

　　可就在道悟刚刚成长到可以独当一面的时候，他一直追逐的那个背影突然消失了。

　　那一瞬间既短暂又漫长，漫长得像是道悟之前所有的人生，那一瞬间之后他的人生却跟之前截然不同了，然而除却少了一个人之外，又似乎没有什么不同。

　　本以为师父去世后自己会很慌乱，但道悟把一切都打理得很好，跟以前一样井井有条，像是师父活在了自己身上一般。

　　老和尚对他来说如师如父，但他明白他终究不是他父亲，即使这么多年过去，他还是像小时候一样，渴望却从不奢求，对师父始终隔着一层远远的尊敬。所以到最后他自己也没有办法确定，自己到底是得到了什么，抑或是失去了什么。

　　忙碌了一天，好不容易闲下来的时候天已经黑了，道悟突然想起来，他在很多书上都看到过把人生比作一场长跑的说法，如果人生真的是一场长跑的话，那先到达终点的人究竟是赢是输呢？

几天前，他去医院时，师父又牵起了他的手，上面传来了他早已熟悉的不再陌生的温度。师父对他说出了第一次见面时就说过的台词："我们回去吧。"

只不过这一次，他们的立场对调了。

我已经长得比你高了，道悟想，我也可以像你拉住小时候的我一样拉住你了，当初那个扯着你衣角哭闹的小孩已经在你的庇护下长大了，我现在就在这里，声音再微弱我也能听到，站不起来也没有关系，我会搀着你，所以，请依靠我吧。

我已经长大了，我已经变得很可靠了，请依靠我吧。

如果人生真的是一场长跑的话，在握住那双手的时候道悟就明白了，无论他再怎么奔跑，也追不上面前的这个人了。

他把迟早都要松开的手握得很紧。

（三）它 ~

老和尚养了一只长满白色羽毛的大鹦鹉，取名小白。身为一只鹦鹉，小白异乎寻常地安静，几乎从不说话，除了几声啼叫之外，道悟更是从没听到过小白发出别的声音。

小白平时都被老和尚养在自己的书房里，老和尚平时没事也喜欢泡在书房里。道悟就住在隔壁，经常会听到书房中师父的招呼。

"道悟！"

每当书房方向传来老和尚洪亮的声音，道悟就知道师父又有什么庙子里的事情要交给自己，或者是又要让自己背书了，当然有时师徒二人也只是简单地喝茶聊天。

师父走后，书房就显得更加安静了，道悟整理的时候把书柜放得满满当当，心里却不由得觉得更加空落落的。

"道悟！"

书房突然又传出了一声呼喊。恍惚间道悟感觉一切都还跟从前一样，他当然知道，这一声是小白叫出来的，但他还是有点不敢转身，仿佛只要不回头去看，心里的期待就不会落空，只要不回头看，站在自己背后出声喊自己名字的就一定是那个人。

"道悟！"

小白又叫了一声。道悟还是转身无奈地拍了拍鹦鹉的脑袋："没想到你居然会说话啊，小白。"

不知为何，发现书房里有那么多自己没看过的书，发现小白原来不是哑巴，知道师父身上原来还有这么多自己不知道的事情，都让道悟莫名有些心安。

（四）我～

准备睡觉的时候，我听到道悟在外面敲门。他把我拉了出去，陪他一起坐在客堂前面的石阶上。

"等下我去给你找盘蚊香，别委屈了你们城里人。"他说。

"在省会城市住了十年的人闭嘴。"我用掷向他脑袋的小石子作为回应。

庙子里没有夜灯，但刚下过雨的夜空月朗星稀，银河悬在头顶，淡淡地发散着数万年前的光，月光冷冷地铺下来，远处的星辰像是坏掉的灯泡一样在闪烁着。

知道夜晚为什么是黑的吗？

夜空中布满了各种各样的恒星，它们中有些比太阳更热更亮，它们很耀眼，但是我们看不到它们的光。因为所有的星辰都在飞快地离我们远去，多普勒效应让它们的光发生了红移，超出了人类肉眼所能看见的范围。

我们看不到充满了光的夜空。

所有的星星都离我们越来越远。

远到发出声音也听不到，写在信上也无法传达。

道悟坐在我旁边，好像有很多话想说，又好像什么都说不出来，最后他长叹了口气，叹息声渗入一片银白的月光，消失在了空气里。

道悟对烟这个东西一向都很反感。

他没转头，就看着院子中间那棵跟他一起长大的槐树，对我说："我有点想抽烟。"

欠

花谢花会开

春去春会来

你说它们

咋

这么欠呢

暮鼓与晨钟

才刚进了 4 月气温便突然开始下降，似乎夏天还没到来就已经被绵绵密密的雨水冲走了。上早殿时，经常一探头才发现外面的石板都已经被打湿了，上面泛着熹微的晨光，然后才听到淅淅沥沥的声音。

作为保暖措施，我把长衫里的 T 恤换成了卫衣，结果一出门就看到裹着围巾戴着帽子的师兄们全都俨然一副凛冬将至的样子。

其实我就只是个普普通通的北方人而已，可穿着单衣的我与套着棉衣的师兄站在一起，硬是被衬托出了一副耐寒又能打的样子。

然而也就只是看起来坚强而已，终究还是"色厉内荏"，最后还是要饱含着泪水对师兄感慨——

"原来长大了就是这样，要把身上的刺一根一根都拔掉，每拔一根都是这样钻心地疼……"

"你能闭嘴忍着点吗，怕疼你往灌木丛里冲的时候眼睛长哪儿了？"

然后对着我就是一个爆栗。

我捂着脑袋义正词严地反驳："不喜欢我你可以侮辱我，但请你不要打我！"

回寮后我对着被划破的衣服默默叹气，虽然只是几道小裂口，但是不缝一下的话肯定会越扯越大，我这里设备齐全有针有线，唯一的小问题就是……我根本不会针线活。

但也只能硬着头皮上了，难道对着针线大喊"我不会"能解决事情吗？把衣服翻过来的时候从内里的口袋掉出来一个护身符。

这才想起上次出门的时候朋友似乎是给了我这么一个护身符。说是在什么地方参加什么交流会议的时候抽出时间特意去为我求的。

友人好歹也算是半个学者，居然肯在学术会议期间去搞这种东西，记得朋友把这个塞给我的时候我说的话是："嘁，迷信。"

看着它一路飘到了脚边，我心里幕地空了一下。一把捞起来收好，然后拿起针线对着衣服发狠似的缝补了起来。

捣鼓了半晌才补好，对着衣服松了口气，抓了抓脑袋才发现不知不觉头发又长出来不少。寻思着不能总是麻烦别人，这次去找师兄讨个刀片来自己刮好了。

叩开门的时候师兄盯了盯我的袖子："原来你没事喜欢撕衣服玩吗？"

"……这明明是我刚才缝好的！还有啊，借我一个刀片用。"

"你要干吗？"

"给自己剃头啊。"

"你不要想不开啊。"

"……我这么问吧，在你眼里我生活不能自理的程度到底有多高？"

"嗯……大概有二十个高位截瘫那么高。"

"现在闭嘴我们还是师兄弟！"

…………

"啧啧，结果还是被你划破一道口子啊。"
"不客气。"
"我没有说谢谢！"

我摸着脑袋转头看了看换好衣服准备去打鼓的师兄。

师兄们每天都要打鼓敲钟，我很喜欢听，有时晚上困得厉害了也要跑去大殿前听完暮钟偈再睡，被撞见后师兄们说要教我，我都很果断地拒绝掉了。虽然很好听，但是打鼓真的是很累人，我要是学会了，以后每天敲钟打鼓的人就会是我了，这买卖相当不划算。

不过。
"师兄啊，今晚教我打鼓吧？"
"好！跟着来。"
站起来的时候似乎都能感到自己的脑袋在"blingbling"地反射着月光。

时间安静得像山门外一直伫立的石狮，好像突然一阵风吹来雪就全消了，再一眨眼寺院里的树就又重新开始发芽，雨生百谷，现在漫山遍野已都是浓浓的翠绿。日复一日，似乎一不小心这一生都要这样流走了。

今后的日子也会一直跟今天一样吧。
这个念头在让人略微心安的同时也让我隐隐地生出了些惧意。

很多人都不知道的是，所谓晨钟暮鼓，并不是庙子里会在清晨敲钟入暮打鼓，而是在早上时先敲钟后打鼓，晚上的时候先打鼓后敲钟。

喏，不过就算知道了也没什么用就是了。

沙弥情怀总是诗

有些法师喜欢讲鸡汤

有些喜欢排比句

听起来高深无匹

仿佛再多品几遍

就能立刻涅槃

眼看着下雨了

我也不甘落后

文艺地站在大殿前

眺望着远方

感慨：

这雨

啊

大得人尿急

流浪与大山

A1 ~

其实一开始要我去山区，我是拒绝的。

作为一个跟阳台上的盆栽一样见多识广的人，我脑海中偏远山区的主要特征只有"贫困"二字，以及随之而延伸出来的一种远离城市喧嚣的田园感。所以一开始，我便先入为主地认为这次"扶贫助学"之行只不过如一次春游般亲近大自然而已——坐车到达目标地点，卸下物资，交给相关人员和当地学校，接受提前准备好的感谢致辞，然后再用提前准备好的致辞回应一下感谢辞，并同时表达出对山区人民坚韧精神的钦佩和美好的祝愿。时间富裕的话也许我还会站在被青山绿水环抱的小镇里，找一个不起眼但能饱览风景的地方，感慨一下他们虽然偏僻贫穷却依然脚踏实地天然质朴的生活，迎着朝阳或者晚霞，脑内播放着《艺术人生》的BGM，在微风里自我陶醉地流泪。

但在庙子里住久了我也确实有些闷。那些拒绝了同去邀请的法师一定只是单纯地不喜欢出门而已，怀着这样的想法，我帮忙做完了募集和筹备的前期工作——搬运物资的身影还出现在了晚间播放的当地新闻里。

准备完毕后，我和知客师便跟着车队一起出发了。

B1 ~

其实一开始要我四处流窜，我是拒绝的。

相比外面而言，寺院是一个很清净的场所，初来乍到或者只是小住两三天的游客，在这里通常都会产生"洗去都市的繁华寻到心灵宁静"的莫名升华感——甚至可能还会伴有"我要在这里就这样过一辈子"的冲动。

比如有时就会有坐着头等舱从发达国家翻山越海而来的洋人，试图以"在殿堂里跟在僧人后面听诵经"的形式来感受古老的中国文明。你知道，一件事情只要有很多人在虔诚对待，即使是吃饭这种活动都会莫名显得神圣起来，更别提那些掺杂着梵文音译和拗口偈子、连本地人都听不懂的诵经声了，有些国际友人听着听着就会蓦地流下泪来。

一次在斋堂，我小声跟朋友夸赞今天的饭菜难得好吃的时候，转头就看到后排的北欧姑娘表情肃穆地开始流泪，她也许是吃不惯吧……

但是在庙子里待得久了，日子会相似到让人不知道今夕何夕，每天都辗转于暮鼓晨钟之间，每天都是固定的早晚殿，偶尔还会有斋主来打一场普佛，斋堂的菜永远是土豆土豆土豆青椒青椒青椒茄子茄子茄子。我很喜欢土豆，但就算再怎么爱，让我整个冬天除了土豆什么都吃不到，我还是会哭，再恬淡平静的心态也会被磨出些许无聊来。

虽然被山寺的岁月打磨过，但我实在称不上是一位文艺青年，不是那种喜欢在尼泊尔的大平原上穿着亚麻衣服忧伤又坚定地朝圣山前进的人，跟"喜欢旅行"比起来，也许"比较好动"更适合用来描述我。

所以我经常移动，从一个城市移动到另一个城市，从一个寺院移动到下一个寺院，或者用显得"修行"些的说法：我经常去到处参学。

A2 ~

进山的路途中，坐在车里的我全程都沉浸在一种"去没去过的景点旅游踏青"的心情中，对未知的行程充满了略带雀跃的好奇。虽然天色渐暗，但随着路途的深入，周围环境中人类活动的痕迹越来越少，大自然清净冷冽的气息也一步步地浓重起来，我们甚至还不止一次地特意停下车子出来拍照。在越来越高耸的山脉中行进着，似乎景色最美的永远是下一段路。

离开了城市的污染，连空气都变得越来越好，呼吸间不再带着各类粉尘而是渐渐充满了潮湿的植物气息。

这让我在到达当天的目的地之前都完全忽略了人类喜欢在城市聚居的原因，一直怀有一种"这一路环境会越来越好、越来越宜人、越来越舒适"的幻觉。

第一天的目的地是一个名字相当拗口的山村，虽然只有寥寥数条街道，连路灯都没有的小镇日落后更是显得一片萧索，但好歹我们可以把车开进来。

"不错，起码还能停车。"司机如此感叹。

当晚我们住在了当地唯一一家"宾馆"里，不过直白些说，它充其量算是个"招待所"，或者干脆坦诚地说，它就是一个在当地算是条件不错，而且还有几个房间能住人的稍大民居而已。

空调，不存在。

浴室，在离卧室两百米远的一个像是废弃水泥工厂厂房的房间里，裂缝随处可见，主要构成是一根在高处的水管和四堵墙。

卫生间，看起来是由几个木板在高处搭建的简易棚子，而实际上落脚的地方就只是横亘在两块突出的石墙上的两条长木板而已，踩上去嘎吱作响，而下方就是一米多深的粪池，要不是还莫名坚持着所谓文明人的做派，以及出于对夜晚荒郊野岭中可能潜伏的不明生物的惧意，我真的宁愿去露天解决。

晚上闭上眼睛就能听到蚊子在耳边张狂地飞来飞去以及老鼠吱吱叫着撞门的声音。

唯一的安慰就是除了蚊子外房间里还有各种看起来很凶猛的其他虫形生物，看起来蚊香不会起到丝毫作用——所以完全没有蚊香可用的状况也就变得无所谓了。

像众人对寺院产生的"好清闲、好恬淡、好适合养老"的错误印象一样，我一直以来对山区"风景棒、空气好、环境宜人、适合养老"的印象也是个误解——而当时的我天真地以为这座小镇就已经可以算是"山区"了。

B2 ～

在想象中，"参学"对我来说最大的困难应该是找路，朋友们最担心我的也是这个，生怕我前一秒迈出门下一秒就失踪。

我"走到哪里都能丢"的属性一直让周围的朋友们很无奈，为了让我能找到路，他们几乎个个都练就了一身"就算你是盲人，我也导航给你看呀"的本事，甚至有几次我单独出门时，我的好朋友国师还会特意把我送到庙子山门口的公交站，确保我在正确的方向乘上正确的车，在目送载着我的公交车开走后继续在手机 App 上监视着带着 GPS 的公交车的动态，然后在快到站时打电话通知我该下车了，无微不至到接电话时我想喊妈。

而实际上，在手机导航和好心路人的帮助下，我几乎一直没有迷过路。虽然有绕过远，也走错过方向，但都远达不到可以称得上"迷路"的程度。

我乐观地想，连设想中最大的问题都突然变得不成问题，所谓的跑江湖参学好像就可以变成一路见识各宗家风，顺便体验风土人情外加吃喝玩乐的旅程了。

但事实上，弱鸡如生活高度不能自理的我，要担心的不只是迷路而已。

有些寺院斋堂饭食难吃到对食物的耐受度如我之高都觉得每次过堂都像试毒；有些寺院在高高的山顶，山路崎岖到仿佛可以一直让我走到人生的尽头；有些寺院虽然夏天很凉爽，但冬天会冷到点燃火柴都能出现去世的奶奶来接我去天国的幻觉……

甚至很多时候，不合时宜地生病，听不懂当地的方言导致无法有效交流，跟不同的人无法用不同的方式相处，木板床上破掉的床单，这些在平时想都想不到的事情，每次遇到，都会让我束手无策。

佛法讲无常。刹那生灭、迁流变异，皆悉无常。而我面对一切突发状况时的无能却似乎变成了唯一的恒常。

A3 ~

联通的手机在这里的山区完全处于"无服务"的状态，我就几乎断绝了和外界的所有联系。

虽然环境略显艰苦，但因为身在庙外不用早起上殿，我反而获得了充足的睡眠——直到天蒙蒙亮时我才从床上爬起来。

早晨的山中雾气很浓，从草丛到屋檐，到处都凝结着湿漉漉的水汽，在户外连呼吸都伴随着野外清晨独有的寒气，让本来混沌的大脑迅速地清醒了过来。

进山前朋友曾担心地对我说："你不在山区，日子都过得蠢得和段子似的，进了山区得啥样我都不敢想。"

然后他们又向我表达了美好的祝愿："我们就不指望你能有啥靠谱的进展了，就希望你能别出事，活着回来。"

再继续前进就几乎都是崎岖山路了，在当地传说中，只有军队司机中的强者才拥有在这里驱车的能力，而我们的队伍中并没有那样的强者，于是我们一行人也只好抛弃车辆由人驮着物资前进——对，是驮着没错，物资量真的很大。

正所谓"我见青山多妩媚，青山见我倒霉催"，不仅路的崎岖程度远超我的想象，老天还很不配合地下起了雨，很快就从淅淅沥沥变成了噼里啪啦，让本就布满青苔的碎石变得更加湿滑。平衡能力很差的我本来走在平地上都容易摔倒，这雨更是给我创造了把下山发展成滑滑梯、把过河发展成游泳的先决条件。一路不停地爬山爬山过河过河，我平地摔三次、磕脑袋两次、滑倒六次，艰难地行进简直让前一天晚上爬着虫子的床变成了梦中的天堂，过河时踩着河面上稍微突出平整的石块慢慢往对面蹭，因为下雨水流比平时湍急不少，我脚下一滑险些被急流冲走，幸亏被在各种环境下都能如履平地的向导及时抓住才避免了我顺流而下几天后被警方发现最后变成"浮尸A"的命运。

大概从那时起，作为唯一一个平地摔倒并且还多次落水的人，我的地位就从半个领队堕落成团队吉祥物了，想要多扛些东西都会被旁人迅速夺去，生怕多余的重量会压垮我这个湿了水的废柴。

艰辛地跋涉了很久之后，向导的一句话让我仿佛看到了天国之门般充满了希望："看到前面山上那四棵树了吗？我们就到那里……"

一抬头就能看到前方的山墊上异常显眼的四棵树，难道今天的跋涉就要到此为止了吗？！

"休息一下，然后再翻一座山就到了。"

……不知为何我觉得这山雨好像越下越大了。

B3 ～

僧人离开常住的寺院去另一个寺院暂住的行为一般被称作"挂单"。

比不了常住的寮房和上客堂，很多寺院的挂单房和云水寮都更像是个集体宿舍，从地理位置到房间布置，到处都充满了"你既不是大和尚也不是土豪施主，随便住住就得了，睡一晚就赶紧走吧"的敷衍感。

不过可能也是因此，在这里遇到的僧人几乎全都没有所谓"修行人"高高在上的架势，有像我一样初出茅庐把参学当旅游的小和尚，也有一生云水恰好落脚此处的年长僧人，跟在禅堂聆听好多大和尚"有人不信佛，于是母亲出了车祸"的因果开示不同，跟这些人每次闲聊时听他们讲自己的故事，都会觉得这人生真是丰富精彩四处闪光。

永明寺处在一处著名的景区，但我在到达之前一直都不知道，永明寺中有着比深秋时漫山遍野的红色枫叶更出名的存在：斋堂饭菜的难吃程度。

还好遇到的同寮的法师是一位对周围地形很熟悉的人，带着过完堂后一脸"在斋堂多待一秒就死给你看"的我去了庙子外面的一家小饭馆,饭馆是一个略微有些耳背的老大爷开的,店里除了他自己还有一只上了年纪的猫。头顶的风扇慢悠悠地打着转,我跟刚认识的同寮法师在这里安安静静地吃完了一份炸豆腐和两碗米饭。也许是因为永明寺斋堂的饭菜实在是太过难吃,小店里的豆腐成了我记忆里最好吃的一道豆制品,同时我也对刚认识就带领我去觅食还和我同龄的同寮法师产生了极好的印象。

晚上的时候我对着挂单寮里自己床上的破床单发呆,山门早在太阳落山的时候就已经关了,安板也刚刚打过,已经是养息的时间,似乎整个寺院都跟大山一起陷入了沉眠。

我盯着床单上几个焦黑的大洞以及下面露出的带着木刺的床板发愁,心想真是糟糕,现在就算想去买新的来用也出不了山门了。然后对面就递来了一个新床单。

"不嫌弃的话就先用我的这个凑合一下吧。"同寮法师把他刚从行李里翻出来的床单理所当然地递了过来。

我木讷地接了过来,手里这朴实自然到连拒绝的理由都找不到的善意甚至让我有些手足无措。

同寮师最近有些头疼,我下午翘殿去陪他买了天麻。晚上睡下后我们都裹在被子里隔着床聊天,他的头疼似乎还是不见好转,说这是老毛病了,我便建议他还是去医院检查一下比较好,后来话题进展到定期体检的好处,我劝他有机会一定要践行,他翻了个身,略带无奈地说:"以前家里连吃饱饭都难,怎么可能会有那种闲钱去体检。"

我一时接不上话,觉得自己不过大脑就口不择言地提出这种建议实在是有些太过自以为是了。犹豫着是否该道声歉，想了想还是什么也没说，在黑暗中沉默了一会儿，我也翻了个身，裹着被子睡着了。

A4 ~

在山路上——我甚至都不确定我们走过的地方是否能被称为"路"，到处都是布满苔藓的碎石，还有小溪流顺着石缝汩汩地流下去，对第一次这么深入群山的我来说，这里连想要找到安稳的落脚地都困难——我杵断了三根用来当拐杖的木棍，不知道在几乎是垂直向上的山道上行进了多久，久到我觉得再往上挪一步我的人生就要到此为止了的时候，巨大的平整空地突然就出现在了眼前，随之映入眼帘的还有零散分布的民居和田地。

这里是一处村庄，而这个被围在群山中的村庄通往外面的唯一方式就是通过我们刚才跋涉过的"道路"。

有一个看起来只有七八岁的男孩站在村口，远远地望着我们一行人，在我正准备上前去跟他说话的时候，他一转头跑走了。

大概在这时我才真正明白了，我们一路跋山涉水把一些并不值钱的大件东西背上来而不是直接送钱的意义，跟我先入为主的观念相反，钱在这里几乎等于累赘，跟花不出去的现金比起来，直接带来厚大的棉被和大量油盐米反而能起到不小的作用。

这里的民居有点像是在中学课本上见过的半穴居样式，昏暗的屋子中央点着一堆篝火，煮饭的同时也驱逐屋内的湿气，屋顶上还挂着一块看起来已经发了霉的肉。进屋后一位老奶奶烧了水给我们喝，说这里就她跟孙子两个人，孙子走着那条连成年人都觉得危险的山路下山上学去了，刚出发没多久。

有些房子更是连门都没有，就只是一根木棍搭在前面做出门槛的样子，屋内的陈设简陋到也根本不需要有门来防盗，整个房子歪歪斜斜，连屋顶都是用到处露着缝隙的木板随意搭上去的。屋里没有桌子，小孩就蹲在地上埋头吃饭，也不理我们，孩子的父亲说这房子在他出生的时候就已经在了，这几十年就一直这么住了过来。

"家徒四壁"在这里已经成了褒义词——起码说明家里还有完整的四面墙。

卸下东西离开时向导跟我们说，这里应该不会有人修路了，地理位置实在是太过偏远，村子的分布又零散，一共也没有几口人。大概再过二十年，村里的老人都入土、小孩也长大到可以进城打工的年纪时，这些村子就会消失了。

B4 ~

我出家是在一座南方寺院，坐落在一个离城市不远的半山腰上，你知道，在中华大地上，秦岭淮河以南的城市里都是没有暖气的——更别说一座山寺了。

所以就体感来说，这里的冬天差不多在10月份就开始了。初时我住的禅房位于地下一层，说是在负一层，但由于是依山而建，所以窗户外面还是秀丽的山水——虽然窗户关不严晚上会漏风。

房间门也有不少年头了，木板上出现了很大的裂缝——晚上一样漏风。

经窗冷浸三更月，禅室虚明半夜灯。有时候晚上实在太冷，我甚至会用从屋顶垂下来的白炽灯来暖手，再不济暖黄的灯光也能让视线稍微暖和起来。

首座和尚好像已经快八十岁了，一把年纪再加上方言，我总是听不懂他在说什么，一次在大寮埋头刨饭的时候一抬头发现首座师就站在我面前，他很客气地问我吃不吃得惯。

说实话，身为一个土生土长的北方人，我一直没法完全适应南方的米饭，而且庙子里斋堂的口味对我来说也实在是太辣了……不过我还是礼貌地表达了饭菜很香我吃得很习惯的意思。

老和尚看着我，和煦地笑了笑——

"有人送了我几包不错的面条，我给黄居士了，晚上叫她煮给你吃。"

"遵命！"

演相师是来此处挂单的僧人，年纪比我大许多，人也成熟很多，经常在殿堂里纠正我放逸的站姿，有时还得负责阻止我无法无天的上蹿下跳。

甚至到后来在殿堂里故意犯蠢捣蛋来挑逗他几乎都要变成了我每天的保留节目。

在一次扶贫助学的行动中知客师找到了我，他有点应付不来像是宣传、筹备、转账这些需要用到网络的行动，见我似乎是会上网的样子，便把这些活计托付给了我。

前期准备全部都做完以后，我跟着知客师他们一起开始了向山区的行进。

A5=B5 ～

在山区里来回穿梭了三天，离开的前一天恰好是个周一，当地的小学校长邀请我们一定要去参加一下他们的升旗仪式。

要小孩子开心是一件很简单的事，教室里换了新桌椅，学校给每个人都发了新书包，书包里还有很多崭新的文具，学校里来了一群陌生人——其中还有两个是和尚，这些小事连在一起，让学校里的学生们一个个都莫名兴奋了起来。一个刚上一年级的新生告诉我，来到学校的宿舍后她才第一次睡到了一张只属于自己的单人床，在我们出现后她还第一次盖到了新的被子。

看着热闹起来的小学，我甚至产生了一丝不该产生的自豪感——这一路自己接受了他人无数的善意，现在终于有机会可以把这份善意传递出去了。

从小参加过无数的升旗仪式，却从没想过自己有一天会出现在主席台上，上台的时候我甚至紧张到走路顺拐。台下的学生代表在发言，听来无非是客套又官方的感谢词，但她念到"我们也想走出大山，去看看外面的世界"的时候，有那么一瞬间，身处在大山中的我突然感觉自己被震撼到了，不是被学生坚定的语气也不是被稿子中表达出的含义，而是在真正见识过大山中的生活后，被那一句简单的话语中所包含的艰辛震撼住了。

要从这里走出去是一件多么困难的事情啊，阻碍着他们的不仅仅是这环绕的群山。

我知道，美德从来都不是被贫穷孕育出来的，贫穷只会让美德丧失发生的机会——而所谓贫穷，简单的一句"没钱"是根本没法概括的。

离开的时候学校还组织学生搞了一个欢送队，让我想起自己小学的时候站在路边拿着花束热烈欢迎欢送各级领导，实在是太过浮夸……但就凭我个人的意见也实在是无法阻止这种活动的进行，就这样，在一片浮夸的"欢送！欢送！热烈欢送！"的声音中，我们离开了。

驶离群山的环抱后手机终于有了信号，连上网络的我有种古猿发现工具般的兴奋感，积攒了几天的信息蜂拥而至。

"几时回来？这些天庙子里天天打普佛，你在外面不用参加佛事肯定开心死了。"师兄说。

"准备在山区待几天？这边有一堆活等着你跟知客师回来干呢。"黄居士发来短信。

"失联这几天你的豆瓣突然在微博上火起来了，被轮了几万条，你还活着吗？要不要我上去替你发个讣告，就说明安埋骨深山了。"我的好友路西法也发来了信息。

在山区的几天我强撑着不让自己再从吉祥物堕落为全队累赘，可能再多跋涉一天我就会油尽灯枯当场圆寂了，返程时加上车上的颠簸，我很快就在后座上陷入了沉眠。

醒来时车子已经开上了公路，已经彻底离开了大山，坐在前面的知客师看到我动了一下。

"哟，醒了。"他说着，递过来一包零食，"来吃点花生充充饥。"

毛衣

冬天里穿毛衣真暖和
我却不由得替小羊担心了起来
没了毛它们不会冷吗
师兄白了我一眼
"羊又没死，还会长毛的。"
他说

雨和石阶

一、我 ～

我第一次去到庙子里的时候天已经黑了，空气中绵绵密密地飘着细雨。庙子的山门建在长长的台阶上，台阶很长，我走了很久，所幸即使山门紧锁，屋檐也还能避雨。

已经很晚了，不仅是早早就关闭了山门的庙子，连整个小镇都陷入了一片沉寂，雨水像是凝固在了半空，把一切都沁得潮湿却又安安静静的，一点声音也无，只有当忽明忽暗的路灯下偶尔掠过一辆汽车的时候，才会传来水花被溅在路边的"哗啦"声。

像是定制给巨人使用的，山门看起来既厚重又高大，让站在它前面的我显得更加渺小了起来。我没有敲门，在山门的屋檐下站了很久，只有不时掠过的出租车和小货车在告诉我时间还没有静止。

冒着雨来开门的人是耀青师兄——当然，那个时候他还不是我师兄。真的已经是很晚了，整个寺院只有客堂的灯还在亮着，进去打过招呼之后我才发现整个寺院都是依山而建的。

初见之下，单是山门前的台阶就已经显得很长了，但藏在山门之后的道路更加地高远，远处的石阶隐在夜色里看不清晰，漫长得好似没有尽头一般，让我迈上去的脚步都不由得犹豫了起来。

直到很多年后，兜兜转转又回来，我才终于在又走上石阶时踏出了第一个略微坚定了些的步子。

二、耀青师兄 ~

在雨夜时给我打开了山门的耀青师兄要比我稍微年长些，个子不算高，长相也年轻，跟我相比反倒是他看起来更像小孩子一些。彼时耀青师兄是庙子里唯一跟我年龄相近的人，他既精于庙子当地的方言又普通话流利，在很长一段时间里耀青师兄都是疏离的我跟其他人接触的必要媒介，他带我熟悉了庙子里的格局，也经常带着我去离庙子不远的街角和巷子买些毛豆之类的零食来吃，一开始我很是吃不惯庙子里斋堂的饭菜，那些零食就算是我生活里少有的惊喜和期待了。

因为身体不是很好，耀青师兄并没有像其他年轻的僧人一般离开庙子去就读佛学院，而且还因为要持续喝药，经常睡得昏昏沉沉连早殿都没有办法参加——真的非常地经常，经常到让我感觉到了一丝蓄意翘殿的狡黠。

身为庙子里最早的一批常住，耀青师兄的存在感已经和整座寺院融为了一体，不鲜明，不抢眼，像是背景一样被默认般地存在着，大家很少会特意地去注意到他，但也都会下意识地认为他跟这个庙子就该是在一起的。

耀青师兄在庙子里挂了很多职，像是寺院的书记，又或是基金会的出纳，还有客堂的照客，诸如此类，林林总总，当然，其中最主要的一个是方丈和尚——也就是我们的师父——的侍者。

侍者算是一个在教内被公认为很累的活计，比如我在加拿大给大和尚做侍者的朋友行远，每天都会跟着方丈忙前忙后布置打扫泡茶待客开会记录法会佛事忙到脚不沾地，非常辛苦。所幸我们庙子也算不得什么大庙，各类活动少了很多，侍者的工作自然也就没有传说中的那么让人疲累了。但不辛苦也并不意味着会很轻松，侍者还是需要在早殿时比其他人更早醒来，提前去丈室给佛像供香、倒供水，然后再和方丈和尚一起去大殿上早课；平日里帮忙收发些快递，非常偶尔地帮忙接待一下客人；在一天结束后去丈室打扫卫生，扫地倒垃圾之类——丈室很小，所以打扫起来也并不是很费力气。

在耀青师兄请假不在的期间我会代替他去做侍者，顶班虽然短暂，却能让在庙子里什么都做不了的我获得少有的充实感，这让我在顶班的日子里能兢兢业业地去干着不多的活，尽量不让睡过头的情况发生。

大和尚平日上殿是需要一个侍者去展具的，这似乎是自古就有的规矩，而且这样看起来也庄严些，在有普佛或者其他佛事的时候，更是需要侍者端着香盘走在前面的。

具是一块方形的布，作用之一是拜佛时铺在身前，方丈上殿时都会带着自己的具，然后在进拜佛时展开铺在拜垫上。而香盘，则是做佛事时必不可少的道具之一，早殿有普佛时是需要侍者端着走在方丈前面的，深色的方形木盘上摆放着香炉等物件，不算小，也不轻，是必须要双手才能端稳的。

虽然顶班做侍者时我都会尽量恪尽职守，但平时只要耀青师兄人还在庙子里，丈室的活计基本就跟我毫无关系了——可你也知道，他经常睡过。于是经常就会出现上殿时师父他自己给自己展具的情况，这也还好，毕竟展具也不是什么复杂的活计。可偶尔早上有普佛的时候，耀青师兄也还是会睡过头，于是就会出现我们庙子独有的情形：大和尚自己拿着具再双手端着香盘走进大殿。师父他胳膊上搭着的具加上双手端着的香盘，还有上面正冒着烟的香炉，让他整个人都满满当当的，甚至还会显得有些手忙脚乱，如此情形出现在早殿这样严肃的场合，再配上与大和尚平时严肃又威仪的形象对比出的反差，就不由得生出了些十分微妙的喜剧感。

让人忍不住在心中暗笑。

耀青师兄对师父还是很有些畏惧的，每次不小心睡过后最让他难受的不是因为缺殿被扣掉的单金——反正也算不得有很多，而是师父不经意的念叨。并没有责骂，事实上我还从没见过师父用严苛的语气去对待过什么人，只是会用半开玩笑的语气对耀青师兄说："你看看天底下哪里还有和尚自己去上殿，侍者在睡觉这样的事情咯！"

"我也不想这样的。"从师父那里回来后耀青师兄一脸懊悔地跟我说，"可是早上实在是起不来呀！"

三、知客 ～

庙子里的知客师是我的师叔，他年纪不大，平易近人又和蔼可亲，长相是标准意义上的慈眉善目，周身都散发着一种让人想要去休假的神秘放松气场，深受群众爱戴。我初入寺院时几乎什么都做不了，经常每天都赖在客堂试图帮忙，但也常常什么都做不好就是了。

庙子不大，但几乎所有的对外事务和大部分的对内工作都要经过客堂，虽说不上一刻也不得闲，但只要你人在客堂，是永远也不会没活干的。

其实不只是客堂，整个庙子也都是这个样子，躲清闲时可以放松到仿佛连自己的存在都消失，但若想要去发心干活，也总不会担心找不到事情去做。但很例外，我不行，非常不行，法器一件也不会敲，自然是做不了什么佛事；写出的字难看到好似一个目不识丁的截肢帕金森患者在临死前的慌乱中所书，自然是没有办法去帮忙写牌位或是斋条了，事实上我的字就连去写收据都嫌太不上台面；语言也不通，虽然说起来大家讲的都是中文，但当地的方言对我来说实在是太过佶屈聱牙，既讲不出也听不懂，对我来说，跟大部分本地人无碍交流几乎是一件不可能的事情，于是在对外的事务上我也基本完全帮不上什么忙。

但为了不显得太过于像个毫无存在感的废物，我还是会经常性地赖在客堂试图找点活干，然后我就变成了一个有存在感的废物。

知客师是一个非常好的人，是"非关因果而修善"的具象化，是人形自走的"但行好事莫问前程"。

让我很羡慕的一点是，知客师他是真的把寺院当作自己的家来对待的。不只是客堂里的活计，只要是他能看到的事情基本上都会去做，似乎是深谙"做完这件事永远都会有下一件在等着你"的定律，不管在不在客堂，知客师他看起来永远都是慢条斯理的。

大概是习惯了这样的节奏，纵然只要出现在客堂就立刻会被来往的居士围绕起来开始忙碌，知客师也总是轻缓从容的，从睁开眼睛一直忙到躺在床上闭上眼睛，永远都是慢条斯理不紧不慢的，仿佛自己干的事情和自己本人都无关紧要一般。

然而事实上对寺院来说，知客师实在是太重要了，像是耀青师兄一样，知客师的存在也跟寺院紧紧地联系在了一起。他很少会请假，每次短暂的离开都会让客堂的运转陷入几乎暂停的状态。

不知不觉地，他跟这座寺院，似乎已经谁也离不开谁了。

过完年，被大量的游客"洗礼"过的寺院变得狼藉一片，饭盒饮料瓶零食袋、香灰木棍呕吐物、纸巾爆竹垃圾袋，喧嚣着散落在庙子的角角落落。入夜后行人散去，我走过长长的石阶时被阴影处的人影吓了一跳，走近了才发现是正在整理垃圾的知客师。觉得清理垃圾这活太脏，知客师并没有叫上客堂的义工和居士同他一起，天色已晚，他也不好意思再去喊庙子里的常住们来帮忙，于是就干脆一个人默默地收拾了起来。

"我来帮你一起干吧！"此情此景，我要是连这句话都不说出口的话可以说是不配做人了。

"不用了。"知客师直起腰，拍了拍身上的土，笑着说，"我人手够的。"

声音在空旷的四周回响着。

"然后你就真的直接回来了？！"回到寮房后，来昭师兄瞪大眼睛，不可置信地问我。

四、师父 ～

知客师曾告诉我，庙子里的功德箱曾经被盗过，那次他跟师父一起去了公安局报案。可当警方询问被盗的数额时，师父他却突然迟疑了起来。怕功德箱里的金额多了会让人生出和尚贪财之类的念头，也怕若是数额过高的话偷窃者会面临太过严厉的惩罚，师父他最后硬是报出了一个低到警方听了都不想受理的数字。

这让师父在我心中的形象有些憨态可掬了起来。

师父是方丈，是住持，是庙子里的大和尚。听起来既神秘又威严，还有很强的距离感。

师父不是一个爱表达的人，彼时我也初出茅庐不善言辞，刚出家的时候，横亘着的距离感似乎是年纪尚小的我跟师父之间唯一的联系了。

这距离感配合着我在寺院里是个几乎什么忙都帮不上的废物的既定事实，让彼时的我待在自家庙子里的时候，自始至终都感觉自己像是一个可有可无的拖后腿的外人。

对庙子里的其他师兄和常住来说，师父是一个充满威严的权威形象，经常让人畏惧。听庙子里的居士讲，别看师父他总是给人拒人于千里之外的感觉，其实内里却是一个感情相当丰富的人，虽然嘴上不承认，但也还是专程在冬天时跑去北京，只为亲自给在北方读书的徒弟送去一套加厚的大褂。对在北京读书的来昭师兄来说，师父应该是真的亦师亦父吧，这让彼时对一切都充满疏离感的我不由得羡慕了起来。

后来师父对我说，你也去考北京的佛学院吧，向你师兄学习。在佛学院中，北京的那所已算是顶尖，久负盛名，但可惜并不是每年都会招生，而且招生的名额也有限得很，对那时候的我来说，只年余的等待时间就像是庙子里高高的石阶一般一眼望不到尽头，又像是横亘在我跟师父之间的疏离一般无法逾越。

后来我还是向师兄学习暂时离开庙子读书去了，但并没有去到北京。

我一路南下，去到了另一个半球，去到了墨尔本。

来昭师兄后来也试图称赞我，说我一个人能申请去到国外读书也是蛮厉害的。

其实一点都不厉害，我只是一口气逃了很远而已。

趁着假期回国已经是很久以后的事情了，出家已经有些年份了，绕着世界走了一大圈，我才第一次坐在丈室和师父一起喝了一次茶。师父坐在我对面，他永远都直挺挺的，我并不知道该聊些什么才好，只是低着头默默地一杯接一杯喝着茶。

师父说以前是他没注意到徒弟的心情，是他失职了。我忙说没有没有，都怪我之前太过懵懂不知如何表达。

然后师父拿出镊子帮我夹走了杯子里的茶渣，茶水上的涟漪一路泛到了我离开多年才建立起的防线上。

似乎是"你"这个字不存在于他的字典里一样，师父喜欢对人说"您"，即使是对我也会偶尔冒一句"谢谢您"出来，他说自己这样是礼貌习惯了，却经常搞得我惶恐无措不知该去怎么回应才好。后来来昭师兄告诉我，师父跟其他的大和尚很不一样。至于到底是哪里不一样，我没舍得问。

耀青师兄告假离庙时，我顶替他做了几天侍者，我照例比平日早起了一些在丈室里等着师父出来。

"早上好。"出来的师父先开了口。

我反应了一下才急忙做出了回应："啊，早上好！"

"最近天气是不是有些冷啊？"

"是啊，好像又要降温了。"

像是在电梯里碰到了邻居，我们有一搭没一搭地聊着天气，然后师父突然又走回了自己的房间，拿出了一套秋衣给我。

其实我跟师父的体型无论横竖都相差很多，他的那套衣服我是无论如何都穿不进去的，但有时候暖意也并不一定是需要穿在身上才能体会到的，就像有些心意不需要语言也可以传达到一样。

午饭时师父特意叫了我跟来昭师兄一起，当然也有很多其他的客人。席间大家都有说有笑，我听不太懂方言，自然是插不上什么话，只是偶尔合群地跟着一起笑一下。师父把对我说的"不行就回来吧"

夹在了很多句子的中间。

被我听到了。

五、来昭师兄

于我而言，来昭师兄算得上是半个师父了，他经常会略带揶揄地叫我"小师弟"，说像是"今天这么冷，也不知道小师弟他冻死了没有"，又或是"今天空气质量这么差，也不知道小师弟他呛死了没有"之类的话，然后还会借此摆出些师兄的架子，然而碍于我确实是庙子里最小的小师弟的事实，我便连反驳也没了立场。

师兄在北京读着佛学院，像我一样，也是只有在假期的时候才会回到庙子里来。年轻的僧人暂时离开常住寺院去就读佛学院似乎已经成了一种趋势，一般来说，寺院里总还会留着出去读书的学僧的位置，其间的单金——可以简单地理解为生活费——也都还会留着，算是一种归属感的延续。但我们庙子不同，虽然寮房一直都给他留着，但师兄出去读书的时候在庙子里是没有单金的。

"这也是师父他为了不让我有太多挂碍。"师兄说，"出家人嘛，来来去去，就是要干脆。"

话虽如此，佛学院一放假他还是立刻就订了票。刚进庙门，师兄他就兴冲冲地拉着我去帮他一起收拾起了房间，洒扫庭除，举止间都洋溢着游子归乡的喜悦，他喜欢斋堂里的饭菜，喜欢庙子里长长的石阶，喜欢天气好的时候在寮房里无所事事地晒太阳，喜欢去客堂闲聊，喜欢在庙子里偶尔地帮忙，喜欢在后山的小路散步也爱去不远的公园，放假回到家庙让他的精气神全部都猛蹿了起来。

师兄也总是对我念叨："放假不回来，你还想去哪儿啊？"

所以我觉得我在假期跟着师兄一起回了庙子这件事应该也让他挺开心的。

来昭师兄是一个很和尚的和尚，不缺早殿，擅长打坐，喜欢喝茶，看起来清瘦，经常引经据典佛言佛语，每天清晨都一定会去观音殿磕几个头——有时也会拉上我一起，坐下的时候只把屁股的一半放在椅子上，人也挺得笔直，在外面吃饭时会仔仔细细地把店家不小心加进碗里的葱花一个个地都挑出去，连睡觉的时候都会采用佛像一般的右侧卧。

早上我睡过头时，师兄他会来哐哐哐地敲着门喊我去上殿，我若还是起不来他也不会强求，只是会在下殿时顺便给我从斋堂打一份早饭回来，然后我就会怀着"师兄都给你把饭送到嘴边了，你要还懒得起床去吃的话，可以说是不配做人了"的愧疚心迅速地爬起来去洗漱了。

师兄他有每天早殿结束后都自己去坐一支香的习惯，盘腿一坐，仿佛迅速就能入定一般，看起来非常地酷。

打坐算得上是禅宗的必修课了，而我关于坐禅的知识和姿势几乎都是从师兄那里学来的。师兄喜欢在打坐完后煮茶喝，坐完香，清晨的阳光初上，就着熹微的晨光斟上一壶，就这样来迎接新的一天，实在是自在得很。

师兄那里最常见的茶叶就是普洱了，普洱茶根据制作工艺不同是分生熟的，师兄告诉我熟茶的工艺是到了近代才出现的。我对茶叶一窍不通，经常一边喝一边问一些基础又奇怪的蠢问题，师兄他倒是都会耐心地解答，如此，我仅有的一丁点关于茶叶的知识也几乎全都是从师兄那里了解到的了。

坐完香，师兄会搬出师长的身份半押着要我去诵经，说是我人在国外也没什么机会接受熏习，难得回来一次就一定要抓紧，我在一旁缓慢地诵读，师兄就在一边纠正，顺便还进行些讲解。

除了对经藏的熟悉之外，来昭师兄还写得一手好字。书法家级别的那种好，起笔时沉密神采如对至尊，写出来的字也正气凛然风姿潇洒颜筋柳骨，让我一直心心念念着想拿一幅来收藏，结果当然是被拒绝了。

字没有要来，我只能厚着脸皮要师兄教我练字——却没想到练字的过程比我预想的还要枯燥和疲累。可师兄对此十分地上心，帮我准备了笔墨纸砚，从字体的发源和书法的演变开始讲，从最基本的中锋笔画和大篆手把手地教起，我们的假期时间都不算长，他恨不能一夜之间倾囊相授。

对庙子里的各种佛事我一直是一窍不通的，最简单的佛事对我来说都好似空中转体三百六十度落地后空翻接托马斯全旋一般困难，但有些活动我也还是不得不去参加。在人群中我总会莫名地紧张，送灶的时候我一直紧张地跟在师兄的后面——庙子里个子比我还高的人实在是不好找了，即使很多偈子没有忘记也还是不敢大声地念出来，像是南郭先生一般滥竽充数着混过了送灶的全部仪轨。

到了布萨（诵戒）的时候我跟师兄就不在一组了，见我紧张到不知所措，师兄说放轻松，你只要跟着站在你前面的人做就好……却没想到我就是那个站在第一排的人。

像是哄小孩一样给我扔过来两个果冻。

"把自己放低一点。"师兄说。

一个有些疯癫的中年女人算是经常会出现在我们庙子里的熟面孔之一，因为疯癫，所以多数人跟她聊天时语气总会有些戏谑——那种跟精神病患者交流时特有的带着些高高在上的自负的戏谑。

可来昭师兄跟她的交流却平常到像是在跟一个普通人拉家常一样，语气中并没有丝毫的戏谑，反而显得很认真。

"你住在哪里啊？"师兄略带关心地问她，"有没有人和你一起住啊？"

"你再唱个歌咯。"师兄说，然后还跟着她一起唱了起来。

那晚的夜色在二人毫无节奏感的哼唱中显得格外轻盈。

来昭师兄是一个拥有着本能一般的善良的人，路遇其他寺院一定会去大殿磕个头，再往功德箱里添些钱，算是结个善缘，不管是碰到什么类型的乞讨，他也总是会拿些零钱出来——自己身上没有的时候就从我兜里掏。

师兄经常会带我去离庙子不远的小店里买些土豆片之类的小零食吃，席间他却突然站了起来，打包了一份食物就跑了出去。等他回来我才知道，原来是师兄看到店子的门口走过了经常在寺院山门处乞讨的老乞丐，便想也不想地把食物送了出去。

师兄说，这说不定是菩萨在考验我们呢。

"其实我还是不行，还是稍微犹豫了一下的。"师兄有些不好意思地补充道。

师兄也总是在试图抹消掉我在庙子里的疏离感，一直在强调其实庙子里的大家都很喜欢我这件事，我也确确实实地开始把心安了下来。

正月十五的时候，庙子的山门是通宵开放的，月亮又大又圆，像个大饼一样悬在天上，我跟师兄一起从外面回来，路过大开的山门的时候，他不由自主地哼唱了句"我家大门常打开"，我犹豫了下，本来想接一句"是啊，你家大门常打开"，但心知师兄肯定会用一个瞪视加上一句"难道不是你家吗"给我"怼"回来，让我没有办法反驳，我就干脆只傻笑了下，什么话也没说。

师兄走路很快，我跟在后面就也加快了步伐，试图去追上他。

六、我～

我和师兄的假期都不算长，他北上我南下的日子很快就又到了。

而庙子里的告别总是很干脆的，没有世俗中依依惜别的黏黏腻腻，我去丈室跟师父告了个假，又跟师兄说了声再见，背上书包就直接从后山门离开了——甚至连离开时的行李都比刚回来时要少了许多。来去都很干脆，重逢和告别都称得上利落，第一天和最后一天，和以往的每一天一样，俱无差别。

像是抽刀断水，然后江河湖海全部戛然而止。

成天不学无术，也怠于钻研，佛法究竟是什么？我是讲不上来的。但我深知佛法看起来会是什么样子，是师父的样子，是知客的样子，是师兄的样子，是我身边的人的样子。

打扫卫生（又名『师兄死有余辜』）

跟师兄一起去丈室打扫卫生

我先动了起来

过了一会儿

师兄说

坐下来一起聊天吧，等下我跟你一起搞

可是

我已经一个人全部搞完了

一天屠龙记

本故事纯属虚构。

（一）~

"呸，连个龙影子都见不着。"一口吐出被吹进嘴里的沙砾，崇济扛着布满缺口的大剑埋怨道。

吐在地上的口水因为高温迅速地蒸发掉了，一点痕迹都没有留下。

来到吉布森沙漠的第六天，天气晴好，白天气温一直维持在四十摄氏度以上，一场降雨都没有遇到，一条龙也没有找到。

风吹得围巾和灰色的大褂猎猎作响，眯着眼睛望着仿佛无边无际的红色沙漠，崇济舔了舔干裂的嘴唇，把手里的破剑插在了地上，有点颓丧地想，今天可能也狩猎不到龙了。

眼看着就要到年底，自己跨越半个地球来到了澳洲，今年的里程指标算是基本完成了，可一条龙都还没狩猎到，今年的屠龙指标离完成可还差得远，指标达不到，年末的屠龙资格考核就没法通过，考核过不了就会丢掉屠龙资格，失去屠龙资格认证……自己大概会被逐出羯磨团吧。

（二）~

当了快五年羯磨团成员，除了"你为什么要加入羯磨团"以外，崇济被人问到最多的问题就是"加入羯磨团是不是对学历要求很高"了。

当然很高了，崇济愤愤地想，没见过凌晨四点的哈佛图书馆是什么样的人怎么可能会被允许加入羯磨团，世人都以为加入羯磨团的起码要求是研究生学历，但其实呢？得是从全球排名三十往前的大学博士毕业才行啊！

很多羯磨团成员虽然看起来都很木讷瘦弱，但那可都是些名副其实的博士——当然，也有些是博士后，这些人别说是凌晨四点的哈佛，估计连凌晨三点的耶鲁和凌晨五点的哥伦比亚也都一起看腻了。

而崇济，只不过是个在国内随随便便混到大学毕业的普通本科生而已，凭这普通到不能再普通的学历当然不能加入羯磨团，于是，就像高考时有些学生会选择体育和艺术一样，他也选择了另一条可以出家的路——屠龙。

跟那些学识高超的智囊不同，崇济选择了成为羯磨团的四肢。

人们口中的羯磨团，这世上只有极少数人知道它的全称：羯磨屠龙团体联合会。

这是一个已经存在了上千年的古老组织，它伴随并守护着人类的历史——保护人们远离恶龙的侵袭，并把真相隐藏起来以防止恐慌。

久而久之，人们慢慢开始相信，龙这种生物真的只存在于传说中而已。

而羯磨屠龙团体联合会，也就是羯磨团，却默默地与之抗衡了千年之久，屠龙者之间还有一句流传很久的口号：原谅它们是上帝的事情，而我是羯磨。

后来这句话被美国人剽窃走，稍加改编用在了一部电影里，甚至还成了一句广为人知的经典台词。

崇济出神地想着，不知不觉太阳已经快要落山了，在夕阳的映衬下，原本就泛着红色的沙漠显得更加妖艳，因为高温而蒸腾的空气扭曲了光线，让远处的沙地看起来像是流动的血池。

沙子的比热容很小，夜间的沙漠气温往往会降到零摄氏度以下，念及此，崇济下意识地扯紧了身上的围巾，除非情报里那条龙喜欢没事喷火玩，晚上的低温再加上视野受限，寻龙只会变得更加困难。

"阿弥陀佛啊，难道我今年的指标注定完成不了了吗……"崇济干脆一屁股坐在了地上，拿那把残缺的破剑胡乱拨弄着沙子，几只被惊动的小蜥蜴窸窸窣窣地跑远了，已经有一半沉入地平线的太阳把它们的影子拉得很长，也把崇济的影子拉得很长。

　　一个人在大漠里寻龙还真是寂寞啊……看着自己随着日落不断变长的影子，崇济不由自主地这么想。

（三）～

　　世俗对羯磨团的曲解在一定程度上减少了屠龙者的人数，与之相对，龙的数量就增加了，众所周知，喷火是龙的基本能力之一，虽然很少有龙喜欢没事喷火玩，但单凭它们在体内积攒着的那巨大的热量，就足以让气候改变。

　　近年来，随着龙的野生种群不受控制地大量繁衍，全球气温出现了变暖的趋势，也就是人们口中经常提及的温室效应。

　　羯磨团疏通了不少关系才让主流舆论认为气候变暖是由人类活动造成的污染引起的，人类就是这样渺小又自以为是，坚定地认为自己那微弱的活动会对这颗巨大的星球造成影响，真是讽刺。

　　此刻的崇济站在广袤的荒漠里，头顶是更加无垠的星辰大海，这让他更加深刻地感受到了自己的渺小和无力……一个屠龙者，今年至今的狩猎数量依然为零的那种无力。

　　入夜后大风依然没有要停止的样子，但崇济从流动的气流中感觉到了一丝暖意，他俯身抓了把地上的沙子，也是暖的，周围完全没有因为日落而降温的迹象。

　　龙就在附近。

几天的搜寻终于有了结果，胸中的喜悦几乎要让崇济按捺不住地欢呼起来，他收敛心神，双手握住了胸前的剑柄，合上双眼开始低声吟唱："一个苦者找到一个羯磨倾诉他的心事，他说，我放不下一些事，放不下一些人。和尚说，没有什么东西是放不下的。他说，这些事和人我就偏偏放不下……"

这段在外界被批评为烂俗鸡汤的东西实际上却是屠龙者的咒术入门，通过不断地练习，对每一个音节、每一个语调做到精准到赫兹的把握，借此引发出咒语的力量来清心静气。龙的基本属性之一是火，这防卫性的咒术可以让屠龙者抵挡住恶龙那饱含巨大热量的吐息。

当然，见习屠龙者大量的重复的练习也被不知道真相的人们拿去当作了"羯磨都爱灌鸡汤"的证据而广为揶揄，但以屠龙为志的人又怎会在意这些俗世的闲言碎语。

"……羯磨让他拿着一个茶杯，然后就往里面倒热水，一直到水溢出来，苦者被烫到马上松开了手。羯磨说，其实这个世界上没有事是放不下的……"

随着吟唱的继续，崇济身上原本在随风翻飞的围巾和大褂渐渐安静了下来，仿佛有什么东西阻隔了外界对崇济的影响，而他周身的气温竟也开始降了下来。

最后，崇济蓦然睁开双眼，瞳孔中寒芒暴涨，他用近乎咆哮却又充满威严的语调完成了咒术的最后一句："痛了，你自然就会放下！"

此刻的崇济握着剑子立在沙丘上，感到冷寂的力量在体内的每一根血管里奔涌，细细看去，他脚下的沙地竟已结满了冰霜。

"啧，力量外泄了，又没控制好力道。"

崇济伸手拂去了落在肩上的雪花，向热量涌来的方向坚定地缓缓走去。

（四）～

屠龙是一个极度危险的工作，死亡率堪比狂犬病，危险性比伐木工和飞行员不知道要高到哪里去了。

"我想加入羯磨团。"也是崇济经常听别人说到的一个句子，想加入羯磨团的人很多，真正的羯磨也不少，但在平时的生活中很少能遇到羯磨，甚至有些游客去寺庙观光都很难见到一个羯磨，虽然屠龙者确实喜欢在人少僻静的地方修行，但超高的死亡率让羯磨的数量一直处于一个很低的水平也是造成这种现象的重要原因之一。

远处的沙丘上匍匐着一个巨大的阴影，崇济知道这就是那条龙，它似乎是睡着了，平稳的呼吸中带出的火焰让附近的沙子都化成了玻璃，看来这条龙不只体形巨大，连能力也很强。

虽然保护人民群众的生命财产安全是件崇高的事，但我可不想就此默默牺牲啊，崇济心想，死掉的话连名字都没法留下，没人会知道你是一个屠龙者，他们只会觉得这世上少了一个无足轻重的羯磨而已。

尽量隐匿了身形，崇济开始慢慢地向巨龙靠近，咒语的加持力让他可以抵挡龙身上散发出的高温，身上灰色的大褂也能让他在龙的视野里进行有效的躲避。

所有龙都是天生的色盲，它们很难注意到视野里的黄色和灰色，这也是羯磨的大褂都以黄灰两色为主的原因，屠龙者随时都在准备战斗——谁知道什么时候就会突然接到任务去进行狩猎。

崇济潜行到龙的背后，轻声吟唱道："观自在菩萨，行深般若波罗蜜多时，照见五蕴皆空，度一切苦厄。"

随着咒语的发出，他手中的大剑被赋予了额外的力量，开始嗡嗡震动起来。

就一刹那，崇济提剑一跃而起，朝巨龙扑去！

感受到了凌厉的剑锋和随之而来的凛冽寒意，龙睁开了眼睛，但是剑已及身，这巨龙根本没有时间去做出反应。

"哐当！"

手中的大剑发出了击中的巨响，但是击中的并不是龙的肉体，崇济发现自己的剑停在了龙颈的上方，只差一点就能斩下它的首级，但剑刃无法前进分毫，仿佛有一道无法逾越的屏障横亘在剑与龙之间。

像是意识到了什么，崇济赶忙收剑后跳，堪堪躲过了一道劈向他的闪电。

"……舍利子！色不异空，空不异色；色即是空，空即是色，受想行识，亦复如是……"

"……舍利子！是诸法空相，不生不灭，不垢不净，不增不减……"

"……是故空中无色，无受想行识，无眼耳鼻舌身意……"

崇济一边后撤一边急速念道，每完成一句《心经》，身前就张开一道屏障，抵消掉了不断落下的雷光。

"……菩提萨埵，依般若波罗蜜多故，心无挂碍，无挂碍故，无有恐怖，远离颠倒梦想，究竟涅槃！"

奋力念出了咒术，崇济握着手中不断轰鸣的大剑猛力向前挥下，劲风裹挟风沙从剑锋中倾泻而出，打断了正连续招雷的巨龙。

"……故说般若波罗蜜多咒，即说咒曰：揭谛揭谛，波罗揭谛，波罗僧揭谛……"

崇济稳住身形，半跪在地上，一手杵着大剑，一手捂着胸口，生生压制住了刚才那倾力一击在体内翻腾的反噬，继续吟唱。

"……菩提萨婆诃！"

《心经》的最后一句诵出，崇济周身再次涌出了无匹的寒意，空气中不多的水分直接凝结成了冰霜，像雪花一样在他周围纷纷扬扬飘落下来。

崇济提着手中又添了新裂痕的大剑，站得笔直，冷冷地看着面前的巨龙。

巨龙扇了扇硕大的羽翼，也睥睨着崇济，眼中隐隐泛着雷光。雷属性的稀有种！

深知战斗的难度远远超过了预期，自己甚至可能会真的死在这里，但跟恐惧相比，崇济心中跃动更多的却是一股狂喜。

（五）~

拥有火系以外能力的龙极其罕见，战力也都异常地高，若有相关情报，羯磨团一般都会在总部，也就是羯磨联合会，制订详尽的狩猎计划，并派出一个小队的高阶屠龙者前去围捕——当然，队级数量的羯磨外出一定会引起人们的注意，联合会以及其旗下的网站和媒体便会对外宣称这是羯磨云水生涯的一部分，是参学、是行脚、是平静的修心，以此来掩盖任务残酷的本质——稀有种绝高的战力同时也意味着屠龙者绝高的牺牲率。

但这样罕见的稀有种，却被在年底才一个人跑出来刷指标的崇济误打误撞遇到了。

"哎呀呀，真不知是幸运还是倒霉。"崇济自言自语道，"虽然难度高了点，但若能拿下这只稀有种，年底的考核就铁定没问题了……"

"说不定还能进阶呢！"

说罢，崇济再度提剑攻上！只见他右手灵巧地操纵着沉重的大剑，左手在胸前捏诀，口中不加停顿地快速念道："……南无阿弥多婆夜哆他伽多夜，哆地夜他阿弥唎都婆毗阿弥唎哆悉耽婆毗……"

是《往生咒》！

此咒为羯磨咒术的高级奥义，由施术者直接诵出梵语音节，繁复非常，极难掌握，但与之相对，咒语一旦发动，威力也比一般的鸡汤咒语高出了几个数量级！

"……阿弥唎哆毗迦兰帝阿弥唎哆毗迦兰多……"

加入羯磨团五年却依然只是个初级屠龙者，每年的考核都是险险通过，崇济原本应该是个连心灵鸡汤都无法熟练使用的菜鸟，刚才却完美地使出了《心经》的加持，此刻更是准确并高速地诵唱出了高阶的《往生咒》。

"……伽弥腻伽伽那枳多迦唎……"

此时的崇济，已然是一副老练屠龙专家的样子，身上哪里还有半点初级羯磨的影子！

"……娑婆诃！"

《往生咒》迅速地吟唱完毕，轰鸣的大剑连同整个天地一起安静了下来，就连四周的雪花也仿佛静止了一般，似乎所有的力量都隐藏在了布满裂纹和缺口的剑锋中，崇济原本因为寒意而隐着幽蓝光芒的瞳孔里竟也泛起了有如岩浆般的血红。

金刚怒目！

巨剑每一次挥舞都斩开一道闪电，剑上的裂纹也随之不断加深，近得身前，崇济又一击劈散了巨龙炽热的吐息，《往生咒》的咒语加持刚猛异常，仿佛要连空间都一同斩断，巨龙挣扎着吐着火焰，激发出了周身的闪电，妄图减弱这高阶咒术的力量。

又是"叮"的一声过后，崇济的手中只剩下了半把残剑，断掉的剑尖被弹在了远处的沙地里。

"啊啊，居然在关键时刻折断了。"崇济懊恼地挠了挠脑袋，"真是糟糕，我平时应该多注意保养武器的……"

（六）~

　　像崇济说的，屠龙者也是有等级的，从刚出家的初级羯磨，到高一阶的中羯磨，再到大羯磨，中间还有主羯磨、教练羯磨等，最后升为羯磨长。只要升到大羯磨往上，就可以像羯磨的那些智囊一样加入协会，进到指挥层，甚至还可以免去每年的考核。

　　一般来说，从初级羯磨升到中羯磨是一件非常容易的事情，普通人只要不到一年就能完成，实在很弱的菜鸟用两年也都能做到，像崇济这样入团五年还依然是个初级羯磨的屠龙者都可以称得上是"百年难得一遇"了。

　　"真是麻烦啊……"再次躲过巨龙的火焰和闪电，崇济望着手里的断剑无奈地抱怨道，"我只想平平淡淡地狩猎条小龙崽而已，为什么事情会朝少年漫画的方向发展啊。

　　"虽然直接死掉就不用继续战斗了，但今年的年假我还一天都没用，工资也还没结，牺牲在这里的话岂不是很亏！"

　　"所以啊……"崇济停止了戏谑的口气，看着重新站起、遮住了半边夜空的稀有种巨龙，一本正经地说道，"就麻烦你成为我年末考核的业绩吧！"

　　"卍解！"

　　崇济身上的寒意突然完全消散，心灵鸡汤的冰系加持消失了，他任凭巨龙灼热的吐息向自己袭来，却不动分毫。

　　因为此刻的崇济，比巨龙还更要炽热，断剑也变得赤红，他把剑插进了脚下的沙地，再次拔出的时候，手中已然又是一把完整的剑！

剑刃上因高温而流淌着赤红的光芒，宛若活物。

吉布森沙漠的沙粒中含有大量的铁质，铁暴露在空气中会氧化，变成红色，这也是这里被称为"红色沙漠"的原因。

"所以不管这破剑断掉多少次，我都能就地取材让它复原啊！"

崇济一边劈砍一边吼道，闪电落在身上甚至都无法减缓他的速度，崇济自身的高温竟让天然用火的巨龙也无法招架。

"我可是一个每天都在沙滩上坚持跑五千米的强者，对付区区一只稀有种根本就是……手！到！擒！来！"

（七）~

两个月后。

"今年的考核你也是勉强通过啊。"对面协会的大羯磨扶了扶眼镜，对崇济说道，"虽然狩猎到了一只稀有种，但你的报告里说它是死于意外……"

"是啊，我没想到沙漠里也会下暴雨。"

"于是雨就在沙丘间下成了水洼，水一导电，那龙就把自己劈死了？"

"我也觉得超巧的！"

"你去年狩猎到那只不小心把自己埋在土里闷死的地属性稀有种也是很巧啊。"

"哈哈，只能说我运气好咯。"崇济挠了挠脑袋，"不然我一个初级羯磨遇到那么强的龙，早就横尸当场了。"

"也是。"对面的大羯磨不置可否道，"不过你可要加油了，跟你同期的羯磨现在有些都升到教练羯磨了。"

"一定一定，那么……"崇济站起来，双手合十向面前的人问了个询，随手抄起放在一旁的崭新大剑，转身向门口走去，"我去休年假了！"

英雄

洗完衣服

直起腰叹了口气

师兄看到

嘲讽说

你看你洗个衣服就把劲费完了

不

其实

胸怀天下的我

是在为人类的未来叹气

唉

花径不曾缘客扫

国内的户外却是零下十几度的寒冬，路西法就这样举着电话跟我聊了有一个小时。

我的好友路西法

　　跨年的时候，朋友圈被微信的年度总结刷了屏，大家纷纷开始查看自己的注册时间和好友总数，顺便晒一晒收到和发出的红包数，其中还有一项是"微信的第一个好友"，时隔数年，突然提起第一个好友，把走过的时间一下子摆在眼前，总会让人产生莫名的隔世感。不知是因为查询人数太多导致服务器紧张，还是由于身在海外的缘故，我始终无法打开查询页面，只能干看着朋友们一张截图接着一张截图地刷屏。

　　我算是朋友里最后一批开始使用微信的人。因为并不是很喜欢×讯公司，所以当身边的同学都开始用微信替代短信甚至是电话的时候，我还依然坚持做清高状，任人百般推荐千般利诱，不用就是不用。

　　而我的好友路西法（化名），身为一个微信的早期用户，在我尚不知微信为何物之时他就已经开始摇一摇了，并且时不时就向我讲述自己的见闻，比如联系人里新添加了一个口音很萌的印度小哥，或是建了一个群大家一起吐槽老师到深夜，又或是社团的同学用微信一起聊漫画聊到忘记上课，然后就推荐我也赶紧去下一个——理所当然地，被我当作了耳旁风。

直到很久之后的一天，趁着下午没课，几个朋友相约去外面吃晚饭，路西法也在。那时微信已经很普及了，而我就像是一个顽固的不肯接受现代科技的老大爷一般，依然倔强地不去使用。我对那一天的印象很深刻，那顿饭是西餐，有比萨，有意大利面，有奶油蘑菇汤，路西法坐在我的正对面，他一把抢过我的手机，用我每月只有三百兆的流量下载了微信，直到注册完毕后才把手机交还给我。

所以说，虽然无法进入查询页面，但对微信的第一个好友是谁这事，我是不需要系统来帮我回忆的。

路西法是我的学长，但专业不同，教室和宿舍也都不在一个楼，我之所以能跟他认识是因为我们都在同一个社团，而他是社长。

我刚入学不久，一天晚上在教室里自习结束出来时，在走廊昏暗的灯光下，路西法出现了。

"同学，要不要加入我们动漫社呀？"他说。

天色已晚，走廊里没别人，教室也基本都空了。

泛黄的灯光一闪一闪地映衬着路西法忽明忽暗的脸，在他的身后还站着一个几乎完全隐没在阴影里的看起来有两米高且至少两百斤的高年级强者，单看轮廓便知战力很强。

这组合就好似帮派老大和他的打手。

"社费只要十五块哟。"路西法顿了顿，紧接着说道。

本来只是正常的试图拉拢新生入社，在当时的环境下却无论如何都更像是拦路抢劫——何况路西法还说需要交社费！在那种情况下，只要提到钱，哪怕是为希望小学募集善款，听起来都会像是黑社会在征收保护费。

我怀着被打劫的心情战战兢兢地从兜里摸出了十五块钱，还没松手，就被路西法一把拿了过去，写了收据，要了联系方式，客套了几句"现在起大家就是一个社团的同志了"之类的话，他们就离开了。

剩下满脑子都是"本地帮派居然这么有礼貌"的我一个人在原地愣神。

后来我才知道，那天路西法在收钱时表现出的差点冲上来从我手里把十五块抢过去的激动是有原因的。虽然现在动漫大火，大有冲击主流文化之势，但在当时十分式微，即使是在学校里，动漫社的地位也十分边缘化，更何况到路西法这一代，社团才仅仅成立三年，而我的入社大概是他们招新一整天的唯一结果。

因为人数少得可怜，从手绘海报准备到找学校领导批教室，尽管每次社团活动路西法都很认真，甚至有好几次都拿到了带着至尊巨大投影仪的百人讲堂作为活动场所，但实际活动的规模都小到看起来像是几个好友在聚会一般，而当时社团的流行语之一便是"解散社团，大家分了社费回老家种地吧"。

当我们都毕业离开学校后社团才慢慢壮大了起来，成为一个同学们争相加入的组织，听说还拿了个十佳的头衔，有了社徽涨了社费，现在已经能在学校里横着走了，跟我们当时的小打小闹根本不可同日而语，不过这些都是后话了。

我们学校分好多校区，每个区只包含几个专业，虽然社团的总部设在我们这里，但美术系设在远方的另一个老校区，再加上人丁稀少，虽然身为动漫社，但当时在我们校区稍微能用得上的绘画人才只有我一个——而我的水平也就是能随便涂涂鸦而已。

于是，刚入社不久，对新的学习生活和社团活动还充满着不切实际幻想的我，接到了路西法的第一个电话。

当时是夜里十一点半，躺在床上刚开始醋睡的我被突然响起的手机铃声炸到惊醒，身体虽醒，但大脑还沉浸在先前社团组织的有趣的活动的梦里，迷迷糊糊地听到路西法隔着电话有些歇斯底里地吼道："……实在找不到别人了！你不是会画吗？我在图书馆楼下！你现在过来拿海报纸！明天天亮前画好给我！"

我大概用了五分钟才回过神来，然后又花了五分钟认清了"入学后接到的第一个午夜电话居然不是约会而是约稿"这个悲伤的现实。

时隔太久，那次海报具体是关于什么活动的我有些记不清了，但刚入社什么都没的玩就领了两张好鬼大的海报纸回来，屁滚尿流地连夜画了两幅《银魂》上去，这事一直深深扎在我的记忆里。

后来在闲谈中路西法得知了我不太记路这事，便以前辈的身份胸有成竹地说要带我逛逛，教我熟悉学校环境。

……然后就带着我一起迷路了。

我和路西法被并称为社团的迷路双煞，社团有活动时，哪怕我俩就是组织者，也必然需要另外的人来领路，不然任何户外项目都会变成"我从哪里来，要往哪里去"的人生拷问。但，我虽路痴，也就仅仅是"记不住路"的程度而已，而路西法，则已臻至路痴的最高水平，达到了"记住的路线永远是错误的"至高境界。甚至"想要找到正确的道路，就跟路西法走相反的方向"这句话都已成为我们社团的不传之秘。

除此之外，路西法此人跟酒精相遇后还会产生相当奇妙的反应——我指的不只是酒量小。

在某个平静的傍晚，简单在食堂吃过晚饭后，我一个人在五楼的教室里自习，当时我正苦恼于世界上古史中的各种人名，什么那波帕拉萨尔、尼布甲尼撒二世、提格拉特帕拉沙尔三世，佶屈聱牙到单是在脑海中重复一遍都要咬到舌头，在脑筋马上就要被绞死的时候，我放在口袋里的手机很合时宜地响了起来，是路西法。

接起来，对面就传来了路西法口齿不清有气无力的声音，我只能勉强听出大意是跟学生会的人吃饭，喝了点酒，有点走不动路了，现在在我们系楼下，需要扶助。

我赶忙把书塞进书包就急匆匆地冲下了楼，然后在教学楼的门厅处，我看到了路西法。

他身上散发出了异常浓烈的酒气，在闻到的那一瞬间，我回想起了小时候，学校组织去参观酿酒厂，那家工厂有一座非常大的贮藏仓库，里面摆满了各种各样的酒，连空气中都充满了酒精，仿佛吸上一口就能醉倒一般。

而我面前的路西法，闻起来像是十个酿酒厂同时发生了爆炸。

"你到底喝了多少啊？"我强忍着现在就打120的冲动，皱着眉问。

"也没多少，就……"路西法半边身子靠在墙上，一边打滑一边说，"嗝，半杯啤酒。"

"啥？！"

239

那便是我第一次知晓路西法"沾酒就醉"的设定。

但路西法这人一向成熟稳重，除非必要，否则根本不会喝酒，那也是我在校期间唯一一次看到他喝醉。第二次则在很多年以后。

就像几乎所有的学校都有图书馆一般，几乎所有的寺院也都有禅堂。而所谓禅堂，指的就是僧众坐禅用的堂室，是寺院里的打坐习静用功办道之所。一般来说，十方丛林的建设都是以禅堂为核心的。而禅堂的规矩又极其严格，其中之一便是僧人在参禅打坐时，禅堂门帘上会挂起写着"止静"二字的木牌，意即杜绝干扰，外人不得入内，而一旦止静，里面的人也不得发出任何声响，当然，这也意味着，若是在禅堂里坏了规矩，不会有人发声讲出来指正，而是会直接香板伺候——简单来说，就是你会被当值的僧人抡起木板胖揍。

所以，我进禅堂前都会把手机留在寮里不带出来。

某天，在一个游人都已散去的祥和的傍晚，看着渐渐沉下去的夕阳，饱腹后从斋堂走出来的我吹着和煦的风，想着这一天就要这样结束了，不由得生出了一股古井不波的满足感——后来我才记起，这种"今天真是异常地恬淡平静啊，肯定不会再发生什么了"的感觉，跟电视剧里的角色说"打完这场仗我就回老家结婚"一样，叫作"立 flag"。

证据之一就是那天溜达着到了禅堂以后，我才发现手机还在兜里搁着。不过平时我都会把手机设置成静音的状态，只有少数几个联系人来电时铃声才会响，而他们都知道晚上我会去禅堂坐香，所以我也就没怎么当回事，行了会儿香便跟着大家一起落座了。

止静以后禅堂的安静程度几乎是真空级别的，别说掉根针了，就算掉根线头都能听到呼啸的风声。所以，可以想象，音量开满的手机铃声在禅堂引起的效果，就好似十个酿酒厂同时发生了爆炸一般。

但当我意识到口袋里的手机开始振动时已经来不及了，手还没有触及电源键，静谧的禅堂便响起了我的手机铃声。

更要命的是，我的手机铃声是当时在网上很流行的一首叫作《杀马特遇见洗剪吹》的恶搞歌曲，我如此设置当然只是因为好玩而已。

但当"Baby，你妈妈一直说我老土，我就找了村口王师傅烫头……"和"杀马特杀马特，洗剪吹洗剪吹吹吹……"的歌声在禅堂之上响起，整个禅堂的气氛都因此变得凝重起来时……这歌就没有那么好玩了。

早年混迹于禅堂，我早就练就了一身如脸皮般厚实的抗击打能力，顽劣如我平生挨过香板无数，但能让我如此想去死·死的，这还是第一次。

揉着尚在作痛的肩膀走出禅堂，我拿出手机，看到未接来电一栏里显示的名字是：路西法。

我平生接过无数不合时宜的电话，其中有上课时打来的理财推销电话、上厕所时打来的节日问候电话、上殿时打来的婚介机构广告电话，也有虽有工作，不待业却胜似待业的名字同《仙剑奇侠传二》的男主角一样的好友王小虎，在我将睡未睡时以"我在上班、我在加班、我下班了没事做好无聊"为借口打来的聊天电话。但路西法向来是一个成熟稳重的人，并且他也是知道我晚上会在禅堂坐香的……在这种情况下还连着打了两次电话来，一定是有什么要紧的事吧。

这么想着，我赶忙把电话回了过去。

"你为什么不接我电话？"听筒里传来了路西法大着舌头嘟着嘴含

糊不清的……醉酒后的声音。

"你是不是喝多了?"我问。

"没有呀,我没醉呀嘻嘻嘻嘻嘻。"

……这人绝对是喝多了,做出如此判断后,我迅速地意识到,为了一个醉酒后瞎拨的电话,我挨了三香板。

"你现在在哪里?"怀着"香板挨都挨了,还是先关心朋友吧"的平和心境,我问道。

"在家呀,家里就我一个人,他们都不在……"

"你现在要头晕就躺在床上歇会儿别乱动……"

"我就在床上呢,我就不休息我就要动!我扭……扭扭扭扭……哎呀!"

这是我第二次见到路西法喝醉,也是我第一次知道他除了沾酒就醉外,还有醉酒后会到处给人打电话而且整个人都变得特别萌的设定。

当然,在我看来,路西法是一个极其外向的人,不是烦人的自来熟,而是一种很自然的话痨,让人刚一见面就感觉像是面对认识很久的老友般,有说不完的话题。与之相对,跟他坐在一起,即使不说话也不会产生沉默的尴尬。

经过一段时间的发展,微信开始利用朋友圈做起了广告推广,比如××品牌的××轿车、××银行的××理财、抑或××企业的××护肤品,甚至在这些广告的下面,我都经常可以看到路西法的评论,他像是在给一个好朋友评论一般,饱含着热情在广告下面有趣地吐着槽、认真地"哈哈哈"——这已经不是一般的外向了,但放在路西法身上却无论如何都让人意外不起来。

所以即使是现在隔着半个地球的距离，我也总是乐意偶尔给路西法打个电话，从社团朋友们的近况到股票涨幅，从外国的风土人情到上周的漫画更新，天南海北想到什么聊什么。当时学校东门有一家很好吃的小饭馆，路西法把它推荐给我以后，我几乎每周都要去吃上几次，当然，都会叫上他一起。他年纪比我大，课也少，所以经常我中午下了课给他打电话时，他才刚起床，随口敷衍一句"你等等啊，我洗个脸马上就下楼"，然后我一等就是半个小时。

"所以你脸到底是有多大啊，居然要洗半个小时！"回忆起这事，我在墨尔本的夏夜隔着电话吐槽道。

"啊啊不行了，好冷啊，我举着电话两个手都要冻僵了，我先挂了啊，进了屋再说，你要还不会做饭记得跟我开视频我教你。"

然后我才意识到虽然我这里现在是夏天，到了夜晚凉风习习很舒爽，但国内的户外却是零下十几度的寒冬，路西法就这样举着电话跟我聊了有一个小时。

这人曾在学期末我穷到天天煮挂面拌老干妈吃的时候，硬闯我宿舍给我留下两百块钱——那笔钱成了陈年烂账，我至今也没还。

以前，学校的广播站会在每周五晚上把时间留给学生来点歌，以提供一个歌单，然后由学生打电话过去点播并且说出想说的话的形式。

快毕业时，路西法终于下定决心去点了首歌。

电话接通的一刻，他的声音通过广播在全校响了起来。

"大家好，我是动漫社一名普通的社长。"
他说。

后记 ～

这篇文章成稿极早，本书完成时路西法已经结婚并育有一双子女，英文名分别是 Luke 和 Leia，生活幸福美满。

外
向

我的好友路西法

很外向

到什么程度?

连

微信在朋友圈里做的广告推广下面

都能看见他的评论

火锅

那是多年前一个下雨的星期三，睡眼惺忪的我怀着上坟一般沉重的心情准备去上课，结果下楼走了两步便在不远处的减速带上看到了一坨白色的猫形突起物。雨不停地落下，在它身上激起一圈细微的小水花，像是用断断续续的笔勾出了一个轮廓，我走过去蹲在它面前，它也颤颤巍巍地抬起头，用异色的眼睛跟我对视着。

我犹豫了一下。

把雨伞和早饭留在地上，我便头也不回地继续向前走去，早上第一节可是系主任的课，迟到的话会死人的。

然后我听到身后的那坨猫形物低低地叫了一声。

那是多年前一个下雨的星期三，我没有迟到，我翘了课。

命运的齿轮开始扭动着跳秧歌，如同少年漫画一般，我跟火锅就这样相遇了——没办法，总得给它取个名字，当时天很冷，我又实在很饿。

　　流浪猫身上总是会有很多寄生虫，即使在医院做了检查也还是需要吃一些药。有些便宜的药是可以人猫共用的，我到楼下的药店去给火锅买驱虫——一般来说都是蛔虫——的药时，售货阿姨那望向我的怜悯中带着关切的眼神我这辈子也忘不了。

　　"你这个年纪一次得吃两粒啊。"阿姨一边把药递给我，一边情真意切地叮嘱道。

　　在我转身离开时还听到了阿姨"怎么这么大了还生虫子"的叹息。

　　……我以后都不会再露着脸来这里买药了。

　　结果回去后火锅只是闻了下药片，便一脸苦大仇深地别过了头。完全意识不到这片难闻的东西背后，我所做出的"以后我自己生病了都只能绕远多走两站路去另一家药店买药"的巨大牺牲。

　　此后一直过去了很长时间，火锅从巴掌大的小野猫成长为了一只有着白毛的"猪"；从卧在我用收纳箱和毛毯搭成的简易猫窝到每晚打着呼噜睡在我枕头边；从连站起来都吃力得发抖到满屋子上蹿下跳跟我抢零食吃；从见到人就会钻进床底消失到和我的所有朋友都变得熟络。

　　在一个学期末的冬天，某个穷学生还为了保证锅爷的日常猫粮和每周的鱼罐头供应不断，连续吃了一个多月的老干妈配煮挂面。

　　冬天很冷，屋里的暖气还坏掉了，穷学生一边煮着白水面一边用锅里冒出来的蒸气暖手，一旁的火锅正把头埋在食盆里，咔嚓咔嚓地啃着对穷学生而言价格不菲的猫粮。

　　就连房间昏黄的灯光都在为这一幕无声地演奏着《小白菜》。

　　似乎是感受到了穷学生惨淡的气场，火锅从猫粮里抬起了头，默默地看了眼面前的人类，清脆地叫了一声……然后在食盆旁边挪出了一块空地。

虽然没有识趣地爬下去和火锅一起吃，但在穷学生的记忆里，那个暖气坏掉的冬天，好像也不是特别地冷。

跳秧歌的命运的齿轮偶尔也会扭到腰，火锅是在一个冬天离开的，因为要准备期末考试，我每天早上离开后要在学校待到很晚才会回来，所以在那几天里，我都会提前倒出三天量的猫粮，把食盒装得满满的才会出门。

…………

那天晚上，身在远方的我给火锅的好朋友——不认路的小路打了一个电话，通话的前半个小时里，听筒对面的我抽筋一样啜泣到一个字都说不出来。

第二天上午，熟悉地形的朋友带我去把火锅埋在了地里。

我记得当时每一铲下去都要用尽全身的力气——冬天里的土被冻得太硬了。

如果说命运的齿轮在火锅与我对视时开始转动，那面前填平的新土就是火锅命运的终点了，齿轮咔嚓咔嚓地转动了很久，停止时留下了大半包猫粮和吃剩到一半的鱼罐头。

以及每天早上醒来时，发现并没有白毛从被子里钻出来的失落感。

那之后又过去了很多年，我早上醒来的时候听到了动物的叫声，一个白色的猫形物不知何时闯了进来。

"还是第一次有猫大清早就跑进来。"同寮的法师说。

它站在门口看着我，我伸出手，它便颤颤巍巍地朝我掌心蹭过来。

这是一个下雨的星期三，睡眼惺忪的我怀着比上坟还沉重的心情套上海青准备去上殿。

天有些冷，我又实在很饿。

好想吃火锅。

肚子饿了

出家这么久

即使现在

也经常会发生

合十的时候

脑海中第一个浮现的不是

阿弥陀佛

而是

いただきます（我开动了）

这样的事情

游戏与论文

离上交论文选题的截止时间还有十三个小时的时候，我正窝在沙发上端着手柄打游戏。

本来，我是打算去邮局寄完信就回家写作业的。可是，邮局的旁边正好开了一家游戏店。更不巧的是，《全境封锁》正好刚发售。而且，游戏店的门前还挂出了巨幅的海报。不得了，海报看起来实在是很酷炫。

值班的小哥看到门口有熟客——也就是我——路过，热情地打了个招呼，然后熟客在顷刻间就沦陷了。

等回过神来的时候，我已经坐在了回城的公交车上，手里拿着新买的游戏。

身为一个重度的电子游戏爱好者，我是在"电脑游戏是电子海洛因"的报道，立志从这个世界上消除网瘾的陶宏开老师，擅长用电的杨永信教授的时代里成长起来的。

同大部分家长一样，在我小时候，我的父母也把电子游戏视为洪水猛兽，主要原因也同大部分家长一样：影响学习。

而事实上，游戏也的确一直在影响着我的学习——就像是吃饭睡觉看电影吃零食以及其他的任何事情一样。

不管怎么说，对我而言，游戏的魅力永远是大于学习的，哪怕只是操纵着水管工跳来跳去一遍遍拯救被库巴掳走无数次的公主，也比埋头在每次都有新花样、不同解法给你更多惊喜的各种习题里要有趣得多；看萨菲罗斯在气势磅礴的名叫《顺边儿天使》（《片翼の天使》）的背景音乐中让克劳德记起当年一瞬的疼痛，也比坐在书桌前回忆一整个上午的课程要来得轻松。

对我来说，在学习时，即使是桌子上马克杯里咖啡表面的波纹也显得美不胜收夺人心魄，更何况是加了特效的电子游戏。

于是，在离选题截止时间还有二十四个小时的时候，我拆开包装，把游戏塞进了主机里。

本来，我是打算观赏一下游戏的开场动画就去学习的。可是，《全境封锁》开头的 CG 实在是很吸引人，于是我便打算先小玩一下游戏的序章，浅尝辄止、浅尝辄止。但没想到只一个序章就如此好玩，只好心想再做一个任务，就一个，做完这个任务我就去写作业。这次真的是最后一个任务了，刷掉这个副本我一定要去看文献。

啊，游戏被称为电子海洛因果然不是没有原因的，这玩意儿，吸一口就停不下来了。

至于学习，跟电子海洛因比起来，学习就像是饭后堆积成山的洗碗池——没有人会想要主动靠近它，没有人。

但在多年前，我还在接受义务教育的时候，考试成绩是衡量学业的唯一标准，谁家的孩子要是能考个年级第一出来，那可真是光宗耀祖的大事情，能让家长在街坊邻居面前昂首挺胸用鼻孔看人一整个月！

与之相对，谁家要是考了个倒数出来，也是一样可以成为街头巷尾的谈资的。

在这样的氛围里，对学生来说，成绩几乎就是一切。

仗着"成年人只关心考试成绩"这点，游戏和学业之间的冲突被我巧妙地运用"几乎每次考试的分数都相当说得过去"大法完美化解——事实上，我自己的第一台家用游戏机，就是我在小学的时候用一次全科满分的成绩跟家长换来的。虽然学习成绩一直以来都算得上不错，但他们没人相信我能考到全科满分，有一两门满分倒是不难，但全科满分？他们相信单凭一个小学生是做不到的，于是便许下了"你若能都考到一百分，店里那台 PlayStation 就是你的了"的豪言。

但你知道，小学的考试即使对小学生来说也实在是很简单，而且"拥有一台自己的游戏机"这种事情对小学生的吸引力就像是"得到奥斯卡小金人"对莱昂纳多·迪卡普里奥的吸引力一样——那可是拼了命也要拿到的啊！

后来，在跟游戏机一起成长的过程中，我经常会看到社会各界对游戏的评论以及新闻报道，比如各类法制节目会倾向于在说明犯罪过程的同时，着重介绍嫌疑人被捕前经常上网打游戏，比如新闻报道中也会经常给不良少年扣上沉迷游戏的帽子来增加说服力，而这些，在有意无意间，都在人们心中把电子游戏与不良的社会表现甚至是暴力犯罪之类的负面事件的联系增强了起来。

即使是完美解决了身为学生时所面临的成绩压力的我，在面对铺天盖地的周边舆论时，也只得长叹十里风雪一片白，一边保证自己一定会是遵纪守法的好公民，一边像地下党一样窝在屋里打游戏。

老玩家都知道，游戏界有条老规矩：多管闲事干什么，不爽不要玩。

但人生在世，谁还能没个七大姑八大姨，逢年过节亲戚小聚，一听说我的业余爱好居然不是写作业而是打游戏，就一定会有人痛心疾首地把看过的新闻、听过的故事一股脑全部倒出来，讲得栩栩如生煞有介事，同时眼神里闪烁着要全力拯救失足少年的真诚。

"哎，你不知道，我家邻居的小孩的同学的朋友，为了拿上网的钱把亲妈都杀了。"

"我跟你讲，可吓人了，我侄子的隔壁的小孩的同学，原来特别好的一孩子，为了拿打游戏的钱都出去抢劫了。"

"我听说有个家族特别溺爱小孩，还给孩子买了什么游戏机，可不得了啊，那孩子玩了会儿游戏，隔天就拿着刀上街砍人去了。"

"小明啊，我听说你也喜欢打游戏？"

与大多数人固有以及被灌输的"打游戏影响学习""沉迷游戏的都是不好好读书的不良少年""今天开始打游戏，明天就家破人亡"印象相违，我的成长还算正常。

学习成绩并没有成为我的桎梏，相反，说得过去的考试分数横亘在磨刀霍霍的各科老师和经常熬夜打游戏睡到中午才起床，上午干脆旷课下午才双手揣兜用脚开门还一脸不爽地走进教室的我之间，成了我肆意妄为的挡箭牌。

甚至，我获得知识和体验的很重要的一个途径就是游戏。对各类稗官野史和三国人物烂熟于心是由于大量关于三国的无双作品的涌现，最开始抱着词典自学英语也是因为小岛秀夫从来都不推出"合金装备"（*MGS*）系列的中文版本（不过 *MGSV* 终于中文化了，好棒），也借着在最高难度的游戏中一遍遍的失败和重来体会着名著《钢铁是怎样炼成的》中保尔·柯察金百折不挠的精神——当然，不同的是生活找不到攻略，不提供存档点，没有 S/L 大法，不能抹掉重来，所有的失败和尝试都会留下无法擦去的印记。生活可比最高难度的游戏艰难多了。

比如游戏里绝不会有 NPC 向你派发"写论文"这个任务，而第二天一早就要给导师上交选题的我，在离截止时间还有十三个小时的时候，依然沉迷在虚拟的任务里无法自拔。

即使是从前，把闲暇时间都用在游戏动画漫画上的我自然是没看过太多必读名著的，写作文时都只能引用游戏台词，没想到却能因此屡屡获得高分。

你不是任何人的工具和玩物，不是命运的囚徒，不是战争的种子，你要亲眼见证外面的世界。——史涅克（出自《合金装备》）

一切都很重要，一切都值得珍惜。——克劳德·斯特莱夫（出自《最终幻想 7》）

奇迹的公式等于万千努力加上绝不放弃。——凯琳·塞拉菲姆（出自《风色幻想 3》）

这些引用的共同点都特别唬人，句子里充满了不知所谓，仔细咀嚼又好像有虽然说不清楚哪里厉害，但就是感觉很厉害的哲理，人物名称往往也拗口到多念几遍都会不小心咬到舌头的程度，第一印象上会让人觉得这是某个东欧古典哲学家或希腊吟游诗人，再不济也得是个两河流域的流浪画手，比常见的居里夫人陶渊明爱迪生司马迁史铁生爱因斯坦李白莫名就伟岸许多，还能让随手就引出他们句子的我显得学识渊博阅读广泛智力超群，仿佛出身书香门第从小就接受古典文化熏陶一般。再加上相当说得过去的成绩，我的形象哗的一下就高大了起来。

每当老师当着全班的面夸赞我作文写得好，并把这些引用自游戏台词的句子读出来让大家学习的时候，讲台下的我都会把脸埋在手臂里偷偷做出仿佛恶作剧得逞一般的笑——是小时候对只偏重成绩的学校和家长的自以为是的小小反击。

那时的我，拿起手柄就能化身劈开荆棘斩断黑暗于危难之中扭转局势识破阴谋保卫世界的主角，拨动摇杆就能变成弃一切于不顾千里迢迢从远方赶来只为拯救挚友的英雄，跟充满惊奇和危险的异世界中一往无前的勇猛比起来，早饭的豆浆油条、不断重复的考试、每周都要打扫的教室、老师布置的家庭作业，不过是一些烦琐的鸡毛蒜皮罢了。

为了买游戏，在各种实体游戏杂志盛行的时候，我一度非常热衷于投稿游戏评测与攻略，搞到游戏的试玩版，然后细细品味并写出详细冗长的评价，换来的稿费再用来买游戏的正式版，对这电子海洛因来说，正可谓"以贩养吸"。

其时，我曾在网络上看到过一个视频，内容是一个老和尚煞有介事地告诫世人，在游戏中杀人的罪业和真的杀人相同，游戏行业堪比屠宰场，无论是玩家还是开发者或是宣传公司，大家将来通通都是要下地狱的，都要在无尽的痛苦中偿还在游戏里欠下的命债。

还记得游戏界的老规矩吗？我对这个视频自然是嗤之以鼻，还想管我打游戏？喊，你算老几。要是视频里的逻辑是真的，那在游戏里救人的话应该也跟在现实中做善事一样了。

这样的话，我在无数 RPG 中通关时拯救世界——有时甚至是拯救整个宇宙，当然，多个宇宙我也是拯救过的——所造的善业岂不是大到没法算，要知道，就连打《质量效应》我都从来只选模范路线啊，阻止人类被收割者毁灭的同时还拯救了那么多外星种族的我一定已经立地成佛很多次了。

我并没有因为在游戏中所做的恶业遭到什么报应，甚至偶尔走路还会捡到钱，连学习成绩都没有受到任何的影响。当然，与之对等，也没有因为维护世界和平拯救地球保卫银河系而得到什么奖励。

现实中我依然是个得省吃俭用从牙缝里抠零用钱才买得起游戏的穷学生，相貌平平，远不及吴彦祖，没有超能力，也成不了英雄，别说舰长了，我连收作业的班长都当不了，拯救或毁灭世界的力量对我来说就只是妄想而已——能做的最有骨气的事情只是打游戏要么买正版要么就不玩而已。

那时候的我自然想不到以后的某一天自己也会成为一名僧人，不过没变的是即使舍弃了发型也依然没有放下手柄——虽然这种程度的"不忘初心"并不能让人感到欣慰就是了。

当然，因从念起，果从业生，我对"游戏杀人下地狱"的说法也依然保持着不屑一顾的态度。你看，玄奘是僧，李叔同是僧，做视频的人也是僧，虽然都是光头，但大家的差异还是很大的。

至于我，在离提交选题的截止时间还有十二个小时的时候终于放下了手柄，痛苦地抱着头坐在了书桌前。

如果说学习是没人愿意靠近的陈年洗碗池，那论文就是其中埋在最下面的、年份最长的、已经开始长绿毛的油腻脏盘子。

你知道那盘子很脏，并且越放越脏，已经长满了绿毛，再不洗就要开始长蘑菇了，但是它实在是太脏了，所以你更加地不愿意去碰它。但同时你也知道，你迟早有一天要用到那个盘子，总有一天你不得不去清洁它，但是它实在是很脏而且越来越脏。于是你就开始纠结，但在纠结的同时时光飞逝，那个陈年老盘子还在不断变得更脏，于是你变得更加纠结。

我的意思是，总而言之，面对论文，我很痛苦。

似千钧压顶万山难越，长吁短叹夜不能寐，食不知味寝难眠，魂飞魄散意难平！

对着摊满书桌和电脑桌面的文献，我只想捂着脸打滚。纵然思绪万千，但也都是关于刚刚放下的游戏，还差一点就满级了，刚刷到了紫色的掉落，不知道下一次能不能刷出金色的枪，随机组到的队友好有趣，我觉得这个 BOSS 应该那样打。

其实我很长时间以来的想法都落入了"能帮助学习的游戏才是好游戏"的窠臼，说什么不影响学习成绩、补充课外知识，这都是用来说服家长的借口而已。而事实上长大后没有了需要被说服的人，我也就慢慢意识到游戏的目的是娱乐，对一个游戏来说，能让人玩得开心就算是功德圆满了，其余的都是副产品。

当然，学习总归不能算是一件坏事，只是跟游戏比起来它实在是太过枯燥和无聊了，要是学习也能跟打游戏一样有趣就好了。

要是学习也能跟打游戏一样有趣就好了。

念及此，正在打滚的我突然福至心灵，在离截止时间还有八个小时的时候从床上——是的，我已经躺在床上了——跳了起来直奔电脑。

隔天，我把"利用电子游戏的反馈机制来增强教育的持续性"和"通过电子游戏来改进课程设计"两份题目交给了导师。

导师看了看，皱了下眉，然后礼貌地回复说："这选题很有趣啊。"

"谢谢，这可是我熬了好几夜才想出来的。"

当然，你也知道，我熬的夜都用来打游戏了。

后记 ~

那篇论文写了三千字以后，我就因为实在是写不下去把方向改了。

报
应

国行 *Xbox One* 上市时

作为索尼的忠实用户

我狠狠地嘲笑了微软

国行没出路

然后

国行 *PS4* 上市了

我的室友马里奥

刚搬来墨尔本的时候，我的室友还不是马里奥。

我住在墨尔本的郊区，不知道是不是因为房租便宜的关系，整栋房子的隔音都很差，而似乎不少国家的人都非常地喜欢开 party，比如住在我隔壁单元的那位。

离城市很远，午夜我所在的街区可谓万籁俱静，连三十米外邻居的音响里在播放什么曲目都听得一清二楚，仿佛身临其境。这一首是马老五（maroon 5）的《付费电话》（*Payphone*），上一首是水果姐（Katy Perry）的《滋花》（*Firework*），音乐很热闹也还算好听，要我一直这样和着低音炮传来的震颤动次打次地听下去也不是不可以——如果不是第二天我还要在凌晨起来去打工，然后紧接着去上一整天课的话。

穷学生的睡眠时间可是很宝贵的！

虽然是邻居，但我刚搬来不久，大家也互相不认识。躺在床上大约辗转了一首歌的时间，我放弃了去隔壁敲门干涉的念头，而是果断地选择了给社区打投诉电话。

然后大约二十分钟后，我就听到了隔壁曲终人散的声音。

"真好啊。"我翻身调整了下睡姿，对自己说道，"躺在床上打了个电话就维护了社区和谐。"

不善交际的我很喜欢这种不用自己出面就能解决问题的制度，当时的情况，如果投诉没有用，跟穿好衣服去隔壁敲门沟通比起来，我宁愿选择去报警。

马里奥是我的同学，虽然我们所学的不是一个专业，但同在一个校区，有些课甚至还同在一个教室——当然，不在同一个时间段，经常是我下课出教室的时候他上课进教室，所以我们也算是经常会遇到。

我跟马里奥正式认识是在学校的一次活动上，他坐在我旁边。

自我介绍时，我内心的脚本是这样的——

我先问旁边这位外国小哥的名字，如果他叫保罗，我就说"保罗你好，我是明安"；如果他叫约翰，我就说"约翰你好，我是明安"；如果他叫杰克，我就说"杰克你好，我是露丝"。

总之就是礼貌地重复对方的全名，然后再报上自己的名号就可以了，真是简单又帅气的计划。

然后第一步就出错了。

被问到名字时，小哥抬起了灰色的眼睛，礼貌地咧嘴笑了下，说："你好，我叫 Pierluigi Mario Michelin De Palma。"

……啥？

这是一个长到超出我认知的名字，发音也异常地佶屈聱牙。一番挣扎后，我从那一长串音节中找到了自己唯一能发出音来的一段：马里奥。

如此，Pierluigi Mario Michelin De Palma 就变成了马里奥。

马里奥是意大利人，所学的专业是工程……再具体我就听都听不懂了，他了解各种我看一眼都会立刻大脑死机背过气去的公式和机械。其时在我的认知中，相对很循规蹈矩按部就班的我而言，马里奥这样的外国人应该都是显得很不羁的，比如受着不同文化的熏陶也仰仗着高福利的支撑勇敢去做自己，努力追梦或者环游世界什么的。

于是我便在晚饭闲聊时顺便询问马里奥："选择这个专业是因为你自己喜欢吗？"

"不。"马里奥有些不好意思地挠了挠头，自嘲式地笑了一下，诚实地回答说，"是因为好找工作。"

然后我也被对方反问了同样的问题。

"当然是因为喜欢了。"我也诚实地回答道。

"哦！你们中国人可真不羁！"

……咦？

初时，我每天上课下课打工打游戏，过得也算是怡然洒脱。而马里奥则与我相反，一直发挥着似乎是与生俱来的无上热忱，从社团登山活动到老年社区服务志愿者，从代码竞赛到药物试验，到处都能看到马里奥活跃的身影。除了专业是为了就业方便而选择的之外，马里奥几乎是全身心地在热爱着生活。

当然，除我之外马里奥也还有不少其他的中国朋友。有段时间他突然开始学起了中文，热衷于俚语并急于把它们投入实际使用，学有小成后凑巧在学校走廊遇到我，他便堆起笑脸、热情洋溢地用不知道从哪里刚习得的中文对我说："Hi！你瞅啥？"

……马里奥啊，讲真，我觉得教你中文的那个人可能没安什么好心。

住在学校宿舍的花费会比租住周边房子的花费高很多，而学校周边建筑的房租也会比郊区的房租高出很多，毕竟就算是在发达的资本主义国家，方便和便宜也是不能兼得的——你看这两个"便"字连发音都不一样。

为了省房租，在学校宿舍住了一个学期后，马里奥也和我一样，选择了搬来住郊区。而我还狭隘地认为，既然马里奥一开始就住在了学校的宿舍，那他肯定会一直在那里住下去。

所以第二学期伊始，当我出门去上课，没走两步就看到马里奥正从隔壁房子走出来时，我还是有些吃惊的。

其时我们互相认识已有半年，虽算不得挚友，但也到了见面起码要打个招呼的程度。

"哎呀！马里奥！你现在住这里啦？什么时候搬过来的？"

"哦，你也住在这附近吗？"马里奥见我，也是一惊，随后答道，"我上周才刚住下，搬过来的时候还开了个暖房 party……"

"这等好事居然不提前通知我！"我随口揶揄道。

"本来是想问你要不要来的，可惜 party 才到一半就被人投诉了。"

"……哦。"我深深地吸了口气，"那可太可惜了。"

绝对不能让他知道那个投诉的人就是我。

成为邻居后我跟马里奥的往来变得频繁了起来，闲聊时经常交换我们对彼此国家奇怪的误解，间或听他抒发对家乡风物的想念之情，我也乐得了解一种完全不同的文化。跟我比起来，他这人异常地热情好客，他甚至真的会邀请我去他家一起学习，比如互相当听众来练习演讲，比如一起头脑风暴来备考。

"你知道吗？在我的文化里，朋友之间相约一般都是去看电影打游戏或者吃饭，约时间一起学习这事真的太奇怪了。"我说，"没有人喜欢学习，没有人。"

我的爱好一直算不上大众，游戏里我喜欢《合金装备》和《质量效应》之流，电影里我喜欢《星际迷航》与《星球大战》系列，还有各种冷门的漫画和小说，比如《银河英雄传说》。当然，这些都绝算不上是冷门到无人知晓，甚至有的还算是家喻户晓的作品，比如《星球大战》和《高达》算得上是两个人人都听说过的名字，但像我一样连事件年表都能背下来的恐怕就没几个了。

身边同龄的朋友里几乎没有人跟我有一致的爱好，我也就像一个真正的死宅一样一个人默默地把这些爱好维持了十几年。

所以当国内我的好友路西法发微信告诉我他买了一套《银英》准备入坑的时候，我就好似地下党遇到了革命同志一般高兴。

当马里奥说他准备跟朋友补齐《星战》系列，并邀请我一起去跟他们观看系列老电影时，我的内心几乎快要被"他乡遇知己"这五个字填满了。

看电影的时候我一边说着"愿原力与你同在"一边把新画好的两张《星战》的素描送给了马里奥。

除了电影之外我对游戏的喜爱在朋友中也算是尽人皆知，基于"礼尚往来"的共同传统，马里奥找机会送了我一盒游戏——当时刚刚发售的 *XCOM 2*（《幽浮 2》）。

因为自己没有什么自制力，在大一的时候我就放弃了在 PC 端玩游戏的习惯，电脑也换成了完全不能游戏的那种，我把对游戏的所有热情都投入在了 PS4 之类的家用机上，单机、很少联网、离开家里的电视就没法玩，完全预防了我对游戏的过度沉迷和可能由此导致的挂科。

而 *XCOM 2*，是一款 PC 平台独占的游戏。

像只能被束之高阁当作友谊象征的 *XCOM 2* 一样，我跟马里奥互相赠送了很多除了象征以外完全没有任何意义的东西。

比如他在中秋节做出的八成熟的中国传统月饼，装在精致的保险盒里，让我腹泻了三天。

比如我送去的十分好用的餐具筷子，被马里奥当作饰品——插在了头上。

除此之外，马里奥还是个素食主义者，当然，跟我不同，他信仰的是"减肥"和"素食更加健康"，但不论如何，在进食口味上我们算得上是一致，何况除了八成熟的月饼之外，马里奥的厨艺也称得上一句纯熟。

"马里奥马里奥！我家冰箱出问题了，麻烦你做饭的时候给我也做一份！"

"好的没问题，你家冰箱怎么了？"

"里面没吃的了。"

"……"

再后来，马里奥的室友毕业搬走，我的房租合约到期，我跟他就干脆搬到了一起住——你知道，在国外能遇到十分处得来的室友实在是一件很难得的事情。

闲暇时我经常会买些电影在家看，马里奥也经常会加入进来同我一起。我们就一起坐在客厅的地毯上，屋里没开灯，忽明忽暗的电视机是整间屋子里唯一的光源。

"好像明天该除草了。"我说。

"是啊。"他心不在焉地盯着电视回答。

那一刻，我觉得我们像是一对结婚三十年，孩子已经长大并且已经搬出去自己住，丧失了生活的热情每天都只是平淡地度过，连架都不曾吵过只是在凑合着过日子的暮年老夫妻。

钱

这种东西

我没有

夜谈

（一）~

"真的，光是听你讲我的尴尬症都要犯了。"

坐在我对面的小李一边递过一杯布丁奶茶一边对我说。说来惭愧，活了这么些年，我第一次喝布丁奶茶居然是在墨尔本，不过它真的好好喝啊。

（二）~

小李是学金融的，或者是学经济的，也可能是税法什么的——我对隔壁校区的专业真的不是很了解，总之，小李是我在南半球为数不多的朋友之一。

今天上午八点是小李的论文死线，在图书馆通宵奋战了一整夜后，她终于赶在死线前把作业上传到了学校的服务器上。

"可是啊！"小李一脸愤恨地说，"我居然忘了点确认提交！"

这是学校今年在网站上做出的新变化，单把作业上传到服务器上是不够的，你还需要点一个确认条款，看起来像是一个关于隐私政策和保证没有剽窃行为的用户协议，确认后作业才能算是正式提交。也就是比之前多走了一个形式，这倒无可厚非，但是！网页上的确认按钮实在是太隐蔽了，你需要猛烈地往下转两圈鼠标滚轮，然后才能在屏幕右下角一个不起眼的地方找到它。

"于是我根本就不知道这玩意儿居然还要确认。"小李的语气十分痛苦，"等发现的时候死线已经过了六个小时了。"

对于上交时间超过死线的作业，每个系的政策都不太一样，我们系一向是以宽松闻名，一份作业，每延迟一天只会被多扣除百分之十的分数，而小李的专业似乎就要严格很多。

"啊，我可不想因此挂科啊。"小李快哭出来了，"来陪我吃消夜去，缓解一下我自杀的倾向。"

学校对于上传作业的新政策杀了很多人一个措手不及，而我恰好也是其中之一。

上周，我披星戴月地泡在图书馆和电脑前，终于拼在死线前三天写完了两千字的文献综述，把文档上传到服务器的那一刻，我如蒙大赦，内心无比平和安详，感觉一迈步地上就能开出莲花。

但是，跟小李一样，我当时根本不知道还有"确认提交"这回事，等我发现的时候，死线已经过了两个半小时。

"真是太坑人了！"小李愤愤地说，"这根本就是资本主义的陷阱！"

这边的学校是这样的，挂科后是没有"补考"这一说的，只能重修。而重修就意味着要把挂掉的课花上十几周重新再上一遍，同时，理所当然地，也要再交一遍该门课的学费——而对我们来说，若是没有奖学金的话，学费真是贵到让人想躲进深山日夜苦唱《白毛女》。

以至学生之间多年来一直流传着一个传说：每当学校大兴土木盖新楼的时候，就是挂科率升高的时候。

我们甚至还据此推导出了一个公式：

（学校新楼的面积 × 每平方米土地价格 + 盖楼所需时间 × 建筑工人平均时薪）/ 单科的学费 = 今年新增挂科人数

而这学期学校正在盖三座新楼，外加翻修停车场。

我是在提交另一门课的作业的时候发现"确认提交"按钮的，内心狂吼大事不好急忙去另一门课的页面确认提交的时候一切已经来不及了——像前面说的，我迟了两个半小时。

当时已是深夜，我先是在学生聊天室发了个帖子提醒大家新出现的"确认提交"，但是并没有收到任何回复，看起来整个系好像只有我一个人犯了这个愚蠢的错误，当即就感觉心下一片凄凉。

然后我又在睡前给教授发了一封邮件，邮件中诚恳地表示了由于自己的疏忽没注意到确认提交很是悔恨，解释说我并没有延迟完成文献综述，甚至附上了调出的系统操作记录来证明我在三天前就上传了文档。整封邮件言辞恳切姿态谦卑、切中要点证据充分，而且在重点之后的篇幅也十分之长，充满了对教授源源不绝的崇敬和自我反省的懊悔之情。

那一夜我辗转反侧，隔五分钟就抓起手机刷新一下邮箱，以犯罪嫌疑人等待判决的心情忐忑不安地等着教授的回邮。

直到清晨我也没有收到新邮件，倒是发在聊天室的帖子开始有了回复。当时发帖的时候已是深夜，几乎所有人都睡了，所以才没有立刻就收到回复，而天亮时再看帖子的评论区，已是哀鸿遍野。

大家纷纷哀号"我也没确认""我 × 大意了""没想到学校还有这手""来吧向我开炮，我已经准备好重修了"。

随后我也收到了教授的回邮，我几乎是颤抖着点开邮件的，然后发现面对我长得好似一篇论文的邮件，教授只回复了简短的两个字。

"没事。"

那一瞬间，我的心情极其复杂。

一方面，短短两个字意味着我的作业延迟既往不咎，让我几乎喜极而泣。

另一方面，我躺在床上辗转难眠时预测了教授的各种可能回复，然后还针对不同的可能性提前写好了对应的回复邮件。

有教授还是决定严厉扣分后的追加证据，为了证明我真的在死线前完成了作业，我甚至都准备好了带有时间信息的照片；有教授温和决定放过我的感谢致辞，其中有三大段对教授的称赞和两大段我的无尽感激之情；有教授模棱两可时的加码，其中包含了留学生生活的不易和我自身经济状况的艰辛，再加上几句我对学术研究的向往，感情真挚，低回婉转，如泣如诉。而教授的"没事"二字实在是太过言简意赅了，让这些准备好的回邮全部失去了作用。

那封邮件真是在一瞬间让我经历了人生的大起大落，险些就要顿悟了。

而小李经历的情况跟我差不多——也是一样地心情志忑。所以她才在晚上从另一个校区驱车赶来，拉着我一边吃消夜一边诉苦。

穷学生独自在海外读书真是经常就会充满莫名的艰辛。

"所以你也应该没事的。"我说道，"有一大半人都折在那个确认提交上了，学校总不至于把我们都挂掉吧？"

"啊，你这么说我就放心了。"小李说着，又喝了一口奶茶。

（三）~

"说起来，你跟小周还有联系吗？"突然想起了一件事，我问小李道。

"朋友圈的点赞之交而已，怎么？"

"我之前偶遇到她了。"

小周是我跟小李共同的朋友，虽然小周跟小李更熟悉一些，但跟我在同一个校区。

我们系楼里有一个很棒的自习室，占地一整层楼，有空调有暖气，有地毯有桌椅，有数不清的小隔间和 Mac 与 PC，有厨房也有休息区，从咖啡机到自动售货机各类设施一应俱全，实在是个难得的好地方。

我系自习室环境如此绝佳，堪称冠绝全校，于是我在没课时都会选择泡在里面。

唯一的缺陷是，自习室的自动感应门好像是坏的，每次都感应不到我。加上我基本上每次都会很早去然后很晚离开，所以鲜有同时进出的同路人，于是，面对对我视而不见的自动门，在"我很需要进入自习室"的心情中，我每次都会选择用手把门扳开——所幸这门也不是很倔强，只要在扳的时候稍微使点劲就好。

直到有一天，我在下午的时候才朝自习室进发，其时正好有一位同学走在了我前面，她走到自动门面前时，门没有动。

"这门果然是有问题，谁都感应不到。"当时的我是这样想的。

然后在我前面的同学从包里翻出了学生卡。

在旁边刷了一下。

"哔"的一声以后。

门自动开了。

其时，我靠手动扳门进入自习室，已有月余。

在我目前还不算长的一生中，头一次，我觉得自己是如此地愚蠢。

前面的同学刷完卡，一回头看到我，露出了明快的笑容，用非常熟悉的口吻跟我打了个招呼："哎！你也来这里啊。"

那个人就是小周。

当时，我完全没有认出面前跟我打招呼的小周是谁，迅速地搜索了一遍记忆，还是没想起来，我对向我表现出熟络的小周，一点印象都没有。

我的记忆力在很多方面一直都很糟糕，比如背过的东西只要考完试就会立刻忘记，比如要非常努力才能记住路，即使在学校里也经常会迷路绕远，比如……记人也非常地不在行，也就是脸盲。

所以我经常会遇到这样对方热情向我打招呼，我却根本不知道对方是谁的情况。而且对方表现出的熟络和热情也经常让我不好意思去问"不好意思你是谁"。对方记得我，我却完全不知道对方是谁，这样太不公平了，虽然真的不是故意忘记，我还是会感觉自己像个做了错事的罪人一样，于是每次都只好强装熟悉也热情地把招呼打回去。

内心感觉十分尴尬。

这种情况在国内的时候发生得很频繁，但在墨尔本也经常发生就实在是说不过去了。

这里上课几乎没有"班级"这个概念，大家各选各的课，有讲座有小组，这节课在同一个教室，下节课就天各一方。下课后离开教室，大家也大路朝天各走一边，再加上我跟路痴一样与生俱来的脸盲，即使本专业里有人所选的全部课程都跟我一致，只怕我也认不出来他们是我同学。

所以，对"上课的时候根本不知道回头跟我打招呼说哎呀你也选这个课了啊的外国同学是谁"这件事我是认命的，毕竟，脸盲如我，不熟的外国人对我来说基本上都长一个样。

我在海外的时间不算长，认识的人很少，朋友也不算多，其中中国人更是屈指可数。

而就打招呼的方式来看，小周是一个明显跟我很熟络的中国人。打完招呼后，在几句简单的交流里她就表现出了对我的专业、课程，甚至是成绩的熟悉，完全不像是跟我没怎么说过话的点头之交。

她好像跟我还蛮熟络的，分析到这里，我对"自己还是完全想不起来跟对方认识"这件事便更加觉得愧疚了起来，"不好意思，我不记得你是谁了"这句话更是无论如何也说不出口了。

接下来，我从后续的聊天中又提取出了"小周在读我上学期上过的课"这个信息，推测对方应该是低我半级的学妹。

如此一来我变得更茫然了，我连自己年级的人都不认识几个，更别提低年级的了——根本就是一个都不认识啊。

难道是在社团认识的？不可能，社团里的朋友全是跑一步都要喘三口气的死宅，不存在小周这种类型的女生。

或许是在什么派对上认识的？也不可能，我根本一个派对都没有参加过。

会不会是系里举办的什么活动上我们聊过天？还是不可能，系里的活动我参加得很少，而且全都是在同级生之间举办的。

所以她到底是谁？我们究竟是怎么认识的？她为什么对我如此熟悉？

我全无头绪。

不管怎么回忆，我对面前的小周还是一点印象都没有。

但既然对方跟我如此熟络，我也只好硬着头皮忍着尴尬继续聊下去了。在聊天中我本着"不能让她知道其实我不认识她"的原则，只对已经得到的确定信息展开交谈，心想这样就一定不会露出马脚了。

而我当时得到的信息也只有通过"她在读我上学期上过的课"推导出的"她是低半级的学妹"这一点了。

于是我就紧抓着自己学长的身份，把聊天的主要内容控制在了"学长对学妹的建议"上，着重向她介绍了学校的周边设施和交通，以及，对她正在修的那门课接下来会遇到什么样的作业和论文进行了提前告知。

"哈哈哈哈哈哈哈哈哈，你说你以为你是小周的学长？"听到这里，小李终于忍不住大声笑了出来。

"嗯。"

"而且你还以为她不知道这门课接下来会遇到什么？"

"是的。"

"然后你还真的像一个学长那样很有经验地跟她讲了那门课的组成？"

"没错。"

"哈哈哈哈哈哈哈哈哈哈哈哈哈！"

说到这里，小李已经在对面笑到缩成一团，就差在地上打滚了。

跟我不一样，小李几乎从不脸盲，她知道小周是谁，而且她也知道我跟小周是如何认识的。她知道这些，所以才能笑得如此狂野。

要说我和小周是如何认识的，就不得不提到一场饭局——我跟小周是在那场饭局上认识的。

而那场饭局，其实我本来是不该，也没有资格去参加的。

那是在上学期结束的时候，彼时成绩已经出来了七七八八，有没有挂科大家自己心里也都有数了。我当时已知的成绩都处在最高分段，心情自然算是还不错，从教室出来去隔壁打印文件时看到有几个同学聚在一起聊天，其中有不少相识的，他们跟我热情地打过招呼后我也就加入了聊天，大家就一起东一搭西一搭地闲扯。

其时已接近晚餐时间，他们决定向说好的餐厅移动，我也就很自然地一同加入了进去。

席间，大家吃得还算热闹，只是气氛似乎有些低落——从我一开始加入聊天的时候他们的气氛就很低落。

闲聊时有人问我说："哎，那你是挂了哪门啊？"

"我？"我不经意地随口回答道，"我都过了啊。"

一句"我都过了啊"一出口，所有人突然都安静了下来，大家都开始用奇怪的眼神看着我。

那时我才知道，他们都是因为挂科了需要重修所以才聚在一起，决定用吃饭来缓解挂科后沉郁的心情。

而一个没挂的我就这样自然地跟了进来，而且还相当后知后觉。

那一餐我吃得很是尴尬，得知真相之后基本全程都保持在一句话不说埋头猛吃的状态上。

说实话，再说话我怕我会被打……

而小周，就是跟我在那次尴尬的聚餐上认识的。

我，身为一个没挂科却来跟重修组一起吃饭的白痴，辨识度一定很高。

（四）～

"我当时根本不知道小周已经上过一遍那门课只是在重修而已。"我说，"我以为她是第一次上，于是就对她进行了指导。"

"你还详细跟小周说了教授以后会布置什么作业是吧？"小李接道。

"是的，我还帮她分析了期末的论文选题——而小周她在上次都写过一遍了。"

"真的，光是听你讲我的尴尬症都要犯了。"小李又喝了一口奶茶，

"想替你爆炸。"

"等回到家里我想起小周是谁的时候自己都快尴尬死了，自行在房间里打了三千个滚才缓过劲来。"

"哈哈哈哈哈哈哈哈哈，这个世界上怎么会有这么蠢的事情发生，哈哈哈哈哈哈哈哈。"

"小周好像也住在我家那片区域附近……"我啃了口豆腐，"下次遇到我就解释说因为一直以来我都没有朋友，从小就没有需要记住的人，所以后来也记不住人了如何？还可以渲染悲伤的气氛！怎么样？是不是有潸然泪下的效果？是不是一下子就能被原谅了？"

"你还是祈祷永远不要再遇到比较好。"小李说，"太尴尬了，想替你爆炸。"

……嘭。

反驳

虽然我没钱

但是

我穷啊

笑而不答心自闲

我想要自信起来，我想让自己喜欢上自己，那就先从直面不完整的自己，正视和尊重有无数缺陷的自己开始做起吧。

You hurt my feelings

过年前在饭馆里，妈妈讲到她刚开始上学的儿子。她是新移民，儿子出生没多久就跟她来了加拿大。

"有一天他放学回家居然对我说：'You hurt my feelings.'真是不懂事。"那位妈妈顿了一下，带着嘲笑的口气继续说道，"他才多大，能有什么 feeling 啊？再说了，我还不都是为了他好。"

小孩子真的很懂事，坐在一边也不说话，是个很棒的小男孩。我很羡慕他在七八岁的年纪里就能找出自己难过的原因，而不是哭闹和乱发脾气。他意识到自己的感受被伤害了，他也很坦白和直接地表达了出来，这实在是太棒了。要是那位妈妈能放下成人莫名其妙的自尊认真听到孩子的话就好了。

但她近乎自傲的自尊心是不会允许她那样做的，放下身段去倾听需要把自己放在和孩子同等的位置，而道歉更是需要意识到自己有错，要面对自己的错误、承认自己的缺陷可实在是太难了，根本就是否定自我的心理自杀，还是否定别人更容易些。自我意识过剩是所有成年人都迈不过去的一道坎，何况小孩子能懂什么，把他的尊严杀掉用来滋养自己的自尊又有什么不好。

可我还是很羡慕那个小孩在七岁就能说出 "You hurt my feelings" 这句话。我小时候觉得难过就只会憋在心里，不知道如何表达，而且就算说出来也不会有成年人愿意认真听的，憋久了、憋多了、委屈指数超标了，就会开始毫无目标地乱发脾气。

现在的我也是个自尊黑洞，疯狂汲取能得到的一切尊重，被当作平等的人对待一次能开心一天，被认真关心一次能开心一整年。除夕夜里给我导师把准备发表的论文发了过去，她第二天一早就回复我说谢谢你的效率，不过中国新年你怎么也在工作，休息一下也是可以的。这封邮件即使明年想起来我大概还是会悄悄笑出声的。被当作人来关心的时刻对我来说实在是太宝贵了。

但我自己是没有办法产生自尊和自信的，我没办法自己喜欢自己，我必须要向外界索取才行。所以也经常会为了得到友善对待而疯狂讨好别人，生怕会被人厌恶，吃饭时经常连自己想吃的菜都不敢点，万一我点的菜有人不喜欢怎么办？他会不会因此看不起我或者厌恶我？我更喜欢日料而朋友喜欢中国菜，我若提出去吃日料朋友会不会因此疏远我？我喜欢吃甜食而不是辣椒，喜欢吃辣的朋友要是知道了会不会在心里嘲笑我？其实我今天很累了不想出门，可若是拒绝他的邀请，他以后再也不找我了怎么办？希望别人可以喜欢我，只要别人开心就好了，至于自己怎么样从来是无所谓的，我不关心自己。A typical people pleaser（典型的讨好别人的人）。但有时候连尊重的残渣都吸收不到，就又会变得自怨自艾烦躁易怒。

事实上后来在社交网络上走红这件事成了我的 ego booster（自

我助推器），它给了我从未有过的很多很多的自信，不然我现在很可能已经是一个充满怨气而不自知的阴仄的人了。

今天险些跟朋友吵架，因为他说了一句"我说什么你怎么做就是了"，让我一下子变得又难过又愤怒，我也想被尊重啊。但 people pleaser 的性格及时 kicked in（生效），总算是没有真的吵起来。

冷静下来的时候我说出了这辈子的第一句 You hurt my feelings，也认真地对自己险些失去理智的事情道了歉。已经二十多岁了，却是生平第一次没有把感受憋在心里。直白地说出来以后果然好受了很多。想要自信起来的话一直从别人那里索取是不行的啊，我想要自信起来，我想让自己喜欢上自己，那就先从直面不完整的自己，正视和尊重有无数缺陷的自己开始做起吧。

自己的事情自己做

人生天地间

如白驹过隙

不要让别人否定你

你要自己否定你自己

Here I am

　　我在《水形物语》里遇到的第一个泪点是剧情快要过半时女主角用手语说出的台词："When he looks at me，he dose not know what I lack or how I am incomplete. He sees me for what I am as I am.（他看着我时，眼里映出的不是我缺少的部分。他眼里的我就是我，是完整的我。）"

　　前年第二学期的时候，我们组里的一个项目是设法让一位有视力障碍的学生融入本地的社区高中。那是我第一次参与研究项目，何况又是帮助弱势群体，这让我在工作的每一天都充满热情，并且自我感觉良好。我们针对那个十六岁的视障少年的特殊情况准备了很多辅助工具，适合他阅读的特殊教材、帮助他看得更清楚的辅助设备——多到让他周围坐不下其他同学。我们的所有计划都是针对他有视力障碍这一点而实施的，一切都进行得很顺利，他读得了教材，看得到黑板和投影，可以完成也可以按时提交作业。

　　一切看起来都非常顺利，一篇成功的论文呼之欲出，而且在过程中我们还帮助了一位少年，我获得了无上的满足感，真的是太好了。

十六岁的视障高中生名叫 John，在他母语里的意思是 "gift from god" ——来自上帝的礼物。John 是一个安静又沉稳的人——至少我们都这样认为。他不像其他同龄人一样好动，即使在课间活动的时候他也只是安静地坐在自己的座位上；午饭时他也只跟学校的老师坐在一起，跟同龄人比起来，成熟的他似乎更喜欢跟成年人聊天。

这就是我们随随便便得出的结论——没有一条是对的。

John 在课间坐着不动是因为杂乱的桌椅于他而言是无法逾越的障碍，而午饭时间和教师们坐在一起是因为他没有办法在学校交到同龄的朋友。

我们直到学期快结束的时候才发现这点。在我们眼中 John 就只是一个有视觉障碍的学生而已。"视障"和"学习"是我们在他身上看到的仅有的两个关键词，我们的一切筹划也都由此展开。而事实上，John 不只是一个"有视觉障碍的学生"而已。John 是一个十六岁的少年，他喜欢 Pink Floyd（平克·弗洛伊德），也喜欢我们的工作，他说"让这个世界稍微变好一点，这很酷"，他的头发是黑色的，眼睛是灰色的，他不喜欢吃牛油果，他的个头很高，他的视力不太好，他支持同性婚姻合法化，可是年纪太小没有办法投票——John 是一个如此丰富的人，可我们的眼里只映出了他的缺陷。

John 有那么多精彩的部分，可我们只看到了他没有的那一小块。

这件事让我愧疚了很久，我们在一开始给予 John 的自以为是、居高临下的帮助并不是他真正需要的东西，就像是苦劝子女早早结婚生子的家长，就像是逼着学生做超量作业的班主任，就像是掌握了宇宙真理每周都会来敲门的传教士，就像是到处主动教人做人的教徒和微博网友。

同办公室的另一个组同期进行的项目是追踪被学校开除的学生。被开除以后他们去了哪里？结论是转去下一所学校然后继续被开除。原因之一是学生的资料上会指出该学生被开除过，教师在见到学生本人前就已经形成了不好的印象，会引起下意识的敌对。

而他们最后的解决方法和我们的出奇类似：Treat them with dignity, listen to them, talk to them, and find out what they really need. Also, get over yourself, this is not about you.（有尊严地对待他们，去听他们说话，去跟他们说话，找到他们需要的东西，而不是你以为他们需要的东西。）

这让我意识到了自己很久以来一直没注意到的东西，大概就是从那次的项目开始，我开始意识到了何为真正的"体谅"和"善意"，也意识到了关注个体的"人"的重要性。因为我也是这样，我在这里，我想被看到，我想被听到，我想被注意到，与此同时，我也想要去注意到他人——平时没有人会注意的他人，像是有视力障碍的少年，像是不停被学校开除的高中生，又或是像其他每一个人一样普普通通的人。

超能力

我能分辨兔子的公母

因为

《木兰诗》里说

双兔傍地走

安

能辨我是雄雌

胡支书

　　小胡是我初二班级的团支书，我跟他不熟，更称不上是朋友，只是一次课间的时候我和他正好都在教室外发呆，就顺便闲聊了起来，说到未来，我说以后想做老师。

　　"加油，你没问题的。"小胡坐在二楼外围的栏杆上一边晃着腿一边回答。

　　然后我就愣住了。在家里几乎没有听到过鼓励的话语——你知道我即使考试满分，回家后也会被家长端着试卷详细挑错然后告诉我，我跟这个分数并不配的；在我的认知里，跟同龄人相处的状态也只有互相打屁挖苦讽刺——我经常都是那个被讽刺的人，但笑一笑总是可以显得合群的。以至于当时的我完全理解不了自己听到小胡那句话时心里产生的感觉。我不知道要如何回应，像噎住了一样一句话也说不出来。不过幸好没过多久上课铃声就响了起来，我抓住救命稻草一般头也不回地冲进了教室。

　　在此后很长的一段时间里，那天课间时如鲠在喉的感觉都一直挥之不去。又过了很长时间，我才意识到，那是一种跟我狭隘的认知里人类仅有的相处状态完全不同的，我此前从来不知道但是确实存在着的，另一种更好的相处方式。

说来无非就是"友善"这两个简单的字而已。

我跟小胡并没有因为那次的交流而成为朋友，事实上那天在课间简短的对话是我初中三年里跟他唯一的一次交集。毕业的时候我连他的联系方式都没留，那句本该脱口而出的"谢谢"也就一直没有机会说出口了。

我现在做着助教，偶尔会辅导辅导本科生，勉强算是把当年胡诌说下的愿望实现了。但我一直都没有成为像小胡一样的人。说来无非就是"友善"这两个简单的字而已，但想要做到实在是太难了。跟人相处时我总是会本能一般地找到吐槽点，然后开始疯狂挖苦讽刺，经常在事后很久才会意识到对方的感受，这真的很恶劣。

我跟小胡从来都没有成为朋友，但每念及初中的那三年，那天课间时跟他的简短交集和自己涨红着脸说不出话的窘迫却总是历历在目。我已经成年很久了，但还是希望有一天自己可以成为像十四岁的小胡一样的人。

我没有朋友

青山师最近看了很多负面新闻

关心地对我讲

无论如何都不要轻生

一定要爱惜生命

我说

那你借我点钱

他想了想

说

要不你还是去死吧

十分钟的好人

　　我以前上学的时候感情淡漠又不爱联系人，经常很多年上下来连班上同学的名字都叫不全，毕业后也很少会和人保持联系。可前些天在上海的时候，一个五年没联系过、现在在当地读博的老同学却突然联络过来，说无论如何也要请我吃顿饭，盛情难却，我也就答应了下来。

　　当时他跟我住在一个宿舍，但我对他的了解也仅限于"他好像是贫困生"而已，我甚至都不确定他是。一次下课回到宿舍，他接了个电话，面色突然就凝重了起来。我看他着急的样子，随口问了句出什么急事了吗，他也没回答，就说要回趟家。我看他着急，就捎带帮他往书包里塞了些东西，拎着陪着他一起跑出了宿舍。他真的很焦急，出门就直奔公交站，我一把拉住他，然后拦了一辆出租车，说这样会快些。路上他一句话也没说，但见他神情焦虑，我就也什么都没问。下车的时候我习惯性地付了钱，就陪他冲进了火车站的售票大厅，直到把他送进站，我才转头坐公交回了学校——还顺便翘了课。这件事我也没太放在心上，很快便忘记了。直到这次在上海见面又被他提起来我才想起。

"我当时什么都不想说，你坐在我旁边就真的一句也没问。"他说，"要是小 × （同宿舍的另外一个人）的话不缠着我问出来肯定不会罢休。"

他说那件事他一直都没忘。我纳闷。他又告诉我那天是他父亲去世的日子。事实上当时他并不是焦虑之下忘了打车，而是身上根本就没有足够的钱。

"要不是你的话，我可能就赶不上见我父亲最后一面了。"他说，"所以我一直都特别感激你。"

我突然就难过了起来，仿佛那件事刚刚发生一样。他看见我的神色，反倒开始安慰我起来："没事的，都已经过去好多年了，我已经释怀了。"

我还是很难过，当初太过于大大咧咧，几乎对一切都漠不关心，以至于身边的朋友发生这样的事情我也毫无察觉。同时也很愧疚，愧疚于当初的举手之劳居然换来了这么大的感谢——还有些窃喜，窃喜于这可真是一门划算的买卖啊——然后这不合时宜的窃喜又让我更加愧疚了起来。我可真是一个糟糕的人啊。

但我曾经也在不经意间、在短暂的时间里，成了一个可以帮助他人的"好人"。这个认知甚至减轻了我长久以来的自我厌恶，让我稍微安下了心来。

今年是他 Ph.D.（哲学博士）的第一年，他只比我大两岁，头发却已经近乎白了一半，人也稍稍有些佝偻。

"我现在就一个人吃饱全家不饿。"他一边往嘴里塞米饭一边笑着说，笑得好像是发自真心一样。

怎么办

我梦到佛祖

浮于云上

洒出光芒

对我说

翘殿吧

可是僧值又说

不去上殿就给我死

I know you probably believe that

《隐藏人物》(*Hidden Figures*) 讲述了在种族和性别双重歧视下的黑人女性的奋斗，非常好看。其中我印象最深的一段对话是在电影进行到一半左右的时候发生的，女主角起身离开的时候，她的冷峻白人女上司叫住了她，真诚地说了句："Despite what you may think, I have nothing against y'all."（"你可能并不这样觉得，但我想让你知道我并没有看不起你们（黑人女性）的意思。"）

女主角 Dorothy 听到后用同样真挚的语气告诉她："I know you probably believe that."（"我知道你相信自己说的话是真的。"）

潜台词是，你意识不到自己观念里根深蒂固的歧视，你把"有色人种和女性低人一等"当作像是"万有引力"一样的常态。

三年前的夏天是我第一次做正式的 presentation（演讲），内容涉及一所中学里男女生的成绩对比。目的是为了打破大家对男女生学习成绩的刻板印象。像是"初中的时候女生成绩比较好，到了高中就是男生好了""男生比女生更擅长数学"之类的迷思。我们把这种潜在的无意识的偏见称为"unconscious assumption（无意识假设）"。人类对其他人类和不同族群产生的诸如"黑人比较笨""亚洲人数学好"之类的刻板印象多半都是受到无意识假设的影响——偏见已经根植在了你的意识里，就像你每天呼吸的空气一样，你甚至都意识不到它的存在。

那次 presentation 的数据由我整理，图表则是我导师做的——里面的两种性别她用粉红色和蓝色分别标注了出来。为了方便，我把图表打印出来拿在手里，在房间里一边踱步一边练习讲解。当然，为了省钱，我是黑白打印的。

我自信满满，把要讲的东西倒背如流，自以为准备充分。

第二天在会上，我对着投影在墙上的彩色图表侃侃而谈，指着蓝色的折线分析男生的表现，按照粉色的数据讲解女生的成绩。一开始我自我感觉良好，坐在下面的导师却看着我，不时就摇摇头然后露出意味不明的微笑，我越讲越觉得不对劲——这折线图跟我收集来的数据不一样啊！

这时我才瞥到右下角彩色的图例：

男生——粉色

女生——蓝色

用黑白打印稿练习的我完全没注意到颜色的差别，而看到彩色的一瞬间我想都没想就在心底认定了蓝色代表了男性，也认定了粉色代表女性。

意识到哪里不对以后我匆忙道了歉，然后迅速地从头开始重新讲起。从台上下来的时候我导师又笑了笑，小声跟我说："See？Unconscious assumption."（"看到了吧？这就是无意识假设。"）

蓝色—阳刚沉稳爷们儿—男性；粉色—娇小可爱又娘—女性。这是根植在我意识里的偏见，而直到三年前的会议里我才发现它的存在。

这种偏见在很多时候都可以通过和不同的群体接触来消除。很多研究都表示和来自不同文化、种族、宗教的人相处可以让我们更好地理解对方，多元的文化环境更可以消除不同族群之间的敌意。像是 Gautam Rao（哈佛大学经济系助理教授）就在他 2014 年的论文 *Familiarity Does Not Breed Contempt: Diversity, Discrimination and Generosity in Delhi Schools*（《亲近可以消除敌意：德里学校中的多元、歧视和慷慨》）中指出，跟在贵族学校长大的学生比起来，和穷人的孩子在一起上学的富孩子更加地慷慨，更少地歧视，也更加支持平等。

不论是在现实还是在网上，我经常都会碰到"我对婚姻平等不支持也不反对""女人就是容易情绪化所以干不了大事"之类的话。我很尿，几乎从来都不敢当面跟人争论，每到这种时候我都只是"哦"一下，然后在心里悄悄说："I know you probably believe that."

开示

听到大和尚说

人生就是一场相遇

生活的形状决定了生命的轨迹

会遇到无数个隘口

却不该有任何怨言

有个人走在宽阔的大马路上

突然就被电瓶车撞死了

都是因为她儿子不信因果

要随缘放下

要为常住发心

把小我融化在大我里

你就不能

好好说话吗

后　记

VNV Nation[①] 的 *Illusion* 是一首我很喜欢的歌，里面我最喜欢的一句歌词是："To us the world is different, as we are to the world."（"这世界对我们而言是陌生的，我们对这个世界而言也一样。"）

春天的时候我在马赛克寺院受戒，离开了手机和网络，连手表都没戴在身上，和另外两百多个人一起住在只有上下两层的禅堂里，大家一起处于完全与世隔绝的状态。受命帮忙产出些文章，我每周可以趁着休息时间去客堂楼上的办公室借用一会儿他们的电脑。那台电脑联着网，但因为我的社交账号都跟手机绑定在一起没有办法直接登录，再加上我的主要任务是码字，我便连浏览器都懒得打开——直到我第三次去的时候。

那天的气温反常地高，感觉大约有 36℃——离开了现代设备，我只能通过感觉判断温度。中午过完堂我已是大汗淋漓，回到禅堂急忙冲了个澡再上楼，里面已经睡倒了一片，八十多个人歪七扭八地躺在

① VNV Nation：英国乐队。

自己的床位上，正午的阳光被窗户打成正方形的小块，和呼噜声一起充满禅堂。

我悄悄披上海青蹑脚溜出了禅堂，一路溜去了办公室。

进门就看到电脑主机上插着一只老式的苹果耳机，可能是上一个使用它的人离开时忘记拔走了。我坐在电脑前，小心翼翼地环顾了四周，确定办公室里仅剩的两个工作人员趴在桌子上睡得很沉，然后才像做贼一样把耳机塞在了自己耳朵里。打开浏览器，搜索"Illusion by VNV Nation"，随后最小化浏览器，打开 word，一边假装打字一边专心听着音乐。

"What I do know，is to us the world is different，as we are to the world."

耳机里传来声音的时候，我从早晚不间断的佛事拜愿里逃了出来，从炎热的天气里逃了出来，从两百多人的拥挤禅堂里逃了出来。但我也没有奔向存在于网线另一端的外面的世界，没有检查论文的发表进度也没有补习近期的新闻。在那四十分钟里，我逃到了只有我一个人的地方。

电脑屏幕右下角的时间走到十三点三十的时候，我才匆匆离开向大殿赶去，离开前我清除了最近一个小时的浏览记录。

隐隐约约的疏离感好像从记事起就一直跟着我，就像是脑后的背景杂音一样，平日里弱到几乎察觉不到，如果不仔细去听的话它就像是不存在一样，但偶尔，我是说偶尔，那个声音会倏地一下被放大，喧宾夺主，嗡嗡嗡地在脑海里回响。

这份疏离感让我一直和周围的环境若即若离，让我一直渴望找到归属感也让我一直想要逃跑。

　　小何是我的高中同学，上学时他的座位在我后面。小何的学习成绩不算好，翘课抽烟早恋上课说话和老师吵架，是个标准的"差生"。我和他关系很好，在我眼里他一直都很逆反，很多时候都活得很无所谓。而我对自己高中时的印象是朋友很少，不爱运动且厌恶集体活动，随时随地地觉得格格不入。经常无由来地愤怒悲伤和不知所措，因为不知道如何处理班里的人际关系又和班主任互相看不顺眼所以很抗拒去学校，同时又不想回家。所以很多时候是躲在学校空无一人的塔楼里自己静静地打游戏，或者干脆在就近的书店里泡上一天。在我的记忆里小何经常做一些我想做却不敢做的事情，时常让我很羡慕。

　　暑假回国的时候小何刚好也在，吃过饭后我们一边聊天一边走，不知不觉就走到了以前上学的地方。新学期伊始，学生们都在教室里上着晚自习，学校里安安静静的，偶尔会有几个学生三五成群地搬着一箱箱的新书在教室和储物间之间来回移动，有说有笑。

　　我高中的时候每每遇到这种搬书的活儿也都特别积极，倒不是因为我喜欢体力劳动，而是因为在搬书的短短几分钟里，我可以暂时从教室里逃离出来。

　　我一边寻找着归属感一边逃离，从教室里逃离，从寺院里逃离，从墨尔本逃离，从纽约逃离，从多伦多逃离——但又总想要回去。

　　在学校里慢慢转了一圈，小何告诉我其实他从中学起就一直很羡慕我。

听到这话我一下子惊讶得连话都说不出来了。当时那个性格古怪的高中生究竟有什么可值得羡慕的地方?

"还记得学校以前每周都公示违纪名单吗?"小何说,"全校高一到高三总共五张纸你一个人就占了两张半。"

"啊,记得!"我说,"我在高中楼一时声名大噪……不过也不是什么好名声啊哈哈。"

"我一直就纳闷你为什么没有被开除!"

"哈哈哈大概是因为学习成绩还说得过去吧。"被勾起了回忆,我继续说道,"当时把班主任气得要死,没事就把开除我挂在嘴边,结果办公室里除了他以外的所有老师都特别喜欢我,他孤掌难鸣,这事也就不了了之了。"

跟我对自己的印象截然不同,在小何的描述里,我成了全班唯一一个敢于处处跟不讨人喜欢的班主对着干的刺头。

"同学也想跟你一样一翘课就翘好几天然后跑出去玩但是不敢,老师也想骂你,但是你成绩还好。"小何说,"我特别羡慕你,当时就觉得你将来肯定不会被困在这个小地方,你看,你现在连国内都不怎么在了。"

在小何眼中,我的格格不入变成了与众不同,连古怪的性格也变得酷了起来。原来在我不知道的时候,茫然无措四处乱撞的我在别人的眼中也曾发出过光。

以前上体育课时讲到长跑,老师告诉我们最开始领跑的人一般都拿不到第一,因为他的前面没有人领路。很长一段时间里我都认为老师说得很对，在没有人带领的长路上奔跑是一件让人害怕的事情，没有对照，没有参考，也没有人带领，会连自己是不是走在正确的道路上都无法确定。

可我没意识到生活并不是赛跑，前进也并不是为了可以回到什么地方去。

受戒的时候睡在我隔壁铺的小伙子叫广寒，我们一见如故，十分投机，以至于离开戒场的时候我产生了"在暑期补习班遇到了特别聊得来的朋友可假期一转眼就结束了"般的惆怅。

广寒跟我年纪相仿，虽然出家时间不长却经常有些老修行的做派。聊天时他告诉我，他自己也经常很没有归属感，不管是到家里还是去佛学院还是回到寺院，虽然往返时连行李都不用携带，虽然总是有自己的一席之地，虽然他管去每个地方都叫"回"，他却从不觉得自己属于任何地方。

出乎我的意料，广寒说这些的时候语气中并没有太多遗憾。

又聊起出家因缘，广寒说他是在深秋的时候下定决心的。那天广寒送他的师父去火车站，分别时他看着师父孤清的背影，产生了强烈的想要和那个背影站在一起的冲动。

那个背影就是广寒的道标。

那时我才突然意识到，归属感并不是生活的必需品。归宿并不一定只存在于我想要回去的地方，它也可以是我想要到达的方向。

你知道，隐隐约约的疏离感一直跟我如影随形，还因为我完全听不懂我们庙里所讲的方言，即使是在寺庙这样已经很是出世的地方，我也还依然能保有一份清晰的疏离感。庙子坐落在半山腰上，我经常在入夜以后一个人戴着耳机在大殿前的广场上发呆。大山睡得很早，从下面望过来时庙子里就只是黑漆漆的一片，远比不过从山上望下去灯火通明的好看。

我想我不该再试图去摆脱自己与生俱来的疏离感了，这份清晰的疏离让我坐在枯燥的教室里时也能一直望着远方，让我在烦琐的日常里也能瞪大眼睛，也让我在日复一日的晨钟暮鼓里始终保持着尖锐的清醒。它让我观察，让我记录，让我在做调查收集数据时保持着研究者应有的距离和冷静，它是我的一部分，它让我擅长做自己正在做的事情。

如果你正在看这本书，那说明我做得还不错。

2018.08.01

图书在版编目（CIP）数据

善哉善哉，就你话多 / 明安著 . —南京：江苏凤
凰文艺出版社，2019.5
ISBN 978-7-5594-3204-9

Ⅰ.①善…　Ⅱ.①明…　Ⅲ.①故事—作品集—中国—
当代 Ⅳ.① I247.81

中国版本图书馆 CIP 数据核字（2019）第 011210 号

上架建议：畅销·文学

书　　　　名	善哉善哉，就你话多	
著　　　　者	明　安	
出　版　人	张在健	
总　策　划	汪修荣	
责 任 编 辑	孙建兵	孙楚楚
出　品　人	白毛毛	
监　　　制	毛闽峰	李　娜
特 约 策 划	李　颖	由　宾
特 约 编 辑	张明慧	
营 销 编 辑	吴　思	刘　珣
封 面 设 计	尚燕平	
版 式 设 计	李　洁	
书 名 题 字	王　烁	
封 面 插 图	王　烁	
内 文 插 图	三　乖	
项 目 支 持	董　鑫	
出 版 发 行	江苏凤凰文艺出版社	
出版社地址	南京市中央路 165 号，邮编：210009	
出版社网址	http://www.jswenyi.com	
印　　　刷	三河市中晟雅豪印务有限公司	
开　　　本	880mm×1270mm　1/32	
印　　　张	9.75	
字　　　数	234 千字	
版　　　次	2019 年 5 月第 1 版　2019 年 5 月第 1 次印刷	
标 准 书 号	ISBN 978-7-5594-3204-9	
定　　　价	42.80 元	